世界华文
文学系列

W O R L D
C H I N E S E
L I T E R A T U R E

终站之前

ZHONGZHAN
ZHI QIAN

赵淑敏
—— 著

GUANGXI NORMAL UNIVERSITY PRESS
广西师范大学出版社
·桂林·

图书在版编目（CIP）数据

终站之前 / 赵淑敏著. --桂林：广西师范大学出版社，
2019.3

（世界华文文学系列）

ISBN 978-7-5598-1545-3

Ⅰ．①终… Ⅱ．①赵… Ⅲ．①散文集－中国－当代
Ⅳ．①I267

中国版本图书馆 CIP 数据核字（2019）第 000819 号

广西师范大学出版社出版发行

（广西桂林市五里店路 9 号　邮政编码：541004 ）
网址：http://www.bbtpress.com

出版人：张艺兵

全国新华书店经销

广西民族印刷包装集团有限公司印刷

（南宁市高新区高新三路 1 号　邮政编码：530007）

开本：787 mm × 1 092 mm　1/32

印张：11.5　　　　字数：184 千字

2019 年 3 月第 1 版　　　2019 年 3 月第 1 次印刷

定价：49.80 元

仍是人间烟火（代序）

　　这本书开始集稿恰在左眼视网膜刚动过手术不久，但并没影响到我预定的工作进度。如今的结果则确定我是那百分之一的手术失败者，双目依然打架，看向目标一远一近，一弯一直，而且互相干扰更甚。我只能用不在乎来对上天的裁决抗议；不让我好好用双眼看世界，有一只明亮有用的眼目也够了，我不会少做一件事。只是当初在眼疾面临决定治疗方法时，犹在恶疾的警戒期内，不免让我感叹又一次的雪上加霜。即或如此，我也没特别在意，这又不是第一回生机遭遇了障碍，之前还有更严重的打击呢,何曾把我吓倒。如今已顺顺当当定稿,而且此刻正为另一个计划准备开工,目前不过是暂时画下休止符,休息两拍。是的,要想不受影响,就可不会受到干扰。我就是我,不是别人,不会向恶势力低头。

不必屈指细数,最简单的心算结果,到这个月就是遭宣判得了一般人闻之色变的恶症整整五年之期,心理莫名地轻松下来。往好了想,可有一个比喻,昔年日军侵华时,常用疲劳轰炸战术对付后方的老百姓,所以从幼年始就知日机空袭是分三个状态:空袭警报、紧急警报、解除警报。空袭警报响起,不妨从容走向防空洞;紧急警报笛声凄厉狂吼,大人孩子就要连滚带爬冲入防空洞中以免牺牲于炸弹之下。五年过去,虽然也有过连滚带爬样的狼狈,却依然顽强存活,如常度日。如今低头看看自己,虽已属残躯,按以往旧观念理解,目前虽未解除警报,为期已不远。但若依现在更新的标准,威胁则似乎还没完全过去,只是敌机不一定会临头,却仍在警戒中。可是我愿认同旧说,心理上已似劫后释放的囚徒,放了就是放了。我才不管,我笑着对自己说,我算它已经过去了,只要戒律常守。此后不必再自己吓自己! 我,已安啦!

那时……无论根据统计数字还是现实光景，依一般习惯的反应，似乎都该惊慌失措，怨天怨地，形近崩溃。我完全没有，更未歇斯底里依套路追问"为何偏是我？"，相反地我独出奇语，说："为何不该是我？"私底下更跟可以说得上话的亲朋文友表示，我虽非任何宗教的信徒，却认为大自然中自有其主宰，包括各种灾难仿佛也有其定数，我愿相信"砍杀尔"也像华人申请美国移民的机会一样，在人间是有配额的。既然已如此，宁愿己身已不幸中选获致"配额"后，有一位犹有仰事俯畜牵挂的青壮，可以免于被"砍"。反正我已儿女长成，且向来独居独游，独来独往，一身无牵挂。

有时我不免会自问，不谈未知的血液中的基因，为什么偏会轮到我中标?! 检索一些因素，诸如：性格比一般人多思多虑；习于先天下人之忧而忧甚至杞人忧天；常为所谓的"大局""大体"凡事过度自敛含忍；对自身的要求又太苛刻认真；生活中偏劳心而少锻炼；不肯自私更常因他人私欲太重受到伤害气闷自我煎熬等性情上的弱点，看看坊间那些名医的论述分析，这些性格的质素确实都是该致病的缘由。所以不再问天问地追问为什么，反正得面对现实，该医就医，该割就割，无可规避，便也无甚可怕了。而这时也方真正猛醒到人生的旅程是会有尽头的，到了终点站当然就须下车，不容耍赖。对于自己这样清醒，的确很满意，确实能安慰自己不忧不惧，冷静面对，尽人事而托命于天，虽然似乎那道路的终极之点仿佛已影影绰绰可以望得见。唯一给自己一个严肃的训令，就是即或是已在走向终站前的道上，也不可踉跄失衡，要雍容潇洒迈步，有尊严地走完该走的路。更完全不应躲躲藏藏，逃避隐晦，正大光明正正当当抗癌；又非犯错生了什么不名誉的病症，为什么要学许多想不开的同病，因不能面对现实，讳忌闪躲，撒谎遁饰，徒增自身的精神负担，累家人有更多的忧虑和痛苦。

之后，获知在国际间已给了我们这类选民一个正式的头衔，叫"survivor"，译成中文是"幸存者"。可真真不喜欢这个名号！侥幸存活之义不就是该死没死吗？我偏不，偏要活成不像病人的病人。不能只想只说，还须真正做到，因此在病中若干生理的折磨下，仍毫不懈怠。要做的第一件正常人的事，就是如期料理完散文集《在纽约的角落》的清稿出版。我，做到了。但不久因顽疾复发而上手术台，再经加料炮烙烘烤，几经折磨后的我终于承认了自己得算是一个病人。因之2014年底返台北参加过新作朗读会回到纽约后，就安分地扮演病患的角色了，斯时心里竟忽然兴起了我将到站不久下车的情绪。尽管每日见到的天空还是蓝的，太阳仍旧东升，楼前花圃里的繁花依然开得盛旺灿烂，心里则不免掺入了一些灰色的调子。随后病名一个一个增添在病历表上，进出医院反复折腾，失掉一些生之机能，生活里增加了很多的禁忌，不方便处，很叫人感到无奈。但即或如此，却还是"规定"自己要心平气和面对，常知与疾病抗争每每是会几扑几跌的。

所以，我始终认命却不忧伤，绝不怨天尤人，提醒自己，在心态上承认是一个病人，也不可放弃做一个正常的人的本分与权利，我把这样的认知当作是对生命意义要求的底线。真的！我差不多做到了，即使离开上庠教职已久，勤读书刊，集取资料已非工作所需，这习惯却变成了赖以生存的兴趣，自然要如常保留持续享受。此外，稿约依然可以如期交卷；亲人后进的书稿仍不拒代为校订；文会聚论照旧参加，何妨再到雅集沙龙替朋友朗诵诗作，为文友的新书发表会讲评推介。除了多了一些病容，比年轻人少了一些青春做化妆品,如果不要求我追赶跑跳比赛体能,在讲坛、台面上我何尝像一名"患者"?! 不过尽管如此,那漂浮于道路尽头的冷风仍时不时地迎面扑来。虽规避不了,却还是不气馁,不可气馁! 仅坚定告诉自己跟时间赛跑我会赢,因我从未怀忧丧志,顶多是催促自己之后,偶尔会感心有余而力不足。然后,我便鼓励自己,若有机会多能做一点是一点,那就是我的胜利,且体力不足我还有脑力可以使用发挥。最最自得的,纵然我似已遥见终站的大门,挥开眼前暂时的阴霾后,却仍保如常的喜乐。

细细回思,这五年其实也并不难熬,可喜我始终头脑清明,心情稳正,也无某些暖室弱质女性过度自恋自怜的习性,除了按规定不管哪一项手术,都必须有一名成年人伴从,我仍保持独去独来、自理自食、不给任何人找麻烦的好习惯。也就得享独处、独思、独写、独乐,不受打扰的全然自由;这是一个作家最需要的环境。即使在各种各样的候诊室里,我都能做上述的功课,因为思考不妨碍我生病,候诊便也不妨碍我构思,就像我不满三十的年岁时,就曾把医院的病榻当作属于我的"菩提树"佑我"悟道"。不过病痛多少影响体力,也有写不了写不动的时候,思忆与阅

6

读的游戏就成了最好的填充。因此这段时间,我不但重新掠读了一些自己远时近年的作品,也老老实实检视了一路走来的心灵轨迹。温习过往,还好,除了觉得对父母还应该做得更多些,似乎对谁都因不敢亏欠而少有亏欠,记忆的都是感谢和安慰,这是我的幸运。再度走进自己的作品,也感欣慰,除了往日掌握几个报纸副刊专栏时,曾展现过"鲁"字头的辛辣,警惕过某些人的迟钝,有一点"匕首与投枪"的意味,但没真伤过谁。如今那些时过境迁的析评论述,已与笔名"鲁艾"同埋之于旧纸堆中。一以贯之,不肯欠不会恨的我,笔锄下都从未偏离过爱与美的田亩,那正是我最初所服膺的标的。我喜绘情不爱写景,常想书写景致景色若尚未附之以感情来呼应回应,那就跟"旅行指南"差不多了,少了点生命。

　　这考验的五年,我思、我想、我守护的都是这样的心境,所以决定把这本书名定为《终站之前》。从小就老管我的姐姐很敏感,联想太多,原来一听"终站"二字就反对!强烈反对!!之后不再劝阻,除了尊重我自幼思维行事喜欢出人意表的习性,也终能体会如今泛过大病海洋的我,终于爬上痊愈的岸边后,自我惕厉警戒的积极意绪。

这本书由于能容纳的分量有所限,除了已为别书所选用,还有很多东西也无法再纳入这为我塑型的书。但其中确有数篇发表当时曾非常受到读者的喜爱,本书特别辑入以享今日的知音。这书我简略地按内容分成六辑,最感欣慰的是能把对父母的怀思列为第一辑,如果有人说那是我的忏悔录我不反对,年轻时自以为得意的事,现在回想起来怎么那样后悔。由这本书也看得出我是一个爱歌人,好几篇文字都写到了记忆深层的歌,当然还有太多没写的。虽然而今已嗓音喑哑,那些有歌的日子却都是我生命中的亮时亮点,我……怎么那样快乐过!而为何也那样幸运,在多数国人还缺吃少穿行动受限的年代,我已能凭着笔耕之资走世界了,不能把那么多当年在读者期待中留下的文篇都塞进这本书里,但是也还是选了三几篇,这都是与众不同的独家经验。梦想有一天有能力将纸本变成电子篇章,使之重生再见天日,现在只好就拿出这些了。同时本书也忠实地记录了我过去生活思绪的点滴,等同是自然笔触下自我的速写,除了童年少年的幼稚光荣历史,原来那些无声影戏般幕幕的纪录,不只有岁月留下的负担的沉淀,也有无可取代的意趣。

其实这本书无非就是书写各种的情怀与情境,包括想起来甚感沉重意欲抹去的一些记忆。非官非宦一名人世间简单的读书人没有很多的传奇故事,但的确有不少独自经历的感悟、感动、感应、感怀、感谢、感念呈现于我内在的格调与情操,纵使展现的无非还是人世间常民群里的人间烟火,也不觉惭愧,因为展出的是无粉饰真诚活着的自己。即使来到终站之前也未改本色。

我喜欢感谢,有人和事可感念会让我觉得幸福与快乐。这个文集能够面世我确实心存感谢。因我非通儒但有读书人的毛病,从来羞于为自己寻找任何机会,包括作品付梓大事。幸有我的新朋友江岚教授懂我知我为我着想,促成此书的出版。其实直到她的大作长篇小说《合欢牡丹》的新书发表会在纽约法拉盛图书馆举行,纽约华文女作家协会会长顾月华邀我讲评,我才正式认识这位同道的年轻学者。她为人爽朗坦率,我也并不托大孤傲,如今新朋已成志友,是人间一乐。于此对朋友的关怀当然要说一声谢谢。江岚,多谢了!

目录

念我父我母

人间好风景

昨日的暖风

生活里顿悟

屐游回想录

抹去的前尘

后　记

念我父我母

浅　笑

　　拆开了五妹的信,又是密密麻麻,琐琐碎碎。

　　多年来,就是如此,从新正到腊尽,为了他们,我总有
得忙。有时一事未了,又来一事,有时百务齐来,叫人恨不
得多生出一百颗脑袋来回应。五妹交给我奔走的杂碎很
少,但习于把她心中的点点滴滴透露给我,让我分尝一切。
也难怪,自小她依赖依恋我最多,不跟我倾诉,却又诉与谁
人? 近来她的信上频频写道:"最近,我常常梦见妈妈,可
是还没梦完,她就走了……为什么不让我梦完呢? 都让我
在未完的梦中惊醒!"

　　我不敢搭腔,六姐妹中,她最内向而脆弱,既不会发泄
也不会排遣,我不能把我的感觉告诉她,否则更把她逐向

苦苦思念的牛角尖。所以，我不敢接她的话茬。

可是，我实在想告诉她，不是常常，而是天天；不是在梦中，而是无所不在，我都看见母亲。但非失明后坐在厅堂里要儿孙呵护照顾的老奶奶；亦非棺椁中穿戴整齐却看来陌生的老太太，而是青春正盛，巧笑倩兮的妈妈。这幅像自我幼时就画在心里了。母亲在世，这画像仅偶时出现偶时消退；当母亲远行了，它就正正中中悬挂在我脑海的中央，再也不会隐失。

齐颈的短发，在半侧着的光洁面颊旁，形成一绺自然俏皮的弧波，未施脂粉玉白的头低垂着；俯视着的眉黛眼目，弯弯地显出了一丝丝水灵灵慈柔的神采，与悬直秀挺的鼻梁、唇边扬起的笑意，构成一个无声的浅笑。坐在她的怀中所触及是眼里的光彩；从旁凝观，乃是全部的"画像"。根深蒂固，在意念中留下了这幅妈妈半身的侧影。

父辈常向我们描述他们早年见到过的妈妈，用上无数的形容词和惊叹号；母亲青年时代的朋友，也用许多比喻和感慨诉说伊等眼中母亲的形象，但都不如我心版上镌刻的那幅"浅笑"更美。

要说儿不嫌母亲丑是对的；若说儿不知母丑，则不正确。到台中之后，妈妈已成了一个备受战乱之苦，备尝生活艰辛的多儿"妇女"，劳动乏倦，全写在憔悴的脸上，那时如让我跟人说"我的妈妈好美"我说不出，因为那当然是违心之论。直到有那么一天……

那一天，几个同班的级友，不知为了何事，到了我家的蜗居。临行之前，妈妈抱着小妹走到玄关送他们。小妹几个幼儿笨拙的"表演"引得众人大笑，妈也笑了，仍是那柔柔的轻笑。那不过是一个母亲满足快慰的表现嘛，并不特别。可是关上大门的当儿，史竟赞叹着说了："你妈妈笑起来真好看！真美！"

会吗？可能吗？在台中很多人全晓得，史的母亲，身形笑貌都跟前代明星胡蝶神似，而在姿容上绝不稍逊。他会觉得"我的"四十几岁的妈妈好看！我几乎不太敢相信，因为我只看到了妈妈的沉郁憔悴。可是我的一群同学，都已是高中学生，应该有相当的判断力。送走了同学，回头看时，妈妈似乎在寻思着什么，却仍保持着那浅浅的、含蓄的笑容。

霎时间，埋在心底的影像，浮泛上来。是了，自幼喜欢看妈妈的那个表情，也不知为什么喜欢，原来是因为美！

爱美的眼睛,捕捉住美哪里肯放过。眼前的母亲已失去了玉白光洁的额头面颊,但眼波、笑靥的神韵还在,那神韵哪怕只回来一会会儿,也依旧存在,从眼睑下面飘散出来的轻柔倩婉的笑意,仍然能俘虏爱美的心。

又是多少年过去了,岁月像不明来向的狂风,呼呼、呼呼地,从头顶吹过,等你定下神来看一看想一想,就又是多少年已跑得无影无踪。我的儿女在他们的图画里,已经知道给"他们"的母亲长上了茸茸的长睫毛,穿上了细细的高跟鞋;"我的"母亲已升格做老太太。渐渐的,老太太的视力不行了,腿脚不行了,真的老了,既不能吹箫吟唱,也不能画画剪纸,更无法扔一个慈和柔美带笑的眼神给她的贝贝们。直到又有那么一天……

再度住进医院的第一夜,母亲坐在高高的病床上,请来照料病人医疗琐务的护佐①和我,一边一个陪侍着她。历尽沧桑的护佐,逗着老太太说话,老太太细白的皮肤,秀巧的脚型都成了话题。谈起了那正黄旗的家世背景,眼睛已尽失光彩的老人家,眉鼻口角间,忽然又涌出了那暌违

---

① 指协助护士负责病患者个人卫生(洗澡、更换尿布等)的护理人员,即护士的助理。——编者

已久的浅笑。是想起了那段光耀岁月呢？但仅只短短的若干分秒，那片光影又完全消失无踪。可是那短暂印象却重叠在我记忆中的画景上，青年、中年、老年，重合在一起。尽管发肤躯体逐渐地老化，妈妈的那种轻轻的浅笑却永远光鲜青春。

若干年来，紫色的衣衫，在仕女间十分流行。但在我的感觉里，从未有一个人，能把紫色穿得像母亲年轻时那般适切，只因从未见过有人具备了与那色霞紫配合得那么好的条件。不被脂粉污染玉白色的纤巧柔细、未受俗尘烟火熏沾的一抹宁雅平和的浅笑，淡淡的紫色软缎仅衬出柔媚素秀，却不会喧宾夺主，耀人眼目。叫人感到，那样的人才该穿那样的紫；那样的紫，唯应给那样的人穿。

母亲今已远去，一切的声容笑貌，似乎也都远去，像捕捉不到的幻影。只有那从我幼年时便描绘于忆念深处的浅笑，轻柔慈静的浅笑，却历久更新。当一切动静百象都淡没在脑海里，只有那幅记忆里的画像却逐渐突出放大，成为永远的大特写。

母亲的歌

　　"为什么呢？为什么爷爷要留下一只破渔船，为什么不留好的呢？"妈妈教我一首歌，最后有这样一句。我学了，会了，可不明歌意，真不明白爷爷要留东西下来，为什么不留好的，偏留破的。

　　疑惑在心里藏久了，忍不住，终于，有一天，当妈妈又细声细味地唱着时，我提出了我的问题，很煞风景的问题哦！忘了我得到的回答是什么，还是没有回答，犹在混沌未开的幼童期，很多事如刻板一样记忆鲜明；也有很多事是迷迷糊糊的，像冲坏了的底片。后来才知道这首歌叫《渔光曲》。它诞生于我出生之前，我却未赶上它的时代，属于我童年的热歌是抗战歌曲。可是母亲赶上了《渔光曲》的流行时代，那是她年轻时常唱的歌，其流行度堪比邓丽君的几首名曲。

其实唱歌母亲并不见长，姊妹的好嗓子是来自父系。妈也有音乐细胞，但是在洞箫，即使在我童稚之年，也能判断比"声乐"高明很多，已登堂入室，绝不是只能给孩子听的妈妈调。母亲的唱歌方法，若按今天的标准并不坏，颇合乎目下所谓的民族风、乡土味，要透过麦克风应该也很具纤细之美。可是到我们有音乐课的时候，早已盛行西洋声乐唱法，耳朵的习惯和先入为主的成见，使我们认为妈妈只该吹箫。

但是，母亲是我的第一个音乐教师，继《小铁环》《功课完毕》的儿歌以后，第三首歌就是《渔光曲》。那时也不过还是三岁光景幼儿园小班生的年龄，虽除了"云儿""鱼儿"之外一字不懂，却能依样画葫芦，大致不差有头有尾唱完全曲。先是坐在妈妈怀里唱；再来是妈妈抱着妹妹我坐在旁边，母女一块儿唱，最后是进了学校老师教了新歌，《渔光曲》在生活里渐渐褪色。

有那么一日，当我完全了解到歌内的全部的意思，妈妈已成儿女阶列的多子母，在现实的磨损下，失去了唱歌的习惯和兴趣。自小,常被老师选出做示范:于大教堂赞礼过弥撒;参加过正式合唱团;曾用欢唱搭起沟通新曲的鹊桥;曾把接力儿歌,当作台风假家庭同乐会的主调。但是……但是,也在现实的磨损下,失去了唱歌的习惯、机会,还有能力。未曾退化的只有兴趣。

终于,又可以唱歌了。

爱唱歌的文友,组成了一个雅歌小集,邀约一些失歌的爱歌者,一个月或两个月聚会一次,唱"我们的歌"。即或歌与歌之间仍难免有"代沟",但管他,歌是最容易学习的语言,很快就可相通。以往所唱的歌还不是听而时习之,无师自通!聚会中某些曲调对我是太老了,友朋讶异我也能随声唱和。他们有所不知,那不是我的歌,是妈妈的歌,她口传心授,把薪火传递给了我。《渔光曲》,就是其中一首。

> 云儿飘在海空,
>
> 鱼儿藏在水中,
>
> 早晨里太阳晒渔网,
>
> 迎面吹过来大海风。

轻撒网,紧拉绳,

烟雾里辛苦等鱼踪

…… ……

唱着唱着,我就想起妈妈怀抱着妹妹,微晃着身体,眯着笑眼细声细调轻轻哼唱的情景。

唱过一次,再唱一次,从母亲生前唱到身后。静息了长时,待整修过伤痛的疤痕,怡然归队,我以为已有了足够的抵抗力。谁知,就是那首俚俗的《渔光曲》,使人崩溃了。霎时间,我听不见歌友大姐们的歌韵,我也听不见自己的声音,只有妈妈那乡土气的细声细调……抱歉,我无法自制,不能抑止,眼泪就像决堤的河水奔流而下。

爷爷留下的破渔船,

小心再靠它过一冬。

《渔光曲》总是那样结束,如今我已不必向妈妈追问爷爷为什么要留下破渔船了,早已能自释自解。可是我从不曾告诉她,我早已有了答案,不会再扯着她的衣摆顽固地纠缠逼问。情感的恶性泛滥,常像台风季山间的乱流,淹

11

了自己，也波及旁人。有谁在说："早一些失去了母亲，老天给予唯一的恩赦，就是唱歌的时候，没有触景伤情的痛苦。"

真是憾歉，语似没有"痛苦"，实际仍不能不受情绪震撼的牵连，也有所感，多么不希望有这样的结果与反应。

事后回想那似非安慰的宽解，仿佛谁说的"假设"，也不能产生那唯一的恩赦。是否会伤情，全看是否有景可触。人的一生，脑海里有永远演不完的影片，指挥着人的心神与情绪。对于我，属于《渔光曲》的片光段影总是那同样的画面，相信百遍、千遍也不会消失改变。也许得保留到我自己衣袂扫过岁月，向这个世界告别，去和母亲重逢为止。

然而我已说过，保证过，当雅歌再集时，我不会再流泪，真的不会。并非我已将有关《渔光曲》的"以往"在记忆里掩埋，只是控制自己不成为众人欢乐中的乌云阵雨。要带给朋友快乐，不败人清兴，也是我重视的友伦表现之一。我的第一位音乐老师，必不愿我破坏别人的和歌之乐。所以，我保证！

可是走笔至此，我又鼻酸了。耳边又泛起了那"云儿"、"鱼儿"和"爷爷的破渔船"……

寂寞的父亲

当我竖直了耳朵,凝神聆听巷内的脚步声;当我一次一次凭倚楼窗眺望街道,都听不见望不到我所盼望的声音和人影,我的焦虑便又上升一层。这么晚了,怎么还没回来? 我看不下书,做不了事,更睡不着觉,只在屋子里打着转转,转几圈,听、望;再转几圈,望、听。但愿上天怜我,让那个自私贪玩的孩子赶快回家。

我等待,我祈祷,等待祈祷之余,也深深忏悔,忏悔我往昔不知体恤亲心。

少年时代的我,非常乖顺,功课不敢落于人后;颇知轻重好歹,协助母亲处理家务超过体力所能负荷;碍于严格的家规,行为亦不敢略有逾矩。但是也偶有禁不起诱惑,去和同学看次晚场电影，或聚在冰店里神聊一番，但每回迟归，都引起父亲的震怒，严诘痛斥，甚至责打。十六七岁的女孩子了，还受到这式"待遇"，实在难堪，所以后来很知趣地放弃一切的"享受"以避"祸"。但虽然乖乖地留在家里，心中却委屈万分地怨爸爸小题大做。为什么人家的爸爸都不那么约束儿女？为什么同是少年人，我却被剥夺了享少年之乐的自由？那时，完全不能体会父亲的心情，直到我自己有了儿女，我的女儿长大了，也有同样的情形之后，才能了解那份忧虑和急怒所代表的意义。当年的台中，虽比今日的台北宁静安全许多，然而在父母的眼中，任何地方对他的女儿都不够安全，永远有着牵挂。我忏悔，不是觉得误解了父亲，而是为曾给予父亲那样的焦虑烦忧而觉心疼。

原不预备写这篇文字，因怕父亲又会"勃然大怒"。自幼对爸爸的怒，就有十二分的恐惧。这些年来，尽管他老人家的脾气已较青壮时好了许多，我已偶尔敢与他论理，然而他骂起我来，仍会如申斥十多岁的小女孩，毫不容情，也不选择时、地、词句。固然已可姑妄听之，一笑置之，但依然会感尴尬。爸爸的忌讳之一，即是不许我们以家人家事为题材。我不敢写妈妈，更不敢写他，因此今天我写了他，却不拟让他老人家知晓。我之所以仍提笔写下这篇文字，目的是希望做儿女的能将心比心，体味父亲对儿女的深爱。也希望做父亲的能以让孩子领会的方式来表现对儿女无可比拟的深情，彼此无憾。

有人说："父亲——他沉默而刚毅，常以微笑隐藏一切的辛酸。"错了，我的父亲虽然刚毅却绝不沉默，更不会以"微笑"来表达什么。在我的记忆中，爸爸极少有微笑的时候，他总是沉着面孔看我们，常用责备来表示他的关怀。心中有一分的不满，他会表现出三分，若是有十分不高兴，他会表现出十二分，他绝不会"沉默"。或许就因为这个缘故，妈妈就不得不沉默了，当我成年后，善于观察分析人的心性了，我终能慢慢明白，爸爸是很"传统"的，他要做典型的"严父"，但是偏偏他又有一副极软的心肠，所以不得不加倍地严厉来掩盖自己情感的软弱。正似我，必须以豪放的男儿气概来掩盖我女性的脆弱。然将感情化妆的结果，就是使儿女都怕他，不敢接近他，家中每人的事，常常是最后让他知道。

父亲的温柔，只肯在我们睡着以后才让我们知道。我家的孩子像排队一样地增加，妈妈的怀里永远有小娃娃要照顾，排行在前的，脱离幼童阶段后，即很少得到妈妈嘘寒问暖的机会，我们要学着照料自己并照料弟妹，因而在我记忆里，晚上掀帐子，为我们拍去乘虚而入的蚊子，盖好棉被的永远是爸爸。那时，他真是沉默的。悄悄地来，默默地去，想放轻脚步，脚步却是重重的。每次我都屏着呼吸，紧闭眼睛，假装沉睡接受爸爸轻柔的抚护，唯恐不小心让他知道我还没睡，一巴掌会拍在我露在棉被外的腿上。

赵家到关东垦荒，由曾祖与祖父辛苦创业，从赤贫而巨富，到父亲童年时代已经富甲一方。爸爸曾是最年轻、漂亮、富有的大学生，大学毕业后亦曾少年得志。但是在抗战以后，儿女接连而至，却与窘困连了宗。尤其是在抗战末期与到台湾的头十几年，八个儿女的衣食、教育、医疗诸费累坏了老人家。虽然我们的姐妹兄弟行，都十分能体恤父母的艰难，把个人的需求和欲望压制到最低的程度，但仍需独担家计的父亲辛苦周张，这是让我回思起来倍感心疼的第二点。

那年，四岁的小妹得了脑炎，爸爸陪她住在台中医院（妈妈在家照顾犹在襁褓中的小弟），我要到台北考大学，爸爸借了钱给我，叫我自己上台北，看到我脚上的破皮鞋很想叫我另买一双，我则力言换换底擦擦油就可。我就那么穿着自己裁制的衬衫裙子，换过底的破皮鞋上了台北。爸爸是绝对主张朴素节俭的人，任是谁有了第三双鞋，多穿件颜色鲜艳的衣服就该挨骂了，可是他始终为我穿了破鞋进大学而耿耿于怀。父亲是永远不会赞美孩子和对孩子表示歉疚的人，但他与朋友闲谈时被我听见了他的"遗憾"。这种情形就像从他朋友处获知父亲曾为我的侥幸得到"榜首"沾沾乐道好几年让我同样惊讶。这便是爸爸不得了的爱的表现了。

我必须承认，不论爸爸怎样把我们骂个臭死，比起来，他较一般的父亲要疼爱儿女得多。唯因他重视儿女，所以盯得特别紧，不分男女，一律得在他的规范下行事。但是他老人家不甚了解，按着那样的规格处身于今日社会，往往会陷于困顿挫折，是以我们的姊妹兄弟能为自己找一条奋斗的道路，都在脱离了父亲的羽翼之后。我的弟弟，在他的行界，也很杰出，可是一到父亲跟前，有时连说话都会结结巴巴，于今尚是如此。爸爸对待儿女，就像最护犊子的老母鸡一样，时时守着看着，就怕谁走差了一步，遭到不测。沉重、紧张、劳累,可怜的爸爸,多累多苦!! 可是极尽呵护的结果,却只是使大家在他面前手足无措,面对广大的世界要从头开始适应摸索。如此,爸爸也就成了无人敢吐心声的寂寞爸爸。

爸爸绝对否认他重男轻女,但是不论是被轻还是被重的,心里都明明白白,连目下犹在读小学的孙女也晓得。以前姐妹们是气愤与伤心,今天则一笑淡视。重谁轻谁那是老人家的自由,他已给了该给我们的一份就够了。比起任何人的父亲他不曾少疼女儿一点点,只是他更疼弟弟一些罢了,何必在意。不过在童年到青年情感最容易受伤的阶段,那可真真在意,然而也就是那股渴望更多一点重视的心理,成为我们姐妹行自我努力向上的能源。我们共约,要好好做人做事,上进争气,让爸爸有一天对我们如对儿子的同等看重。

吾父与许多父亲不同的一点,便是成功的子女未必能得到应有的嘉许鼓励,那倒霉的却能得到他格外的顾爱,其痛惜之切甚至过分到感情用事的程度。素向绝对辨善恶是非,表里如一言行一致的爸爸,那时的口气就像意气用事的老婆婆。性格方正,脾气倔强,绝似男人中的男人的父亲,会有那样的态度,纯因他心痛到极点。那是一种何等深切的爱呢? 姐妹兄弟行之间,偶然会有小小憾然的牢骚,我对这种无益有害的姑息偏袒也不赞成,但能以谅然的眼睛来看,那是最爱儿女的父亲的心啊!

仔细回想,父亲也有不严厉的时候,那大概是在学龄前了,爸爸肯弯着腰打着儿语跟我们说话,假如欲望不高,胃口不大,几乎是无愿不偿的。在他老人家的眼中,小学四五年级已经是大孩子了,必要受"大人"标准的约束。但在被视作儿童的阶段,就要接受孩童的待遇,在理论上,小孩儿自己洗脸是洗不干净的,因此每个周末,爸爸会给我们"大扫除"。一个一个来,围上一块毛巾,被爸爸按在脸盆边,用肥皂从耳后、脖子到面孔狠狠搓上一遍,再洗干净。我们都引以为苦,却无人敢反对,只有我的小侄子,现在敢在他爷爷为他"蜕皮"时撒娇地大哭大叫。小时候怕爸爸给洗脸,都希望早些脱离那阶段,但是待父亲以大孩子视之的时候,又盼望仍能回到那个年岁,毕竟"大扫除"也只是一星期一次。

父亲越老越慈,近年来减却了许多绝对"专制"的色彩——专制,乃是他很多老友所戏予的形容词。慢慢也能坐下来和儿女谈谈问题了，虽然谈论之间仍是一边讽一边骂。但无论如何，可以讨论些事情了。从十余龄起，我开始为母亲分劳，为父亲分忧，大学毕业后更成了爸爸的狗头军师，凡事未与我商议过，不做最后的决定。也就因为这样，我比任何一个姐妹兄弟都要耗神劳心，也比任何一个孩子挨骂要挨得多，以致有一段时间，一听说是爸爸来的电话，我心里就"扑通"一声。这几年减少了很多挨骂的次数，心中快慰莫以名之，因此偶时弟姐妹向我诉苦，说有好多事爸爸管得骂得没道理，若按老人家的意见而行，可能行不通，我总跟他们说，爸爸已快八十岁，他的思想观念已难更改，他们行事虽必须依时下合理适宜的标准做，但绝不可出言顶撞争理。我以前为他们与父亲犯颜抗诤，那是为了他们的前途、婚姻、事业，乃系不得已的情形，有时是迫于实情不能百依百顺，但至少要做到不"色难"。

做寿，是父亲痛恶的"俗套""虚礼"之一，谁要给做寿就要落不是、讨没趣。姐妹兄弟们常把这个难题交给我，试了好多次都是"此路不通"，因此我也劝他们上体亲意算了。说句老实话，我也不愿给爸爸做寿，那使我心惊肉跳，我宁愿爸爸更年轻一点，没有那么老。先圣所言的知道双亲之高寿"一则以喜,一则以忧"的心情,我是深深体会到了。从小到大,对爸爸的会骂孩子,骂得人尊严尽失,委屈万端,都又怕又气,好希望老天慈悲,多帮帮忙,让我们少挨些苛责。但是现在又在怕,怕有一天他骂不动或完全不能骂了。所以我又在祈求老天慈悲,永葆父亲疼爱儿女的"特色"。

小扇子

　　那个扇形的小钥匙环,就放在书桌的大抽屉里,工作间我常会忍不住拿出来看看玩玩。我有数不清的各型各国的钥匙环,可是都并不怎么当回事,每每顺手一搁,便忘过一边,再也想不起。唯独这把小扇子,对我意义不同,心里不想特别看重,却不由自主地要格外珍视。

　　不是合金做的,顶好也是铁片经过电镀,弄成金金亮亮的色调,不过在扇页的一面却印上了风景画。五片扇页就是五幅意大利的名胜古迹照片,都是我没去过的地方,除了比萨铁塔,全弄不清楚那里是哪里。钥匙环的主体还很结实,装饰用的金扇子则很单薄,每次捏在手里把玩的时候,我都特别小心,以免把它弄坏。当然,我只许别人瞧瞧,绝不许乱动**我**的东西。我会理直气壮地说:"那是我爸爸给**我**的,你们少动!"

其实**我**的爸爸也跟他们有着密切的亲属关系。可是就像小娃娃护宝贝一样,还有三分炫耀,叫别人"少动",颇有叫人多看的意思。

是的,那是爸爸出国旅行,游意大利时带回来的。同式三个,分给弟媳、三妹、我,一人一个。

收到这份"小"礼物,我有意外的欣喜。因为爸爸早声明了,他一不喜欢多带行李,二讨厌出国乱买,所以除了给孙子孙女带玩具之外,一律不带礼物回来。老人家一向是言行一致的人,说不带就是真不带。事实上儿女们没有一个人希冀他赐给我们什么有形有值的"礼物",但都莫不祈祷爸能把他自己健健康康地带回来给我们做奖品。

当众人知道爸爸真的决定出国旅行,大家立刻陷入了矛盾和忧虑。我们全盼望爸爸能从母亲故去的打击中走出来,用旅游的怡趣洗去心头的灰暗,但是又都担心年事已高且心脏不甚健康的老人家,经不起旅途劳顿的考验。矛盾,真是矛盾!幸亏一位善体人意的明白医生做了解忧的分析,爸爸又自己打定"去"的主意,于是老爹不要任何

23

人随侍，与他的同事组团出国的计划，便付诸实行。

哇！老爸要出外走天下了！那真比我们自己要远行来得紧张。儿女媳婿还有小孙孙，一起加入了筹备工作，从衣箱到针线包，无不一一备齐；从个人身体的如何照应，到该地忌讳习俗，莫不再三叮咛，真恨不得人人跟着去当随从秘书。那时国际电话通得比市内电话还频繁，更累了"绿衣人"三天两头地送一封封厚厚的信。无非都是提醒、说明、建议，总希望老爹旅途顺利。

真要启行了呢！忙碌的女儿搁下一切回家给爸爸装箱子，因为我们的旅行经验丰富，也能揣摩老人家的心意。一个小箱子两个手提包妹妹和我装了一上午，往往东西放进去又拿出来，不外是想把各种应用对象放在顶顺手的所在。姐妹二人为了让老爸享受更多的方便，有时也大声地跟他争论，不按他的意思擅作主张安排。可爱的老爹爹就会像小孩子一样地叫起来，骂我们乱整，让他记不得什么对象在什么地方。

"我要去除陋习，我不会给你们任何人带任何东西回来！"

"当然！当然！"

我们连声回答。这是真正的心愿,我们不需要任何叫得出名目的东西,只要爸爸能快快乐乐地出门,平平安安地回家!

爸爸真的走了,踏上了环球旅行的路途,每个人的心也被带走了。大人孩子,都会不时拿出旅程表看看,想:爸爸今天在哪里?爷爷明天去什么地方?偶尔我看着看着书,切着切着菜,会忽然想到爸现在在做什么?但国内的几个也仅能挂念,那时轮到海外的姊妹紧张了,准备用最适合老人家需要的方式来迎接久别的爸爸。

终于盼到了老爹回来的日子,又成了电话的追踪。爸爸上了飞机,马上美欧亚三洲三角联络,都知道了爸爸已启程回家。当飞机降落在桃园机场,从空桥的尽头迎接到爸爸,把他的手提包接过来扛在身上,心里的一块大石头才落了地。

休息够了之后的爸爸,精神焕发,心情愉快,这是我们期盼的最好情况,因而人人都像得了顶好的奖赏。爸爸食言了,除了无形满足的感觉,他也带回了有形的礼物。他给了我们三个在台湾的女生,一人一个同样的钥匙链。意外!是意外而额外的赠予!其实给我们放心以及一个健康快乐的爸爸就够了!

小钥匙链,我没把它扔在钥匙链的盒子里,就直接地摆在写字台的抽屉中。我不会用它,怕万一用坏了。偶然,我捡出摸摸瞧瞧。想到爸爸旅行意大利时的愉快时光,那种喜悦超过我亲身享受。

此刻,这把小扇子又拿在手上,我仍然以为,爸只要把他自己好好带回来给我们就行了,实在不需要任何一样纪念品,甚至一个小小的钥匙环!

布娃娃

妈妈做娃娃的本领是一等一的,拿一只报废的旧袜套,剪剪缝缝,塞上棉花,接上臂膀就是一个娃娃。不要多少时间,晚饭后,在我眼前的一会儿工夫就做好了。

不过,稍大点儿后,就不以妈妈做的娃娃为满足。因为为了省事,娃娃的头发是用画的;再不然,戴上一顶帽子,完全享受不到"为娃娃梳头"的乐趣。而且由于娃娃的躯体与下肢是连在一起的,两腿不能自由活动。同时妈妈画的脸相,都是古典型的美人,柳眉凤眼,不像娃娃,更不像洋娃娃。

"人家的娃娃都有头发,可以打辫子。"

"人家的娃娃都会坐,不是一直躺着睡觉的。"

"小燕的娃娃眼睛好大,还有长睫毛。"

七八岁的孩子已经很会表达意见了。总之,那废物利用的简易娃娃,已经不能让我再"惊喜",甚至不能满意。

欲望随着年龄膨胀,当妈妈的只好再辛苦一点,缝制够水平的娃娃。躯干是躯干,四肢是四肢;四肢的"大关节"处,都可活动;再用毛线做成头发,虽然还是不能用梳子去梳,但是可以编成辫子,扎上蝴蝶结。除了眼眉依旧不够洋味儿,一切跟专业制作的洋娃娃差不太多。玩伴们每一个人抱一个洋娃娃出来,我的排不上第一,也能排第二。只是我很愚蠢,我的同伴只不过大我一两岁,她会用小竹针、废绒线,替她们的娃娃编织小外套、小帽子。看了十分羡慕。可是我就是不会,真像妈妈所说的"手比脚还笨"。退而求其次,渐渐地,妈妈教我用零头布替娃娃缝小衣小裙,倒很能满足我的虚荣心。人家只看"好像是那么回事",谁会趴在娃娃身上看缝工针脚?

小女孩极少有不玩娃娃的,属于我的娃娃季,是家庭自制布娃娃的时代。渡海来台,虽然还喜欢玩娃娃,却没有玩娃娃的心情与环境了。买一个做宠物,放在妆台或书桌上,这是女儿出世以后,才流行起来的风尚。到台北读大学时，看见某些父母，从衣食结余一点小钱，积攒起来，托人到香港去带一个眼皮会开合，还会发声啼哭的真正洋娃娃，虽然是已快成年的大孩子，还是有几许羡慕。但是看多了以后，未免不耐烦起来，怎么都大同小异的模式，一律金发碧眼（连棕色头发的也少），而且这般匠气。于是，忽然想念起母亲手制的布娃娃。

爱玩娃娃的小女孩，长大以后，大概注定要做妈妈。当我的女儿也够资格玩娃娃的时候，我也曾想过，是不是该把儿时旁观得来的技术发挥一番，也为自己的孩子做个布娃娃？这个想法透露出来，有人劝我不必自寻烦恼，各式各样的娃娃已经充满市面，绝不缺一个笨母亲自制的布玩偶。可不是，朋友自美国带给孩子的见面厚礼，竟是有数套服饰可供更换打扮的小型人偶，精致至极。

现在回想起来，又后悔了。实在应该为孩子亲手做娃娃的。小时候搬个板凳儿，坐在妈妈膝下，巴望着妈妈一针一线替我做娃娃的记忆真美，纵使后来会挑三拣四提高要求，那样的温馨，却是永远的安慰。以往我也曾学着做个要强的女人，不过二十郎当岁，孩子从出生后的衣物，都要自制；后来不但要做母女装，并且要做家庭装，什么都做了为何不再做个布娃娃,凑成他们完整、美丽的童年回忆?

橡皮的、塑料的、木头的、玻璃纤维的、泥土的,各式各样的娃娃都流行过了,娃娃已成了玩具业的大宗,纯粹的商品。科技也跟这种玩具结合在一起,娃娃不但会哭会笑,还会喝水吃奶大小便,甚至会跑跳走路。很多人的机能都有了,但是仍然缺乏生命感,顶好,不过是个精良的机器娃娃吧!或者就因为这个缘故,布娃娃再度诞生了。其实,那些娃娃,男娃娃女娃娃,绝不乱真,怎么看都是假的,不是人而是玩偶。可是尽管也有别于生灵,却仿佛多了些生命与情感的韵味,尽管是工厂出品,却像多出点儿母亲手泽的芳香。

商人的鼻子最灵了,世人的爱好是什么,还没等商情分析人员做出统计,他们已闻到大众的趣味。有先见之明的生意人,率先把布娃娃推入市场,立刻得到了热烈的反响,竟成为礼品中的抢手货。看见电视新闻中,美国人在百货公司争购布娃娃做圣诞礼物的画面,某些人是可能会笑骂一声"神经病"。可是不管谁不以为然,毫不影响他的销路。

为什么? 又有人在问了。

参加抢购的人似乎也说不出理由，不全因为流行，或者仅能说是直觉的喜欢。

为什么喜欢，那个形象极其简单普通的小布人，一点也不起眼，值得吗？如此一窝蜂。

一窝蜂是应当让人讪笑的盲从，但是否这盲从也包含了无限的渴望与依恋？

"妈，什么时候做好？"

"快了！就快做好了！"

孩子捧着下巴，仰望着妈妈手中的针线穿动。一针，又一针，娃娃有腿了；娃娃有胳膊了；娃娃有头发了；娃娃就要穿上俏皮的小花裙子了，花色正和宝宝的舞衣一样，哦哟！妈妈扎到手了！

棉花、布片、毛线，还有什么？看得见的就是这些。不！一定还有别的，妈妈的心意也装进去，缝进去了，否则，妈妈年轻的凤眼梢上，怎么满含着慈柔得滴蜜的笑意。于是，那造型平常朴拙的小布人儿，有了生命和灵魂。文明带给我们许多许多的福祉，也带走许多许多叫不出名堂的东西。自己心里有那样的渴念，不知不觉间，怎会不买一个，不"抢"一个布娃娃回家给他们的宝贝！

获父母疼爱的孩子有福了！得到一件崭新的礼物。

抢得先机的商人有福了，只因为他们的心窍灵活，就从一个小玩意儿身上，赚了大钞票。

不可以！有人抗议了！不可以倾销，这种布娃娃是有专利的，重洋外传来这样的消息。

这倒是一个意外的说法，布娃娃竟是有专利的，不得未获授权就制造，是不是在说笑话？

谁才有资格说他有制造布娃娃的专利？布娃娃的专利权属于妈妈！无论谁制作布娃娃，都是侵权的行为。因为千古以来，做布娃娃给孩子，乃是妈妈专有的权利。

听　雨

　　房东在屋前安设了一个雨棚。自此,雨意谁先晓,临棚我自知。

　　总是那样的,淙淙两三滴,打在棚上,于是,我知道,雨来了,而屋前街道上干净毫无雨痕。雨真的下起来了,天棚被打得乒乓作响,像有多少精灵在着意地往地上砸石子;雨下大了,声势真是非凡,宛若万马齐奔。或是台风夹着阵雨,扫向棚顶,更若那奔狂的万马,尾上都拴上了铁刷子劈头盖脸而至,仿佛要透过雨棚、前窗直刷到脸上,除了闭上眼睛,等待那最后的一刻,没有别的办法。

　　我从没有那么好运气,在幽室里欣赏雨打芭蕉或雨洗残荷的音乐,我所听过的雨之交响乐,无非是雨滴阶石的寂寞;或雨袭松林的压迫;再有就是它扫过雨棚的各种气势,感觉都不是非常诗意的。

> 少年听雨歌楼上,红烛昏罗帐。壮年听雨客舟中,江阔云低,断雁叫西风。　　而今听雨僧庐下,鬓已星星也。悲欢离合总无情。一任阶前,点滴到天明。

这阕《虞美人》,是少年时代老师给我们选的补充教材,直到今天我还不明白老师何以会把蒋捷的这阕词选给我们。那时对词中的境界完全不能体会,十四五岁的孩子虽已"认为"雨中独行似是十分诗意,顶多能品味一点羁身江阔云低西风飔飔里的客舟,耳闻离群孤雁于雨声中哀鸣的孤独的罗曼蒂克,但亦是"强说愁"式的体会。至于"红烛昏罗帐",或双鬓星然听雨僧庐的滋味,则全无法领会。长成之后,投身世俗社会,似乎没有什么听雨的环境和心情。是幸运,也是不幸。噢,雨年年下着,曾有着期盼和埋怨,太多是付之以科学的、自然的关注,绝少与情感联系在一起,至少,诅咒着它冲低了我的情绪。

可是,亦不是绝对没有触雨生情的时候,因为心不一定能全受生活、道理、现实的规范。

　　记得很清楚，是刚刚搬到市郊山村的那年，于春节冬日的苦雨中，抢着迁入了大学的眷村。静夜里，聆听密雨的竞走和屋旁小河水流的急奔，对比之下，格外感到"安定"的笃实，但是，在浓重的年意里，置身于甫经开发人户稀少的小区，面对着一名被生计工作折腾得原形毕现的男人，两个牙牙学语的幼儿：虽在人的社会，却有如身处辟地开天以前荒野的感觉。除夕一夜，在鼾声中，我绕室孤行，屋外的重雨，显得更为凄凉。忽然间我顿悟了蒋捷《虞美人》词内"红烛昏罗帐"与他种境界的排比。一时竟悲从中来，为什么同样年龄的我，却没有那般温馨味美的少年梦？青葱的年程刚刚开始起步，便被限时推入中年人俗事生活的狭巷？一种"他生未卜此生休"的失望，使每一滴滴在心上的雨珠，都分外寂寥阴寒。

　　说来叫人不信，直到前岁初遭水患以前，在记忆里顶可爱的雨却是台风过境带来的礼物，那是从娃娃们创造了"玩床"的节目之后。一家五口都挤上一张大床，再会找借口说忙碌的人，当风急雨骤黑暗蒙面的时候，也只好搁下一切，享受台风赐予的假期，参加"同乐会"。直到新生的婴儿也大到挤不上那张床,才取消了"玩床"的项目,但那种一家人相守相拥、且歌且乐共度风雨夕的宁馨,却成为每个人心底的珍藏。

随着岁月的递嬗,生活的节拍也有所改变。由慢板到急急风,一个只能在时间的夹缝中喘气的人,似乎仅能品味到雨林漫步的诗情雅韵了。几年前,旅行到维也纳,每日倦游归来,踽踽独行于人迹稀落、灯火星疏的街头,冷、黑、醉汉的酒歌,都将每一线雨丝放大。待终于掏出了那把大钥匙,启开那层重门,疾步行过暗无一人的穿堂,奔上楼梯,钻入那家家庭旅馆,蓦地沐在那暖色的灯光里时,真有回到家的感动,立刻抖去了一心的寒雨。可是,当我越过憩集于起坐厅的"黄毛碧眼儿"的身畔,进了暂时属于我的斗室,听着雨点撞击窗扇的声响,单调、无聊,那"唯一"的孤独感又浮泛起来。一种家山万里的情绪,便立时洗去唇边刚刚展露过的宁适怡然的微笑。大概那就叫作想家吧!

希望可以治病,时间也可以治病。现今,心病已愈,临窗赏雨的心情,再也不那么凄苦。最多有时兴起"啊!这场恼人的雨,幸亏我在家"的念头。此外,只要是在国土内,雨,就恢复了它自然的、科学的原貌。

去年冬,母亲病了,尽到了心力的极限,仍然无法挽留住母亲。妈妈入土为安,却给我留下了失眠的症候,疲甚倦极,就是合不上眼。母亲病中,是整夜不寐;母亲安葬以后到今日,是半宿无法成眠,总要到凌晨时分,附近的豆浆店开了早市,才能蒙眬入睡。于是一场场的冬雨尽入耳中,尤其透过雨檐的扩音,声声清晰。

母亲病笃入院就医,几乎天天都是晴天,倒是便于往来侍疾。母亲不治之后,暂厝殡仪馆,天也开始流泪,滴滴答答连绵数日,那时夜夜都在祈祷之中度过。祈求天公开恩,赏赐一个好天,让我们把她老人家送到永远的家安息,早早离开那处存殁难安有如菜市场般的所在。上天听见了我的祈求,妈妈下葬之日,果然是个少有的艳阳天。但,仅仅是一夕之隔,老天爷又变了脸。可是安心与欣慰,却让与雨声悦耳了许多。纵是仍旧无法成眠,聆闻雨棚上的哗啦啦、淅沥沥,也不如原来那样聒噪了。

从年前到年后,好长的一段雨季。又湿又冷,气象人员报告,空气中的相对湿度几达百分之百,重湿的冷,比原有的冷更冷。雨棚上每每先"嗒、嗒、嗒",接着就稀里哗啦

37

起来。"唰唰、唰唰",雨势更大了,颇似密集的铁扫帚扫着天棚,像要把那脆弱的棚檐给刷下来。特别是深夜里,听来分外慑人,仿佛一街的雨声都集中到那个小小的棚顶上,此时尽管我数过千百次羊依然睁着无法入寐的倦眼,我仍会滋生一种幸福感:纵使是这样的寒舍,我有家,我可以在家里的榻上,缩在暖窝里倾听大雨的扫荡。青青年少时曾憧憬着有个理想的家,却不幸成了心灵上的枷。如今,则早又恢复为家,依旧并不十全十美,但是可以踏实地栖身放心,所以虽然现在我非听雨僧庐的沧桑客,也未历经如何漫长的岁月,因心境的不同,雨的旋律也有了相异的风情。雨夕拥被夜读或比肩夜谈,都让人产生一种好像是"满足"那样的感觉。特别当声声"烧肉粽"凄怆沙哑的吆喝,由远而近,又由近而远回荡在街巷间,益增人已享有太多幸福的罪恶感。毛毛雨、小雨、大雨、阵雨反复地下着,延续了十多日,过了个湿年,心里却不感到什么遗憾。甚至夜夜失眠,也不似平常的风清月明之夕难熬。

天生畏寒,一入冬天,双足便如冰块,常常要小心不要让自己的脚碰上身体其他部分,心寒每使实际的身寒更寒。相反的,心暖也可减少身寒的难耐,被冷雨洗得阴寒阴寒的空气,乃是属于身外世界的。雨乐又换了节奏,"轰轰呼呼"加上杂沓而至的"啪啪",显然是大滴的雨球卷入风阵,扑向天棚,比动地而来的战鼓还要震人。从棚下气窗溜进的一丝丝的余风,肆意地袭向无遮无盖的脸面。哦哟哟! 好冷!

好冷! 啊呀! 好冷!!

霎时间,想起母亲与我同样畏寒,因此往昔过年我们姐妹孝敬她的不是毛衣、棉袄、大衣,就是棉绒衬褂和皮棉暖鞋。而今,妈妈却孤零零地一个人躺在荒郊野外。即或那是风景幽丽的所在;纵然有混凝土与大理石的遮护,但那还是向风的冷山头。妈妈,多少年来您习于接受儿女的保护,如今独个卧居在风凄雨寒的墓园里,冷吧?

"二呀! 我冷!"仿佛妈妈在用乞求的声调唤我,像在医院时,因她动手乱拔管子针头影响治疗,我做主让护士"固定"她的双手后,同样的哀求!

妈呀! 我无能为力! 就似从十余龄后,我能分您一些家事之劳,却无法替你分忧。我推被坐起,愿我们母女同冷。可是,并无补于事,仍旧只能任您在那处山谷里忍受风雨连天的凄寒。

又开始祈祷了。

祈求老天多给一点艳阳季,那样的日子,可让我对妈少些牵挂,因为倚在向阳的山坡上,呼吸谷中的翠色空气,是一件怡心舒意的事。

实在不行,也请把雨丝轻轻投下。只要足够濯清一谷的鲜绿,滋润大地上的稻禾草木,就好了。何须日日,天天下个不休。听雨的人儿虽不一定真的断肠,却难免不垂泪到天明了。

她在河边洗衣裳

大雨后,小河里又有了水流淙淙。虽然文明已将两岸的林木草石破坏得尽失风韵,有了碧澈的活水奔流,又恢复了生命力。

宽广的柏油路面,是为其他的人和车建设的,不是为我而筑的。要依我的志愿,我会虔诚地说:请把竹林、野花和那土色土味的小河保留给我。

没有了,都没有了!看见路边的绿色嫩芽,我知道,将来还有竹树茂密的一天,但是那要等到多久的"将来"呢?至少,眼前,我以为我原有的,都不见了,都失去了。

顺着湍流的水波溯行,想看看文明的斧凿未曾光顾到的地方,不料竟看见了她们,那两个不知名的女人。身着红衫黑裙的一位,正蹲在大鹅卵石上用力地搓,搓她手上那堆不知是衣裳还是裤子的东西。穿着花衫的一位,正挥起了手中的棒槌,一下一下敲打着一堆像是被单之类的白色对象。斗笠遮住了她们的面庞,看不出年岁,但瞧那用力揉搓和挥举棒槌的结实手臂,和依然凹凸有致的腰肢,她们应当还在青春岁月。

叫人纳闷儿,她们何以这样顽固?当不分老少,都用机器洗涤衣物的时候,她们两个却蹲在河边洗衣服,任凭已经升起的太阳,透过稀疏柳枝,把日影筛在她们身上。而且那样专注,连有人在偷觑着,已看到了因撩起裙摆而毫不介意地露出半截大腿,都不知道。

搓,用力地搓,一绺烫过的卷发在竹笠下前前后后地晃荡着。捶,使劲儿地捶,那堆白色的东西放肆地喷起了水花和泡沫。搓完敲完,就着激流毫无忌惮地冲去白色的花絮,然后是另一件。偶然随风飞过来笑言词组,但是听不清说些什么。

独处独行的时候,我很容易错入遐思的港湾;多感的毛病,也常让我有多事的冲动,我好想用手套捂住嘴巴吆喝一声:"回家吧!回家去搓、去捶吧!太阳已经升起了!

热！告诉你的家人，你也该有一台机器！"

也想吆喝："回家去用机器吧！别用化学品的泡沫，污染了我的小河！"

究竟是世故了，我没煞风景，没吆喝。

忽然一声爆笑，着红衫的女子扬起一团什么打在同伴身上，两个斗笠凑在一起，喁喁哝哝，又爆笑开来。笑得花枝乱颤，使颈上粗大的项链，碰上了岸边柳叶滤下的斑斑点点的阳光，闪着耀眼的俗亮金彩。

那样的笑，触动了我心底的一根弦，一根久已静止的弦。记不得哪年哪月哪时，我也曾听过那样的笑，笑得纵然并非那样狂放，却笑得同样的青春。

青春的笑是永远不熄的生命之火。母亲已远去了，我却牢记她和她的同伴回震在山间河上怡朗的音波。妈妈是不会哈哈大笑的那类人，她的还报仅是回眸低视浅浅的微嗔。这幅景象是永不消失的生命火焰，烙在我记忆的深处。

那时我究竟几岁呢？记不得了。我未上学，已会说话；妈妈的胸怀间有一个幼婴，她常抱着那乳婴教姐姐读书，我从旁牙牙学口。就是那段岁月，暂居在一个我记不清的小城,过着天天要躲日本飞机的日子。不是往山洞跑,因为无洞可避,而是不去竹林、就往河边,而且总是热热闹闹,有许多人相伴。记不得爸爸们都去了哪里,妈妈们聚在河边,除了闲聊闹笑,就是濯洗衣衫。然而究竟在那条宽广的河里洗过多少次衣裳,我也没有概念,只记得那一次。

应该是暖而不热的艳阳天,会爬会站的妹妹,终于在柳荫下宁馨入睡;姐姐呢……忘了她在哪儿撒欢,只依稀记得身着天青衣衫的妈妈低着头在浅水里荡洗着什么。她不来管我,任我和玩伴站在清流里,欣赏自己变了形的小脚丫。就是那样的一瞬间,妈妈群的嬉闹惊动了我。抬头望时,妈妈正侧首浅笑,手中的白衫甩向河中拍起了水花。不善言辞的妈妈,表现她的嗔怒,便是那样的。她那了无脂粉的素脸和水蓝衫子陪衬着淡雅轻笑,使人似乎再也见不到灵山秀水的亮丽。那时,幼小的我,心中尚不曾有过任何形容词,但是却把那瞬间的画景,永远刻在心底。母亲大去入殓的一天,正是我与妈妈当年怀中的那个乳婴照料更衣,忽然我觉得眼前的老人家竟陌生起来,心中升起的乃是妈妈在河边洗衣裳的形象。如今留下的也是那

44

一个形象,因为见不到她此刻与往后的音容,那一印象则历久更新。

我自己从无那样的经验,不论是帮大人的忙,还是独任其事,都没有那样的幸运——人和自然融合在一起,成山川间画景的一部分。亦记得童年时仿佛有一首流行的歌叫《姐在河边洗衣裳》,可是从来没会唱过。等我渐渐长大,一知半解地明白了什么是"罗曼蒂克"时,很当然地认为这首歌必定很具罗曼蒂克的情调,但竟已遗失了它的流传。待我知晓浣纱溪畔的故事,更毫无选择地以为,纤手浣纱的景象,该当是我记忆中的画面。

不知是不是一种向往,只要看到群女浣衣于溪流的景况,我就痴了,会慢下行走的脚步;会将眼睛贴在车窗上;会暂时撇开同行同游的友伴,忘情地看,看!也不知为什么要看,就是要看,看这些河岸边的"她们"。

偶时,我兀自庆幸,我是很好运的人,我讨厌"有钱",我就不富有;我为书蠹,我就有能力自购自读;我厌恶都市的尘嚣,我就能避居郊野;我爱欣赏村女聚嬉溪边的风情,老天就把一条小河环绕我家的四周。至今,尽管文明已"开发"走了很多大自然的情韵,却仍把俏娘子濯衣柳荫下的欢欣、健康的鲜活景观保留下来。

太阳升得老高，不管是红衫的女子，还是彩裙的少妇都完毕了她们的功课。先将鞋子在河水里荡一荡，再立入溪中冲冲双足，然后着上又红又绿的拖鞋，提起满盛衣物黄的蓝的桶子，踩过突出的几块巨石，从对岸小路上回去，走远了，我依然未看见她们的面庞。当她们直起身躯，我赫然发现，花衫的妇人已经有壮壮的腰、圆圆的臀，不复是窈窕淑女，形象与昔年母亲濯衣河边的婉约纤秀相去甚远。但是没有关系，我无需看她的面容，也无人规定天地间的美只许柔媚不可刚健。不论为谁家阿嫂，到河边濯浣的是一家老小何种的粗鄙杂碎，那幅图景，仍是上天将生命韵律绘入大自然色香并现的佳作。

缺席的团拜

　　年,过完了! 在这隔着太平洋的异域一角,"过中国年"还是小区生活中的一个大题目。尤其自今年起,这个日子,已经由州长签署立法成为纽约州的庆祝日(state recognized day);虽不是假日,孩子们为庆祝佳节不上学可以不算旷课。华人社区领袖喜滋滋地摩拳擦掌投入筹备庆祝的活动中,大年初四的游行,连台湾的七爷八爷都上了街。各种团体的新春聚会更是数不过来,选择一些文学文化社团的团拜去凑趣,对异乡生活是一种感情上的安慰,若是找不出负面的理由对自己推辞,大概都会去"共襄盛举"。但是,每次去赶这样的热闹,心底总有一点怅怅憾憾的滋味泛起。不! 甚至有些疼痛! 我该去的,却曾着意地缺席过。

其实我很不爱过年，那只是俗世俗事中无可逃避的一项，假如我逃得掉，我会选择逃掉，可是我还不想弃离社会或被社会弃离，那么只好随大流。

无法否认！不管在何时何地，不管改个什么名字，颠扑不破的，在中国人的心里，说过年还都指的是过农历年；现在为了要区别"元旦"与新年便给了"过年"一个新名字叫"春节"。很多人想到过年直觉的想法无非是痛快玩、穿新衣、放鞭炮、大吃大喝、拿压岁钱。我真的不顶爱过年，每过一年人生就会短去一截，再有就是忙与累；像我，从少小累到向老。直到客居异乡，且又恢复了一个人的生活，终于可以不必再考虑他人的感受，过年就变成放大假的日子，用我自己的方式"度岁"。所以，这两年我仅维持了在阳历除夕整理一年的生活单据然后归档，农历年时做心绪大扫除的习惯。

父亲于母亲故去九年后也离世了，悲痛难舍之余，对自己我有了足以交代的安心。我跟自己说："对双亲我尽了心力，在家时自小为母亲分劳；直到老父归天以前，一直当他的精神拐棍，为他分忧。想到父母，除了怀念应该没有惭愧!"确然,就是这样,能做的与不能做的,我都是有一分力使两分力做了。每来到这个季节我就想起父亲,因为他最重视过年;爸从不说"春节"都说过年。似乎一年只有这一个才是节日,其他的都算不上,那些节庆加在一块儿,也比不上过年的重要性的一丁点。

父亲尽管超过一般父母的疼爱儿女,却是传统权威型的家长,连妈妈都要按他的意旨行事。别看在外面我颇有"不为利诱不为威屈为天下先"的勇气,在家里则是听话的乖乖女,不像姐姐那样率性。年年的追念省思,我检视自己,确然少有"色难"的经验,然而对于父亲,似乎并没做到我自定义的原则——如果不涉及大是大非的事,便绝对顺从。

奇怪! 现在想起我曾有过那么表现觉得很懊悔,可是当时我竟是有一种"究竟也能叛逆一回"的快意。而有过这样的心态,让现在的我觉得很不快意。因为时空已经转换,而且老人家也已不在了,无从弥补。

传统旧式的老爸是不容讲理的;挨骂是家常便饭,还难以避免多做多错的结果;更不会得到当面直接的称赞,每每为了庇护弟妹跟父亲争论,我只能上"万言书"。因而自小我就不会说"不"，我好想抬起头也对父亲说一回"不"。可记得的，有那么一次，那年我如有些幸运的考生一样，被两所学校录取，报到的前夕，我明知爸爸很希望我承继他的衣钵选择法律，却想都不想就说我已经决定进师大。不过我并没享受到"叛逆"的快乐，因为那时台湾的大学不多，只有几所，进大学那么难，有个爸爸认可的学校就读，他就觉得很好了。

我终于有机会说"不"，应当是进入1980年了，那时除了在两所大学兼课，我已经出了一些书，接了五六个专栏，那平面媒体发达的年月，常常同一天可有两三份报纸的副刊出现我的拙作，有时新闻的夹缝里还有我演讲、开会、获奖之类的消息。我相信这些事老爸都不知道，不然早就责备我外务太多了。

又到过年，爸突然跟我说，要我跟他一起去同乡会参加团拜，我以有事推托了。第二年爸又商量着跟我说了一回，我还是摇摇头。第三年他老人家不提了。后来有一次爸爸说起："同乡会团拜也没啥意思，那些人你不见就不见吧！没啥！"啊！我立刻明白了，一定是他答应了要把我带去给他那些朋友见见，两年我都拒绝了，爸这样说我心里一动,但是我没后悔。我终于向父亲表达了一回"不同意"。实际上我对父辈并不抵制(虽然某些人物的行为并不值得尊敬),像几位伯伯叔叔跟爸说召我去"谈谈",我就收拾得整整齐齐去拜谒。只是那时我年轻气盛,颇反对同乡会之类的"分裂性"的小圈圈,更不愿听一大堆扯着曲茉菜味儿的腔调的老头儿老太太在一起瞎白话。

可是现在回想起来,我做得很不合适。爸爸那么重视过年,也重视同乡一年一度的聚会,我原可以给父亲一点在人前肯定女儿的快乐的,我竟坚持缺席到底。想想,去一趟我又少不了什么,我就是不甩!

哦!很不能原谅自己。不能原谅自己啊!这份悔憾越来越甚,每到这个为自己的心情清洁的节日,就愈觉亏欠。无可弥补的亏欠!

缝情补趣

终于等到夜深人静,屋内室外的生灵都安歇了,整个世界都睡着了,可以虔心凝神独享自娱的游戏了。开亮了台灯,熄灭了室内其他照明,找出了钢锥、大缝衣针、粗白棉线和纸夹,动手装订那份我们的《心情记事》。不厚,加上封面封底仅有 13 页,不难处理。

不久前给那台新缝纫机找了个合适的对象送掉,能物尽其用,给它找了一个好归宿,心里就觉得舒坦而安慰。曾经把自己锻炼得车制衣物有专业水准的能耐,但自从那年为母亲制做寿衣,一时失神将食指穿钉在针车上后,便一见衣车就心悸(后来长辈才告诉我,依俗必须手缝,真冤),为克服心理障碍,买了一台名牌针车,希望能恢复旧技,但始终过不了"心障"的关卡。算了,送给有用的人吧!我,返璞归真,又回到纯土法穿针引线的时代。

自幼年起,就爱缝点儿什么。跟在母亲身旁见习、实习、长本事,兴趣不改,在手足行列、朋友之间成为现代人中的古怪异类。从棉被到窗帘;从妈妈的旗袍到自己的衫裙;从全家的"制服"到父母及亲人饰终的内衣,都曾由十指完成。但是,最爱的却是缝钉书簿纸页,因为这一项是心中无波无悲独乐乐的享受。

《心情记事》的 11 页内容,纯是两人由泛聚到情归的回顾与倾吐的实录,不涉及他人他事;虽然万一泄漏出去免不了自己会脸红,却不至像那五六公斤日常通讯的传真"笔录"会惹出意想不到的祸。决定要留下来"时习之"的,所以要好好装订起来。

选了红色的卡纸做封皮,把内页仔细地躖理得整整齐齐,拿出那最大的订书机,打算简洁地三钉解决。

"很难看,会生锈。不好!"旁坐看书的人发话了。确然,他说得一点也不错,订书机伺候简则简矣,只能结论出一个"简陋"。为什么不线装呢?我会呀,打小儿跟妈妈学得的小技术。于是决定线装。不过处理这份特别的对象,纵无须焚香斋沐,却需要心情的允许,所以拖了很久很久,拖到那人已远去。仿佛是还愿吧,终于选了一个宁静的清明夜来做。

凭我的"本领",实不必如此郑重其事,只是要做的东西不同,便有了殊于一般的专注与虔诚。虽然主体纸张规格相同,仍然得四边再三蹾齐,除了钉装的一边,三面用强力的大纸夹稳稳夹住。动作的过程,左手每个手指要发挥准与定的功能,右手需稳而速配合将之夹住。不能像平常集订合唱团的歌谱那么草率,拿针就缝。特别用直尺与铅笔先轻轻画线,量好线格的间距,再点上记号,然后才锥孔、穿线。假如用白丝绳会更漂亮些,没有的话,白棉线也很好,反多一种朴雅的趣味。已进入 21 世纪的 E 时代,这样古典的享受机会不多,要慢慢,慢慢地缝。缝好了,红纸白线,写上墨色的标题,确实很漂亮。颇有点传统典雅的意趣;也很切题,他的心境原本是传统而古典的。

我并没学过装订,但是在踮着脚下巴刚抵桌子的身高,曾看见妈妈用缝棉被的大针,替姐姐缝过松散的课本与簿子,后来又轮到我的,看久了便学会了。她们都不屑于学,我却最爱那妈妈于动手细做时,不用言语与我只以眼神交会的安恬。直到现在每当我整理散页或修补旧书的时候，那母女灯下缝纸的情景就会回到眼前，感觉真好；可惜生在电灯时代，若是油灯或燃烛就更好了。回想起来，那画面不只是温馨而且美丽！面庞如玉的美人妈妈和俏皮洋娃娃般的小女孩，构成的宁馨互动的画景，多好啊！最美丽的记忆，使这习惯一直保留着，保留到今天，尽管有诸般现代工具可用，能缝该缝的，都不会图省事打钉胶粘了事。

很沮丧，一册借来的画册，相了半天面，竟无从下手！因为是画页，除了用透明的胶纸带粘贴，便无法治它。胶纸带粘连除了不影响画面，看起来实在很 cheap，一副伤痕斑斑的模样，够丑！最后只好食言，不修了，赶快小心看过归还，以后反正看不见，不会瞧着难过。真的，瞧见破书烂卷便手痒！借书时，常是求人家允许我先为它"动手术"，准许我给它们一个正常面貌。人人都会大度地接受我的请求，而这次是我自食其言，还回去的仍是原来形象，所以懊恼。

爸爸大去的前两年，把他的大学毕业同学录、珍藏的两本书交给了我，说："他们都用不着，给你吧！当年在地摊上买来的,书是挺旧,现在可是没处找的宝贝。"我当然懂这是好东西。可憾的是老人家不知道我自小就有的一种兴趣,喜欢替新书保鲜,而更爱的是为旧书"疗伤整容"。假如能让"骨松身散"、"缺皮少肉"、角卷页裂的烂书,恢复个书样,那是最快乐的事。

母亲并不万能,可是因为文人旧家的老底子,除了琴与画的素养,她会很多跟文人生活相关的小技艺,除了缝纸,母女也爱玩修补破书。因为要用刀剪,妈妈不许小孩上手,早几年只能一旁观摩。剪刀和小刀片之外,工具还有糨糊、糨糊刀、小刷子、各色纸类、一块棉布手帕什么的,就是没有胶纸带。拿到一本面目全非的书,封面不平,倘质材许可,便把那块手帕浸水,扭得干干、干干的,铺在上面,轻轻地握拳慢慢捶平,然后理平每一页;散乱的假如是砖头厚册穿线装订的,便超出家庭作业的能力;如果书不是很厚或是钉装的,便用糨糊刀尖沾糨糊做最精细的一页一页结合并理齐;卷角处,也耐心地一页一页把它舒平,找一个强力的大纸夹,夹上几天。整形完毕,寻一块平、硬、重的东西压个一两天。现在当然是用数磅重的大字典之类的;中学生的时候用过砖块木板;最早是晚上压在枕头下面,其实比什么都好。

几个月前,我为个人的大手术做各种准备,项目之一是向各方大量借书,俾充休养时的精神营养剂。有的书真是很可怕,可能经过太多人的手,像被很多嘴巴啃过一样,不仅卷了书角,连封面也被"啃"得残缺不全。于是,找出一些旧的节庆贺卡,比对出颜色、厚度、纸质最相近的,工作台上厚厚地垫上废报纸,先沿着书边比对,精确画线后,左手用钢尺牢牢压住,一口气切下。拟与残页粘连的一边用剪刀剪下就可以了。不过跟残破处接合需小心处理,因为卡纸较厚,得轻轻用小刀刮薄一点点,再顺着接合的边缘,小心地用特别的强力胶水涂抹(从前是用糨糊),再以纸捻或小刷擦去多余的,然后对茬粘住,风干、压平。几处的洞洞,倒很简单,用剪下来的零星卡纸,按挖补的方法补贴就行了。还书的时候,书主看见面目一新的书,笑逐颜开,再三道谢。其实应该道谢的是我,他只见到了结果,我的开心是整个的过程。我很不谦虚地告诉他,这不算什么,我曾把人家赠予的40年代毛边纸油印的古董歌谱,糊裱起来,使之得以重生长存。言下确实有一点得意!

有人浇我冷水,说在网络全盛的世纪,人都不读书了,光盘取代了一切读物，缝缝补补毫无意义，太过时了。

是吗？大众与小众之间的兴好也许有差异，寻求生活趣味的愿景应该是相同的。而任何时代生活品味与情趣境界是不会过时的，有些情趣也是无可取代的！

人间好风景

落　日

快！快回头瞧瞧！

应着一声惊呼，我转过身去，正见到太阳回家最后的一程。

我也吃惊，从来没想到他是那么走回去的，尤其没想到他是我邻居，就住在我书房西窗外的小山坳里。不管他怎样善变，都不肯改变路径，天天走同样的路。不过若说完全走一样的路也不对，初次见到他，他是从两山坳口下去的，隔了些天他又从南山腰走向山下。可是，他永远在小山坳左近徘徊来去，不曾超过那一带范围。我不会自作多情，说他是不忘来与我的约会，但除了雨降雾起的日子，回去之前都会来打个招呼，他总是把最好看的面相留给我，让我这朴素的书斋，增添许多自然的昂扬的生命能量，这一点我非常感谢。

人生活在大自然里，但常常见不到真正的自然，还得刻意地跑上数百里去找寻，然后把这万古不变的景致当作奇遇。若干年前，曾随着一群人到阿里山顶观看日出，就为了看他怎样甩着万道金光的衣袂，到人间世界来上班。寒冷中，半睡半醒，被拥挤的小车摇上山去，在一处俗透了的水泥平台上，陷在成百上千的人头中，仰望着对面的山巅。叽叽喳喳喧嚣一片，为什么不安静一点呢？嘈乱的人声里，那又金又红的光芒一点点露出来，等"序幕"进行得差不多，他忽然一下子就冒了上来。不过如此而已！没有一丝丝回味，没有一些儿含蓄。每想起那次的经验，仅是俗陋的水泥楼台，到此一游的喧闹人群。

我的人生境界并不悲观，但是欣赏日落胜于日出。每次，能用相机，我就把那场面拍下来，之后品味温习；手上没有那么个东西，就把印象画在心里。看过巴黎催人回家暖暖的日落；看过瑞士罗茜湖上迷迷茫茫的日落；看过德国茵梦湖滨凄美阴冷的日落；看过将最后彩霞扔在希腊雅典荒山头的日落；尤其那装嵌在大画框内，著名的马尼拉湾落日,更记不得与他相值过多少度。尽管每次不一样,都美丽无比!如果我有能力挥着灵感之笔,把记忆涂绘在画布上,一定能成为全世界的名画廊所欢迎的大画家。

乘船走到了罗茜湖的尽头,应当是静静地看山,静静地看水,静静地看鲜花绿树水鸟,静谧原是罗茜湖的特色。可是瑞士娃娃一如华人小孩,郊游是不得了兴奋的大事,从起航到归岸,孤单的过客本欲品尝的是寂静的美,孩童的叫闹奔跑破坏了静丽,唯留下那人群中的孤寂,于是举世闻名的"罗茜殊色"也打了折扣。再弃船登岸,走向回程的路,才能定下神来,欣赏车窗外的湖光山色,无奈黄昏已涂灰了远方的湖面,几乎什么也看不见了,唯见在远天缕缕镶金边的灰云后面,他露出了一角遭随意遮掩的脸,气派不怎么恢宏伟壮,但余晖点染出半天的斑斓,仍是人类之笔画不出来的。

晤见茵梦湖,依然是车行中匆匆的一瞥。在"恍然大悟"的惊叹中,初次见到自童年就闻知已久瑞士德国之间的名湖。湖面完全展现在午前的日影下,但无世俗的喧扰。静!静!静!是最适做梦的湖畔。终于见到了这小巧的茵梦湖,真喜出望外!自德国回程再见的时候,怎能不多看上两眼。已是黄昏薄暮的辰光,太阳神的身形,一点点也看不见了,只剩下片片残霞,涂抹在水天交界的远处,更衬托出已蒙上一层层纱幕的湖面,有一种恬谧凄清的静艳;残霞不是主色,也不能没有他。

假如有人问我希腊有什么特产,雅典有什么特色。我不会回答是历史的古迹,是神话,是希腊人的自豪的美味番茄,我会说是荒山。驱车出游视野会止于荒山;伫立高楼推开楼窗也会见到荒山。记得有位诗人留下了"今夜的月色十分希腊"的句子,很多人都无法领会,但看过希腊荒山上那轮寒月的人士便不难了解。前无古人后无来者,一名过客,与孤月在空空的宇宙中遥望,就是那样的感觉!同一座山巅,换上太阳,还有同样的感受,泼辣辣的红,洒在山顶上,山上什么遮盖也没有,全裸曝在夕阳之下。不亮,不热,却干干地红透了半边天,让人想起了亘古无生灵的洪荒。

第一次与马尼拉的落日相值,是乘着游艇到海上去追寻的。风平浪静,并没有坐摇篮的感觉,但是海风仍能掀起人的头发与衣衫。欢笑款叙,临风高歌,忽然觉得对面的人脸渐渐红了。抬头一望,哟!满天灿亮的红纠结在深灰浅灰的云群里。"我们"如同是覆扣在彩色大碗里的虫蚁。船上下飘着，飘着，十足身在海上的感觉。慢慢地，朋友的脸暗了下来，金与红的光亮同时隐向西天，退到了海面下，仰视当空，连斑斑点点也无复存在，彩色的碗底已是沉灰一片，与海水的差别仅在缺少粼粼的波光。

第二次，第三次，第……当三度拜访那个城市，日日经过滨海的洛哈斯大道，其景不再成为奇景，但是每天都能见到他不同的风采。等到真的与他的老家毗邻而居，日出自然看不到，只有面对王城的房客才能见到太阳起身，我所享有的则为海上落日，推开了木窗，可以望到海的尽头。海的尽头都有什么并不全知，直到那天，由节目的夹缝里回到旅邸小憩，想驱走一室的沉暗，顺手推开花格窗扇……哇！虽已至临近黄昏时分，那耀眼的光仍让人招架不住。所幸已不那么烤焙般的热。夕阳无限好，大概就是这个缘故了，有艳阳天的灿烂，而无骄阳逼能的威胁。这时属于我的一窗落日，与在海上仰观，又有了分别。海是海，天是天，蓝不是主色而是底色，然后是纯白到洋红各色的团团彩云，像开满了一天的花朵。这番发现，真是后知后觉了一点，初知道那窗外的画，二十四小时能有二百种变化。可惜无法二十四小时留守在窗口，但是到那最后的一夜，停留在马尼拉最后的一夜，我打开诸窗，倚在榻上，从傍晚看到黎明，迄至登程的前一刻。

既不崇洋，也不迟钝，仅颂赞异域风情。只是世俗的琐碎，让人匀不出心思探头看看身旁的一切，不只是我，很多人不也常常是这样的？后知后觉的我，懵懵懂懂知道自己住在群绿之中；懵懵懂懂晓得有灰鸟白鸟为伴；懵懵懂懂发觉居室西廊外的远天常有向晚的彩霞。但从来没见过太阳怎样离去，因为当他"下班"回家的时候，正是我在厨房上工的辰光。那天，不需到厨下当番，才终于可以靠在书房的圈椅上，瞧一眼窗景。于是看到了他怎样笑呵呵地迈着大步下山。他一向准时现身，我等闲视之，全没当回事，过去真是辜负了他的殷勤致意。以后，成了常相见的朋友，有时刻意等他，欣赏他的阳刚伟壮、豁阔大气，我爱！

月有圆缺，太阳不会，除非日食，永远是盈满的。但是看过一轮圆日的人并不太多，因为他总是插了一身耀眼的光辉，站在天际，令人不敢正视。所以他为人世贡献光和热，使万物赖以生存，众生却多歌颂月亮。除了偶用"旭日东升"比拟人类的升发,不大对每日陪伴自己十二小时以上的太阳付以注意;有人注意了,可说是有三分惋惜的"夕阳无限好,只是近黄昏"。

服了一天勤务的他,可能有点疲倦,不再那么锋锐刚猛,但依旧雄伟英挺,气度豪宏。滚圆滚圆的,不带一点缺陷,依然有光有热,却不再烫人肌肤眼目。披着的红斗篷,轻轻一挥,就红遍了半边天。假如他忽然想韬光养晦,故意躲到薄云后面去,仍会由淡白、浅灰、微紫中透出些光亮,让人感觉到他的存在。我没见识过他怎样飞奔过无垠大草原与大漠,也许是错觉,我的印象,他从不走丑陋窄小的途径,一定要选个山灵树秀的道路回去。

就像那恋家的人类,每天下班之后,便归心似箭,绝不肯缓步慢行,一定快快地走。跟我照过面,招呼过了,让我瞧着他迈着愉快的脚步,由天边下到两山交界的谷口,沿途仍随手把他的光辉施舍给需要色彩装饰的山树房舍,连我的面庞上也分得一抹喜色。直到他挥手道过再见,还留下残彩,那是熨人心目温情深蕴的余晖!该他出现的日子,大概都认真执着地走同样的路径,只是随着季节的变换,向左或向右绕一点小弯。不必重述他所发挥的有用功能,纵然年年天天走的都是千篇一律平常又平凡的路,但绝少为我描绘展示相同的画景,这就是他无可取代的成就了。

所以,谁说"夕阳无限好,只是近黄昏"呢?应该是"总是近黄昏,夕阳无限好"! 同样贡献出生命力量来照亮温暖世界,却是无伤害的光与热。哪怕仅剩下一点点残光与余热,也绝不猥琐寒卑。因为他知道,今天沉沉地睡下去,明天还会精神地爬起来。一如宇宙间的生命永远不会彻底死亡,顶多脱胎换骨,蜕化成为另一个新形象再光照世界。

大海的旋律

　　避开了捕捞鳗苗的阿伯,远离了戏水的父母与孩子,顺着沙滩,踩着朵朵的白色水花,轻盈地跃踏前行。不敢迈重了脚步,唯恐重了会踢破那种海涛声中的宁静。

　　谁说海水是蓝的? 暮色已将波浪都染灰了。深灰、浅灰、淡灰,还有白中带灰又镶上一线金红。隐在云层之后的日晖是温柔了许多,那诸灰斑斓的海浪,却多出几成刚劲,潮水推动着一串串、一堆堆的波涛冲向岸滩,叫人望而生畏。我不敢接近,只在浅滩上踏浪,享受沁凉、舒畅、惬意,还有一些些潇洒。仅仅是敞开胸襟,揽风入怀,并不曾御风飞翔,但风已扯散了头发,掀开了裙袂。自觉虽未曾羽化,却已似登仙,正像许多画景中,那个在海滨寻梦的痴迷女人。

　　早已从少女寻觅的梦境清醒,成长得既平俗又庸俗;生活得比最普通的人还缺少诗意,但是仍然欣赏、喜爱那样的况味。远远看那些挖沙拾贝的孩童,已知羞涩地叫着"师婆""阿妈""太师母",可是我却保留了一颗不变的心——不是如昔而是不变。那首少年时学会的歌,不期然地又回到心中和口边。

　　其时在台中,参加的合唱团就叫"海韵",因此徐志摩的那首《海韵》就成了招牌歌了。可是每次演唱到那首诗,心里总有不少复杂矛盾的感觉。当女郎唱着"我不,我不回家,我不回……我爱这晚风吹""我不,我爱这凌风舞,学一个海鸥乘海波",不由得渴望着这种任性的快乐,但又不相信那是真的,难道她的爸妈准许她?! 而唱到暮色里,沙滩上不见了女郎的身影,反复地低吟"女郎在哪里,女郎在哪里",心中的惆怅真是到了极点。大海就这样吞没了寻求自然纯美的人儿吗? 那归向大海的女郎就是这样去找到至乐至美吗? 我无法解答,因为自幼,我所接触的渤海黄海东海乃至太平洋,都有他严厉冷肃的一面,不全像情人的臂弯,母亲的怀抱,我怕!

但是,终于也有机会,在谧宁的海边,独自驾风乘波倘徉了。虽然岁月膨胀了腰身加重了分量,无复是"苗条的身影",然而当浪花卷湿了衣裙,海之风帆推送着人要自沙滩飞起的那种飘飘欲仙,的确会叫人忘了天,忘了地,忘却了物质文明的繁华,忘记了在世间已享有的一切,无法"不惑",只思凌风而舞了。

"喂! 不要再走远了,天晚了回去吧!"

可不是,那镶着白色花边的浪,已渐渐变成了浓灰;沙滩上的人形,都成了人影,长长短短走向来路;几个没野够像小牛犊似的娃娃,也被父母扯着拉着,又蹦又跳不情愿地越过了小沙丘,穿过了木麻黄。都不见了! 我仍然得是那个享受"平常"乐趣的太太、妈妈、老师、师母、师婆……当我迷惑时,自然有人唤醒我。

人总得活在真实世界。可以保有一点遐思幻想的个人境界,可是不能脱离世路的常轨,这是每每令人扼腕的煞风景的事实,但又无可奈何。"女郎,在哪里? 哪里是你苗条的身影?"多么罗曼蒂克! "妈妈,在哪里? 哪里有你温馨的笑容?"多么凄伤悲哀! 所以只能乖乖地走回营地,吃饭、聊天、参加晚会,然后与大地同憩息,到眠梦中去乘波逐浪,御风而舞。再者,期待着一个色彩亮丽节奏轻快的明天。

海是由蓝变灰而转黑的,海的转蓝也得经过从黑到灰的程序。没赶上五点二十太阳钻出水面的壮丽,却捕捉了晨曦的尾巴。亮红的朝霞,将海天交界处的灰绘染成闪跳着的金色波纹,更广大的海面,都是颤颤巍巍诸灰杂现。那三两早起的幸运儿,仰浮在波涛里,面容也是灰黑的,只知是人,看不出是什么人。

探海的另一个好处,就是可以从面庞到脚底,卸去一切社会里必须有的累赘,将身上的负担减到最少,海里海外,人前人后,不必扭捏,享受一点点大开放的自由。但是还是不能完全放开,那句"救生员未到场,不可以下海游泳",就困住了好多想自由发展的心,只敢比衣冠楚楚的"观众"稍稍涉入,坐在、蹲在、跪在浅滩处打浪或被浪打。我偏不要那么乖乖静静地安分守己,我偏要站起来,走向更深处,让海水浸凉我的小腿、大腿。啊呦,一排大浪迎面击来,快逃! 可是它们的脚程更快,还没等寻思好怎么做,已经被海涛踢翻了,连滚带爬。刚要站起来,又被扑倒,腰上、背上、肩上,乃至于脸上不知挨了多少"巴掌"。

就不服气,再来！但是海浪并不怜惜不屈不挠的人,还是把人连踢带打制服在沙滩上。远处的伙伴,点着手叫,呼唤着去归队,说过了那层浪冲浪破的关卡,更接近海洋的胸膛,就不会遭到那么凶暴的待遇。不敢哪！救"生"员还没上班！

算了！不再跟海浪较劲儿,去找别的海之游戏。天已大明,眼目所及的远滩,那串高高矮矮的胳膊与腿,原来在牵渔网。海上两个小黑点,也明显可见是两艘渔船,正缩小范围驶向岸边。可是男女老少在老渔夫的指挥下,齐心一致拖网,拖了那么一个朦胧的黎明,还是一寸一寸拖上岸。而那些数不清的专注的手臂和腿,依旧不懈地黏在网上,快去吧！再晚就来不及了,来不及赶上这个半生难逢的大节目。

这张巨网,到底撒开过多远,恐怕只有撒网的讨海者知道。现下逐渐收拢的面积究竟有多大？一个台北市网不住;整个桃园的中正机场也网不住;但是要把新公园收在网里,绝对是可能的。慢慢地,渔船之间的距离越来越小了,与岸边也越来越接近了,抓在大家手上那黑黑的一大捆,已一尺一尺地拖了上来,散铺在岸滩上的部分,可以清清楚楚看出是温厚的棕红色。渔夫们已迫不及待地着手整理躺在沙滩上的渔网。但是牵网节目还没落幕，仍在进行。握在手上的那一捆，好有分量，要不是齐心合力伸出逾百只臂膀来拽它，一定拖它不动。

有人叫着："快！快！"霎时间渔船已驶向港湾，渔网终于被拉上了岸。大声一吆喝大家丢下了网，蜂拥着冲到收起的网旁，检视忙了一早晨的收获。我不去，我的目的原只在感觉拖网的滋味，不在收成。忽然，一条银色的小鱼跳在手上，不过是一条四寸长的虱目鱼。够了！于愿已足！把它转送给一个小娃娃，那个太小的男孩已经努力了一清早，却挤不上去摸一摸鱼。我告诉他，那是他的鱼，凑巧跳到了我的手上。他满意极了，把同样的话告诉他的爸爸妈妈，他的爸爸妈妈，珍惜地替他把小鱼放在他盛满海水的小桶里。多可爱的父母，多幸运的孩子！将来当他长大成人，在人海中翻滚颠簸，饱受风霜之苦时，一定会记起那段在宜兰头城海边拖网捕鱼的馨香童年。那有爱有美的记忆，必定能成为他心灵的盔甲，抚慰伤挫的良药。

另一个回合开始了。扛着彩伞红旗，穿着斑花泳裤的"他们"出现了。这边伞支好，那边旗插好，一边一个抱膝蹲坐在旗帜之下。虽一语不发,却像在说:"玩吧!游吧!我们来了,放心尽兴吧!"

"他们"都不高大,皮肤比"常人"黑一些,像是职业的安全色。于是男女老少真似得到安全感,不仅在水滨徘徊嬉戏,还纷纷奔入了水波。

海终于真的蓝了。但亦非单纯一律的深蓝,而是浓淡有致层次分明的蓝。可是真正的亮蓝还在天盖上。蓝得那样鲜丽,在它的覆盖下,让人觉得天跟海,海跟天都改了表情,仿佛都张开了嘴,在朗然地大笑。那些爱浪者忙不迭地迎上前去,与它把臂相抱,怡然地,惬然地,浮泳在蓝绿色的胸怀间。改换了面貌的大海,不曾完全更易性格,依然会把镶着白色荷叶边的大浪小浪拍向浅滩,虽然看似温和了很多,还是会使人要翻上几个跟头才爬得起来。

伙伴不只点着手叫了,干脆漂浮过来,把胆小的笨女人领过那层叫人狼狈不堪的波浪地带。果然是这样的,波头虽会一个两个接踵而来,只要肯于学着那些芭蕾舞者的姿态,乘着波峰跃飞起来,绝不会被推倒在咸水里。跳吧!舞吧!每一招一式都是一次的大畅快。定下神来,穷目四望,整个世界,是晃晃荡荡无边无沿的无限水天。"我"在哪里？禁不住要自问。跟这般的无极无垠相比，至少我自知我什么都不是，连沧海之中的一粒细沙也不是。

寻求戏海的情趣，并不是仅泡在海里撒欢呼叫。还要试试我生命中的第一遭，泳游于敞阔的海洋里。

别怕，别怕！安慰鼓励着自己。接着，就那么投身到波涛里！人跟海，立刻融成了一体。伸腿，舒臂，仰头，吸一口波涛之上的逍遥空气，哇！一个浪掀了过来，赶快闪过，埋首入海，突然间，感觉整个身躯都被举在浪顶的阳光下。好了！浪又过去了。再伸出头来，赫然发现全世界的水都涌到了颈畔身旁。天怎么这样高？海怎么这样阔？啊！浪又来了！闪它不及，任它冲入了张开的嘴里，勇敢地一口把海洋吞下去。

漂泳过来，又浮游过去，像是又回到摇篮里，让人醺醺然要入梦了，入梦了！

"啊呀！我们是在太平洋里游泳呢！"

是谁喜滋滋地在大呼小叫？可不，我们是躺在太平洋的大摇篮里。假如我把自己完全交给他，他会把我摇向何方？摇啊摇！要醉了！要睡了！就这样睡去好不好？！

"嘀！嘀！"

哨音是警告我吗? 不是我,并没逾越范围,我仍是胆小谨慎的妻子和母亲。太平洋再宽阔,我也只敢在那一些小角儿洄游寻梦。没有人告诉我、召唤我回家,我自己就会走回岸去! 俗透了的人总无法忘情于红尘。

如今,又回到了仅能见到一窗天空的斗室,也早已洗去了浑身的盐味与沙粒,但是枕着海水做梦的情味带了回来,永难忘记。昨夜,我又梦见睡在太平洋的怀里。

灵山夜雨

　　真不知道有这么好的夜,大家竟舍得用看电视和睡觉来打发。才不过十点钟,路上已经一个人没有。

　　找了几个钱币,我说我要出去打个长途电话,其实更想独自感觉一下山中的雨夜。昼间溪头的面貌,已看过好多次了,虽然每次的面相都不一样,大概总是差不多的。无非是群树苍郁,竹林挺秀,或白鸽眨着欢悦的眼睛,拍着自由的翅膀,从这一片绿飞向另一片绿,逸纵奔放得让人恨不得要跟它们一块儿飞起来。

　　应最令那些绿色精灵心里舒服的是,属于灵长目的两足动物,全成了山林的点缀,再也不能指望大树小树只给它们丰富生活的色彩。也许有人难改喧嚣的老毛病,但是当他置身于百绿杂陈的树谷中，他只能收敛，要不然他永到不了所向往的目的地；尽管已到了叫作溪头的地方，他的伧俗仍把他圈囿在台北高雄，或是台中台南尘杂之中。溪头的画景中不会有他，因为溪头的色调只有清冽冷幽、净静安谧。

我们是唱着进山的，九重葛、脆柿子，都看不见了，只剩下推翻了绿色调色盘之后的各种颜色，远处的绿海里，簪上了几朵薄柔的白纱花。有人在感谢那片片的山岚，将画面装饰的那般雅逸巧妙。雨丝飘下来了，又给山路林荫增添几许朦胧，不过在梦也似的朦胧中，仍可辨识枝干叶丫的舞姿。轰隆隆，一声雷劈落，紧接着是大股的雨流冲刷而下，撒在车窗上，仿佛罩了一层水帘。隔着雨帘仅能隐约看见点儿绿影，让我们知道我们仍在奔向灵山的路途中。歌声还在持续着，仍然不美，仍然缺神少韵，但也幸亏有这缺神少韵的音调回旋在这会跑会转的"盒子"里，否则重重的雨幕，阻断了窗外有生命的一切，会让人萌生被世界所弃的孤独与恐惧。

天公伯使劲地泼了些水，洗净一切应该洗净的东西，就够了。转瞬间就止住了力道，撤去了会把人的心压缩到零的雨阵,又变成了细丝织成的帷幕。隔着薄纱帷帐可以跟绿色的生命互通声息了。但是也发现,那名叫"夜"之神灵,已经慢慢降临。

不是带着雨去,而是溪头预备了冷雨给我们这些忙烦了热苦了的都市人洗尘。似乎是除了要洗我们的身,还要洗我们的心。于是那些毫无准备的,就冷到心眼儿里去了。我有备而来,我是打算来接受洗礼的,然后带着洗去疲累和繁思的宁静,回去面对万丈红尘。

我是热闹中人,也不是热闹中人,无论走到那儿,不曾品尝过"独自"的味道,就像没有真正感觉过什么。冷雨、无灯,又是该躺到床榻上等待明天的时分,似乎不该再发奇想,一个人出去乱跑。但,就是那样忍不住,抓了几个硬币,就算对自己有了交代:我是出去打长途电话的,我不是到外边乱跑的;到公用电话亭打电话又快又省。

很后悔,不该拿着伞出来,那一点点沁沁然的小雨,何必要伞来煞风景。大概是因为寻幽访绿的都要休息了,老天爷也珍惜那会滋润生命的水,雨几乎已经停了。斯时,赫然发现,被洗净了的,何止我一个人!视野所及,都是那般洁净,连那千篇一律,设在玻璃小亭中的蓝色电话,都与一般有了不同的格调。纵不能送入艺术馆,但可送入博物馆。因为那是被灵山夜雨化过妆的电话亭,是二十世纪俗尘中的独特。

不用有什么目的,也不可能有什么目的,信步浪荡。用浪荡二字似乎有些不敬,但是就是那样的。心情就是那样的!

在墨色的夜里,已很难分辨何者为白昼所见的老松、红桧,哪些是台湾杉、日本杉,也许它们的作息和人类都一样,都已入睡了,全那么安安静静比肩而立,不发一语,任凭我从身边经过,踏破沉静,也没什么抗议。不过也不是全都睡了,偶然,很善意地抛几滴水珠在我头上身上,像是告诉我:

"别怕,天虽然黑,我们还醒着,放心地散你的步吧!"

好多,好多,真是好多!到底是哪一路的朋友,真真看不清,全列队在道旁。仰望天空,有许多叶影,但是全是些什么样的叶子,实在看不清。如果有月亮和星星就好了,至少叫不出名,可以看出形,如今乃是一抹的黑。然而,尽管每一条山路,都是一抹灰黑,那独有的体气、独有的呼吸,还是可以让人感觉到无数个"它们"在。我,颇不寂寞。

朋友，咱们唱个歌吧！"幽林一夜雨，洗出万山青……"这是我在台中上中学老师教的。好俗！是吧？即或不俗，也该留到明早唱！我自己编个歌唱吧！这个"自由创作"不是还不错?！很能发挥我声音之所长。不尖不锐，不暗不喑；有曲无词，却有腔有韵，虽然走出山林，我就会忘记，没关系，反正是献给山林诸友的，你们听到就行了。

在一抹黑的尽头，就是无限的黑。我还是俗人，尚未空灵到可以埋身于无尽的黑里，还是回我的"汉光楼"吧！人跟人还得归类。且行且望，原来平常无奇的灯火，闪烁在夜空之中，竟似星星的眼睛，让人不再感到突兀。只是屋前小桥镶上了橘色的钻石，那是纯粹属于尘俗的。然而却也无妨，从无声的黑里返回人世，尘俗，也是一种暖心的安慰。

木麻黄

说是初见他,也不是;只可以说初次见"到"他们。

不能怪我,我并不势利眼,全因他实在不打眼。假如他丑一点,怪一点也好。不,都不! 就是那样引不起人注意。

垂柳轻拂着水面,即使周遭的环境十分庸俗,也仍让人想唱一首柔柔的歌。老松挺拔地矗立在山边崖上,孤独,可是绝不让人兴起一丝怜悯,仿佛岁月对他不是负担,却是财富;当你走近他,必须仰望他。梧桐是久违的朋友,孩提儿童不懂得伤春悲秋,更无文学哲学的感应,但那种深沉与潇洒却会沉淀在记忆之中,醺醺然,醇醇然。心怀开阔的巨榕,看来邋邋遢遢不修边幅,然而有包容一切的气度,再冷心的长少男女也爱亲近他。红得耀眼的凤凰木,曾多次出现在诗文中,但是除了时令的变幻,并泛不起比热烘烘更深的感受;即或如此,仍不能否定他平庸而美的外貌。都不像他与他的同伴们,干干的,瘦瘦的,土土的,看不清面貌五官,却满面风霜。

路旁、海边常常看见他们,一大片一大片的。原以为是松的变种,谁知道稻黍不分的土包子又猜错了。其实到今天也没看清楚他们是什么形象,就只见那么灰绿灰绿的一大片。不过总算弄明白一点,原来灰扑扑的色调并不是他们的原貌,背风面虽不是油油碧绿,也是纯然的绿。迎风面则满被战尘所掩,显得那么灰灰暗暗,看着脏脏的。

拜访刚刚竣工的台中港,是为了讨回人力胜天的明证。立身在延伸到海中的沉箱上仰观清空,的确别有一番滋味和体会,但是在港区之滨则颇感意外,及至看见新辟出广阔的区域所培植出的幼苗更感意外,几乎要建议,建议栽植一些较高水平的植物来"美化"港埠。也幸亏没说,否则将又一次展露"书蠹"的外行与肤浅。木麻黄的栽植一点也没有美化环境的意义,却富有更严肃的任务,他们,必须在防波堤内阻挡飞沙成为沉积淤塞海港的杀手。

他们静静地在炎阳下的午后时分直立着,发间躯干布满砂粒,看来劳倦枯瘦,但仍然默默地挺立着那种神情,敲在人的心里每一下都是重击。平时并不爱叨念"非干病酒,不是悲秋""剪不断,理还乱"之类的句子,然触景生情,眼中鼻内都是酸的。不是同情,不是不平,不是怜恤,不是歉疚,不是遗憾,也不是崇敬,说不上到底什么感觉在心内翻腾。就似在东西横贯公路寂冷的峻谷中,遇见了道旁矮屋的护路班;发现了在狂风暴雨将歇时,已高悬在半空修整高压线的工作者;坐火车驰过快车永不停靠的小站,看见站台上满面岁月刻痕对疾驶而过的火车笔直肃立的站务人员;见到了在酷热严寒流着汗河或迎着朔飙戍守在山巅海旁的战士;会见了在闷气的书库内,五十年如一日守护着尘埋的资料旧籍的老先生一样,心中有根无法控制住的颤颤的弦。

入文入画的永远是那些,不是松竹梅,便是牡丹菊柳,文人骚客、美术家、音乐家,永不会想起蘸一滴墨水,描绘一株木麻黄于诗、于画、于歌。说来也惭愧,当感叹着木麻黄所扮演的角色,却也自知不敢攀比,如果要担负防风御沙的责任,我会跃跳着做防波堤,勇敢地与海浪搏斗,叫我仅沉静耐心地忍受风沙扑面吹打，很不容易心甘情愿。任得了劳，却任不了怨。平凡地奉献，平实地努力，都不难，难的是忍受长期千篇一律少变化的寂寞。

自从经人正式介绍之后，才忆起好多好多地方，都有整片整片的木麻黄，而以前确实是一瞥也不曾付予。只知道那些有枝叶叫作树的东西早就伫立在那儿了。至于什么时候有的，与世人一样从未关心过，也未想关心过。

有人赞叹道路的宽平；有人赞美建港工程的伟大；有人为全由自己人设计修建而骄傲；有人对工作人员实干苦干的精神与态度表示钦佩；甚至也有人惊叹栽种木麻黄计划的大手笔，唯独对木麻黄本身并无人关注。然而那众多的木麻黄仍毫无怨艾地站立着，无声无息地站立着。任凭厉风捶击，任凭怒沙扑打，他们仍谦卑无怨地默默站立着。

青山为伴

那天迁回村里的第一个早餐。

推开了厚重的被子、毯子,勉强坐直了身体,用半闭的双眼,从已拉开窗帘的窗户望出去。哟!一下子就惊醒了,怎么窗外都是一团团绿啊!纵非青翠青翠的绿,也是隔在雨雾背后的迷蒙烟绿,确实是有生命色的山峰。于是,我知道,又有好画可欣赏了。

假如不跟青山做朋友,很难发现它有那么多变化。别说每天的面貌各异,就是一日之间也会有不同的色调。当穿衣镜中的人影都蒙上水汽之后,那大山小山便也隐在纱帏里,十分有诗的风韵,可是情绪会不自觉地跟着低落,好像真有舴艋舟载不动的许多愁;在晴空朗朗的日子,那山丘绿得可真干净,尽管因距离的远近,浓淡遂也有了层次,但全是鲜明的亮绿。面对这样生意盎然的舞台,实在想放嗓豪歌或开怀大笑,为人世扮演一次快乐天使。

倚在榻上,倘如肯稍微升高身子,便会发现眼前的风景有了改变,原来在群绿的下方还有高高低低的屋盖点染其间。唉!遗憾!为什么不能保留纯纯的绿给我们?

倒也罢了!远离人间烟火,寻求绝对宁静既不可能,若从品评庸人俗世生活环境的优劣着眼,已经值得安慰。这毕竟是红尘世界,在一片熙熙攘攘、烟尘滚滚之中,能日日与青山为伴,能不算值得感谢的恩惠吗?

迟睡的朋友

迟睡的动物,不只是人。不过当黑色的网把山野盖得密密实实,就再也不知道哪些是睁着眼睛的,哪些已酣然入梦。不过我确知,在村里工务所门前的那只小花狗,必早已睡得昏天暗地,不要说到了人类的窗户都合上眼睛的午夜,就是大天白亮的时分,不论是清晨还是傍晚,它总是把头埋在肩窝里睡它的太平觉。不管刮风还是下雨,不管天气晴朗还是阴沉,总是睡着的。尤其自从管工地的老张送给它一小块旧地毯之后,就睡得更惬意了。入晚要请它担任巡逻任务,恐怕连门儿也没有吧!

静夜里,山河是清醒的。琴音永远不断,月朗星疏的时候,它轻轻地弹;风骤雨急的时候,它重重敲打着琴键。就是风停雨止了,也依然是又急又重的快板。越到夜深越听得清楚,让人不能不承认它是有生命有灵性的。可是,它不是动物!

但是,我确实知道还有比我更迟眠的动物,也许根本不睡。愈到晚上精神愈足,独唱、重唱、齐唱、大合唱。青蛙族大概是天生的声乐家,一只唱,两只和,音量已经够响亮,绝对不需要麦克风。如果来个齐唱,连小河弹琴的旋律都给压了下去。尤其在天地被水雾沄瀹得迷迷茫茫的夜晚,也不知为什么要唱得那么悲壮。而且拍子节奏把握得奇准,像是有一位高明的指挥在挥动着指挥棒,千百只嘴巴似由一根神经连在一起。一拍、两拍,休止符处,死寂一片。忽然,再爆发出回震山谷的歌声。一个乐章,又一个乐章。

于是,我知道了,不是还有些,而是还有好多好多位迟睡的朋友,在享受他们的夜生活。

早安! 小鸟!

邻居说,他家厨房边通风管内,有羽毛掉出来,让他很担心,怕有鸟儿在里面做了窝。我顺口附和着,要他查查看,心里却不太相信。小鸟有那么大本事? 他住在四楼,要是爬楼梯也得爬半天。附近从不曾见到过有什么叫得出名堂的鸟类,可能吗? 鸟要筑巢,恐怕二楼还差不多,顶多三楼。他们家会吗?

夜猫子不适宜早起,可是为了活得有规律点儿,每天还是逼着自己按时起身。总是那样的,闭着眼睛扭开收音机,再伸直脖子,用惺忪的睡眼张望一下窗外;卜一卜这一日的天气。往往先见青空,再见绿山,很快便洗去了睡意。

这一天,意外的,收音机才报着六点五十五。仰首一看,呀! 怎么了? 天和山,还多了些角色。远处雨珠犹滴的电缆上,站了一长排麻雀,而且都面朝一个方向全背对着我。在叽咕些什么,倒听不见。一只、两只、三只……怕不有五七十只,个个都长得骨肉匀称,一副精神饱满的样子,难怪能飞得比七楼还高!

顿时明白了,我这凡事落后一步的蠢材,不但常无"虫"可吃,连小鸟儿走钢索竟也难得一见。惭愧!

流星不见了

流星不见了!

多么扫兴,不过一夜之差,只一夜没看,流星就不见了!

舞台上的戏,夜戏比日戏好看。日戏的主角是人,夜里的主角是灯。灯经过夜的美化盏盏都漂亮,连白天看来单调无奇光秃秃的路灯灯柱,都变成了一枝枝银白色的百合花。

成点成片的灯火,每一个时段在黑夜的海洋里,都有不同的风貌,最爱的还是生灵都已静息的夜里,倚着楼栏默数流星。

宁谧的夜,连小溪流水与群蛙齐唱全成了惊人的噪音。一片的静!静!黑缎幕垂遮下安群的静!家家户户灯火皆跟他们的主人一样,已闭上了眼睛。偶或有哪家犹醒着勤勉的夜读人。此外,除了鼓噪的青蛙,没有什么清醒着的生命,默默相对的,除枝枝的"银百合"外,只有远处稀疏有致的星光。最远最远的乃是天边偶过的流星。这些流星永不会陨灭,当它们滑下山路就是迟归的"千里马"或"赛铁龙",但高高悬挂在山头上时,确然是美丽的流星。

突然,那点红红的星火不见了,却在山巅上用路灯挂起了一串发光的珠串,每颗亮晶晶的珠粒,用一条若隐若现的细绳穿上,每晚定时挂起来。天雨时,珠串的光泽差一点;晴空之夕,灿烂夺目,好似女王的钻石项链。美是美极了,可是还是喜爱伫立楼头数流星的滋味,星星都被穿成串挂起来,我还有什么可数?

夜　市

　　在菲律宾，我不曾逛过夜市。回来，深以为憾。我总以为，有着马尼拉那样罗曼蒂克的城市，是该有夜市的。可以三朋四友，或独自一人，闲闲散散，在满是人头灯火的市场里徜徉巡行。不幸那块国土，外来客无福享受那样的休闲活动，甚至知趣地不敢追问——在那美丽的港都，可有美丽的夜市。

　　听说新加坡是有夜市的，叫大排档。在电视新闻里，也曾看过那场面，透过镜头，颇能领会那种锅盏齐鸣，热气腾腾的盛况，好不吸引人。可惜那年走访该地时，节目排得太紧凑，虽得至午夜"人妖"市场开过眼界，却未得机会赴大排档赶赶热闹。虽然我非常不"好吃"，回思起来，仍以未曾领略过那处夜市风光而遗憾。

出人意表的,意大利那个国家,竟是有夜市的。坐在车上,只见灯火辉煌,万头攒动,一片人声。啊!罗马的夜之市,多么有"意大利"的情调,跳下车去,与他们欢愉在一起吧!但是,那辆有轮的大机器,连多停几分钟都不肯,呼啦一声,丢下那片繁荣就走了。那是"观光客"禁足的地方,安全第一。谁人不知呢,安全第一,但是却禁不住着内心的怅惘。岂是人人都只乐于做拾取浮光掠影肤面景色的"观光客"呢?所以到了 Tivoli,当所有的黄毛绿眼的游客,眉开眼笑地穿梭于土产皮货之间时,我则意兴阑珊了,没有乡土气味的观光橱窗,引不起人的兴趣。

其实我不是爱逛夜市的人,不爱逛夜市一如不爱逛百货公司。前些年,当孩子幼小时,常常到"景美夜市场"去为儿女买一点袜子汗衣之类的小物件。自从他们长大了,鉴赏力高了,对低级的货品不再欣赏时,便不再造访。不,不对,是不曾再自愿去过,陪远客采购还有那么次把两次,纯粹是舍命陪君子,完全不"包括"自己。虽然看见别人满足更有加成的快乐,却没有参与感。于是,我发现自己原不是喜爱夜市的人。不是吗?士林、龙山寺、华西街、台北的几处名夜市，到今天没去过。去圆环，也是十年前了。最近兴起的公馆夜市，更令我厌烦，为此，曾大声疾呼，请清除那些妨害交通市容的摊贩。以往旅行客地，连曼谷那么脏乱的街边夜市，都肯兴致勃勃地在人堆里挤进挤出，皆因在品尝那点大众化的地方风味，而不在亲近夜市。这大概就是我对"夜市"的心态了。

　　我不承认我染上了西方文明病，可是对传统东方式的熙攘热闹，却很受不了。比方公司大减价、过年买年货的场合，是最觉"恐怖"的所在，一碰上那种情形，卷入那类旋涡，便六神无主，不知所措，其结果往往是落荒而逃。这就是我无法纯为消闲而访夜市的原因。台湾的夜市场，诚然代表着一种快乐、富足、自由，我可隔着一段距离观赏那种快乐、富足、自由，却不敢置身其间成为享乐的一分子。脚跟踢着脚跟，肩膀碰着肩膀的熙来攘往，固然使人感到窒息，那些撒欢叫卖的声浪更叫人心悸，斯时，满坑满谷物美价廉的万千货色，与红男绿女的怡逸欢笑，都看不见了，只会心口如一地嘀咕着："我要回家，快些回家！"是的，偶然途经某个夜间市场，最后的结局，每每都是以"快些回家"作为休止符。

"哦！好！真好！真是好！太好了！"

姐姐淑侠暌别故土十三年后初次回来,重要的节目之一便是游逛夜市。将她带到规模最小,范围局促的景美夜市。嘈杂的人声,鳞次栉比的摊位,过分耀眼的灯光,再加上被推过来挤过去的拥挤,立刻让我兴味索然。谁知这位来自世界公园的远客,却大大地赞叹起来了。于是只得陪着她杀进杀出,冲锋了两次,最后两个人四只手都提得满满的回家。伴同她逛夜市的不止我一人,也不止一次两次,真是乐此不疲。以致她回侨居地后,想起了哪一样应用的物品,还写信来,指定要我们去某某夜市为她选购。她不知夜市场的商品迭有变换、日新月异,而且不是为了陪她,谁也不会到那里去"浪费"精力和时间。所以每每于下课回家的途中,在某公司或某店铺达成代为采购的使命。

前岁,姐姐淑侠安排了她的文艺假期,经过新加坡又回到了台北。当时日程紧凑几乎已到"读分"的程度,身为跟班兼秘书的我,因而耽误了不少主妇的工作。为着要抽空尽一点为人妻母的责任,对于纯娱乐的活动,就委托她的昔日好友做向导。也不过仅仅一晚的宝贵时间,他们于餐叙、逛街之外，仍挤出了一个时段探访了夜市。倦极而归，倚在沙发间连抬抬手动动腿也不愿意。大人孩子看了，痛惜之余，难免要取笑。哪知她正色言道：

"你们哪里知道，这才是生活！"

她的话有如当头棒喝，使我深思。是呀！在美国、瑞士、德国这些先进国家，那里的日子何尝不是生活，但是那样的例行生活，尽管从理智上衡评，可称极度文明，却无法满足追求情韵与情调的心灵。那是心灵上的需求，是一种说不出道不出的感觉。就是我那年独游巴黎，所享受的物质条件方面，远逊于旅行欧洲其他国家，我却以为巴黎之游，堪称人生至乐。乐就乐在浪荡街头，有所事事又无所事事的那种调调儿。

然而，中国夜市与花都巴黎的艳阳午后，是完全不同的。无论如何，巴黎的街市，从清早到薄暮，都没有那种叫人心神不定的吵、挤、乱。或许根本比喻错了。事后我又这样地告诉自己。意思是我不爱传统中国型的夜市，不能算我是"二毛子"。

最近，有机会与一位巴黎客人见了面，这位朋友谈到他选择离乡与来台湾的真正原因。他说最原始的根，是记忆中的夜市。三十余年前北平夜市的盛景,深埋在心底。三十年来,在种种的遭遇中,记忆深处那些闪烁的灯火,则越来越鲜明。十分向往,十分憧憬。这是一种生活方式的选择。当他卒能留在法国,又有机会来到台湾,得以无所拘束地穿大街走小巷,观夜景游夜市,看到街头巷尾处处堆积如山的水果摊,见到各处夜市基层小民大吃二喝,闲买闲逛穿梭于百物杂陈的丰足间,享受彻底自由、放松、无拘无束的快乐……够了! 不需要再看什么,于是,他有了选择。

这位朋友给夜市的境界所做的一种诠释,乃是我和无数的"我们"天天见到、感受到的,只因习以为常,就忽略了。相反的那国粹型的嚣杂嘈乱却突出我们这些现代人的眼睛。或者我还会强调要整顿管理那些落伍的市集,但不再言肃清铲除"都市之疣瘤";容或我对于那种百业汇聚万人同乐的热闹场面,依然会感到心绪不宁不能适应,但会从另一角度来学习欣赏享受那些个闲散大众逸纵疏放的喜乐。

不曾于夜晚接近十时的辰光,行越过台北的闹市,领受过店铺先先后后熄灯关门的滋味,便不能真地悟到想家与急欲回家的感觉。亦正是同样的道理,倘非来自没有夜市的社会的人,即不会看到夜市的可爱、可亲,与弥足珍贵。

昨夜,乘着返家的巴士,又经过那处我曾拒绝再去的景美市场,虽听不见小贩吆喝推销的声浪,但见涌进涌出的人头,可知又是一番有色有声、阵势浩大的"盛况"。人潮阻塞了道路,连公交车行进都受到影响,车上有人在抱怨了,"警察到哪里去了",想想姐姐与朋友的话,我强压下心中的不满与不耐,静静地做一名观众。观赏那些吃了喝了、卖了买了,或者没吃没喝、没卖也没买的众角色所扮演的大戏。一出以逍遥、满足、喜悦、自由为主题的大戏。

一辆衔着一辆的巴士,终于缓缓地挪出了那片熙熙攘攘的地方,开上了临崖的山路,立刻从辉耀走入暗淡。但是那丛嚣张含笑的灯火则痕迹显明地印在心里。相当明晰深刻地印在心里!

枝仔冰及其他

　　我并没有很多人想象中那样年轻，我并不是土生土长的台湾孩子，当神州扰攘，移居宝岛，已是初中学生。

　　来到90年代，尽管还有青年人的体态和反应也没用，不管怎么说，都实实在在是中年人了。中年人似乎应有中年人的生活模式、保健方式，假如请医生开一张单子，一定可以列上十几二十条，不许怎样怎样，必须怎样怎样，尤其到了盛夏的时节。

　　直到现在，我最喜欢的消暑点心，不是什么绿豆汤、爱玉、仙草，而是冰激凌苏打。找一个高高的大杯子，挖上两大匙冰激凌，再倒满汽水。然后像小娃娃一样，用长柄勺捞冰激凌吃，冰激凌捞光了，那杯汽水也变成了特别加料的解暑佳饮。哇！真是一大享受！

每次有人看我这样胆大妄为,敢吃卡路里这么高的甜食,都要捏把冷汗,难道不怕变大胖子,不怕高血压、心脏病？

体形不会永远不改,五年总要一变,谁也无法让一个儿女都已长大的母亲,仍葆青春少艾时二十寸的纤腰。别说二十寸,连小妈妈的二十三寸半的好年景也不长。二十五寸是最后的警戒线,幸而维持了好多的年月。警戒线也有被突破的时候,但警戒线的超越,无关于冰激凌苏打,那是因为"是时候了"。要不,原来每个苦人的长夏,都同样地吃,同样地喝,把孩子们都由小陪大,却还能在警戒线里待着?！

什么时候迷上冰激凌苏打的,实在很难记忆了。总是在我成家、有家、当家以后,社会经济已经"起飞",冰激凌不再是冷饮店的奢侈品之后,只要肯纵容自己或孩子口腹的人,都可以整桶整桶买回家冻在冰柜里。我当学生的时代是属于冰棒、四菓冰的日子,那时,对于我们,"冰激凌苏打"只是豪华大店的一项商品,到底是什么东西,小土包子没见识过。

姐姐曾说，当她80年代初期回老家探亲时，发现那里的人，把牛奶加上糖水冻成的冰棒，不分大人孩子，都买来当作消暑解渴的美食，算得太奇怪。由于她的感觉奇怪，还使那些亲戚族人不悦，认为这么好吃的东西，还说不好，实在太矫情。斯时姐姐离台已逾二十载，在国外不曾见过，返台探娘家，"枝仔冰"又早已遭时代淘汰，所以用棉被包着木箱卖冰棒的"历史"便从她的记忆中消失了。

其实，在台中的岁月，有好几年是与冰棒分不开的。不过就是在那些个年，在父母的管教下，那些穿大街走小巷背着木盒子卖的"枝仔冰"，也是不许吃的。倒不是怕"吃病了怎么办"，而是认为当街舔冰棒实在太不雅观，有违淑女教养，况且还不好吃。无论如何比不得双美堂、一福堂以及什么堂的红豆冰棒好。

那个年月，台中犹是真正的文化城，虽是小城的格局，却有文化大城的气度。有人说了，台中的学生，既不似南部孩子那么泥土气，也不像台北的青少年已有了相当的市尘味道，在清纯之中，保有几分书卷香。玩也玩得有分寸，疯也疯得有节制。最骚包的小子不过是穿条像"树皮贴在树身上"的牛仔裤，着件花衬衫，骑一辆车座拔高的铁马，看见漂亮的女孩儿吹两声口哨。

是的，就在那样的环境，年复一年度过短短的秋冬，又度过长长的炎夏。小女孩们，除了席坐学校的操场上谈作品，谈思想，谈人生观的快乐，最大的享受就是到出名的双美堂去谈心吃红豆冰棒、牛奶冰棒了。有一次竟然吃到三色冰砖！同学当洋轮大副的哥哥请客，不分新交、旧友，到者有份。哦！大家乐疯了，要靠自己荷包中那点小钱，何年何月才能吃到三色"冰砖"？就那么巧，碰上了大副哥哥，比孟尝君还四海，不分哪一班哪一级的都有份，全请了。不但是皆大欢喜，而且是宾主皆满足。世上可能有仅付出那样数目的钞票，就能换得雷动的欢呼与感谢的事吗？

并不是为谁做广告，要想忘掉双美堂，就像要忘掉第二市场卖蜜豆冰的红豆西施一样不容易。多少人去第二市场吃冰都意不在冰，而在红豆西施，她的确是天然的健康美，毫无脂粉的润饰，但是意在冰食的人，未免会为那里的刨冰名过于实而略感失望。特别，那里是吃完就得走，不能多逗留的地方。比不上在双美堂吃完一枝牛奶冰棒，磨蹭上一阵子，只要再要一支红豆或花生冰棒，就可心安理得。

其实，"红豆枝仔冰"是一句笑话，乃指一些女孩子的双腿被蚊虫叮咬后留下满腿的疤痕。那年头，一个漂亮的少女，有两条红豆冰似的腿，并不稀奇。也不知什么时候，美味的红豆冰棒与丑陋的"红豆枝仔冰"同时不见了。后来红豆冰棒，在型、质、包装上都有所改变，一跃而高贵起来，成了雪糕。而小姐姐们的玉腿，即使从丝袜中释放出来，也都光光洁洁，不复红豆斑斑。

属于双美堂的故事，有一件是我未能躬逢其盛而曾深感遗憾的。那是两位学长，忽然发了争胜的意念，要比赛吃冰棒，看谁吃得多。他们真的比了，胜与败分出来了，仅差一支，但是包括观战的人在内，全是输家，因为赢与输的两方面，最后都是经人搀扶着代拿着书包，叫了三轮车方回得了家，敲边鼓的啦啦队，虽然没吞下那么些冰棒，也像吞下那么多冰棒一样难过。唯一的赢家是店东，据说店东仍有商业道德，"大战"的结束，是因店主的出言息兵。想想一个人要一口气吞下数以十计的冰棒，会忍不住要打个寒噤的。可是在当年，又到了双美堂时，有人告诉那是某某与某某"交手"的地方,仿佛在谈一处闻名的古战场,心中则颇有错过历史的憾然。

"枝仔冰"的梦,大概是跟少女时代同时结束的。早早地走进了一个"家庭"的新世界,一切都变了。当朋友们都还如自由的青春小鸟乱飞乱闯之时,我已必须遵从许多约束。于是诸如枝仔冰、李仔干以及一切路边摊的美食,都从生活中退出了。人可以为权利而奋斗,但会在爱护的名目下自动屈服。

若干年后,带着孩子到偏僻的海滨度假,看见有人啃着类似冰棒样的东西,也买了几支大家解渴,谁知大人孩子们都说:

"哇! 只是果汁糖水做的,没什么好吃!"

当然在他们的喜好中,是香蕉船、三色圣代、冰激凌苏打在排行榜的前面,最不济也是饼干冰激凌、五行三色雪糕、酥皮雪糕级的冰食,没有"枝仔冰"之类的名目。

我爱冰激凌苏打,每次一大杯入口,当然是浑身舒泰,心凉神爽。那种感觉就似昔年享用美味的牛奶、花生、红豆"枝仔冰"一样。满足之余,免不了也要为成人偏爱小孩儿食有几分赧然。

为了到城北的大学去教课，每周总要在外面吃两三次午饭，选地方选食物很累人，日久天长非换换样式不可，盛夏，尚须特别考虑卫生与舒适的问题，为了卫生，有时得牺牲一些口味。明明知道有一家速食店的东西，不中不西，无味之极，为了方便也不能不去。我常常叫一份牛肉饭或咖喱鸡饭，饭、菜、汤味不佳，质却不差，很符合我的胃纳与消费能力。

那一日，邻桌来了一个女孩，看年龄不会超过二十岁，应当是在校的学生，她很熟练地叫了一份猪排烩饭，和一份特别加料的冰激凌苏打。一边看书一边吃饭，那一大杯冰激凌苏打很突出地站在桌子上。

我不惊讶她吃得多，却惊讶她的消费能力，消费得那样自然、坦然。

按她的年纪，一定是没赶上"枝仔冰"的时代。没赶上那样的时代，不知是幸还是不幸。或许得算作幸运，否则不会那样用父母的辛苦所得而心理毫无负担。也许我不对，不该联想到二十岁时的我，我们那个时代。

吃过枝仔冰的人没法子,既知人间疾苦,又会先天下人而忧虑,无法不自寻烦恼。不过,也好!唯因少年时代曾尝过枝仔冰的滋味,今日的冰激凌苏打才会那样令人满足。枝仔冰的岁月不会再回头,但会在回忆中沉淀,美丽长存。

外白渡桥

　　重造的外白渡桥又架起来了,上海市民一片欢欣,电视画面里有前往探看的老人语带哽咽地表示内心的感受,因为外白渡桥是他儿时生活的一部分。工程单位的官员宣称他们是整旧如旧,这样就对了,除了实际的需要,也关心到百姓感情的层面,这种改变是人性化的进步。前些年,看见把一些老建筑给漆得鲜红、大绿、亮蓝、娇黄交杂,俗艳到极点,好像把端庄的老祖母硬作乡下小姑娘打扮,突兀欠妥,弄得不伦不类。

　　在电视画景中看见外白渡桥如昔地稳坐在桥墩上,我也有要流泪的感觉,因为那也是我童年回忆的一部分。没有查过资料,什么时候开始有那座桥,但是老上海都有关于它的记忆。对于我，上海乃是小土包子下江南发现花花世界的故事，于南京路的四大公司、雄伟的外滩海关大楼，会叮当穿梭的电车之外，就是外白渡桥了。初次见到，它已不年轻；隔了整整40年再去，上海改变太多，感到惊喜的是那令我崇拜的海关大楼依然雄伟，而属于小市民的老桥也还在。

没变吗？不！变了，再见的外白渡桥，桥面平了许多。昔往的桥，桥面是拱起来的，桥身并不长，所以坡度极大，坐三轮车过桥，蹬三轮的人实在辛苦，于是就有一些人专等在上桥处，帮忙推车过桥。妈妈每次都拿一些零钱给那推车的女人孩子，有的"车夫"劝吾母不必，妈妈还是照给，因为这样踩三轮的人可以省一点力，那做不了他事的半大孩子和妇人也可以有些收入。大家互相体谅的社会温情，也是关于外白渡桥的深刻印象。这样做的也不只妈妈一个人，这是文明社会的温情，所以从小我就认定外白渡桥上吹的都是暖风。

有人说外白渡桥虽然不起眼，却是上海的地标，不可缺少恰如北京的城墙与城门。这两处地标，在文化与历史的意义上自然不能等量齐观，但是在大众的感情中有同样的位置。很多青春年华离开故都，老来返乡的人士，看见城墙都拆光了，内心都有说不出的抑郁疼痛。我便亲耳听见在北京长大已故的前辈作家林海音大姐曾幽幽地说："北京没了城墙还像北京吗？"

读到关于梁思成的文章，他不赞成拆城墙，专家们也说改善交通应有别的办法，但大家全力保护也没救得了，而城墙拆了便长不回来了。比起来上海人运气好多了，外白渡桥一代一代原模原样地再生，留给这一代和下一代暖心的故事可以一代一代传下去。那年回到当年离去时搭船的港市上海，隔了四十年，很多东西都变得面目全非，包括那曾入诗入画为霞飞路化妆成浪漫林荫大道的法国梧桐，都用来拴上绳子晾床单晒被子，在我理解的思维中都可以装作视而不见，但仍有焚琴煮鹤的遗憾感觉，觉得不像上海人该做的事，幸亏那最熟悉的外白渡桥还在，不管它老成什么样子，还有故旧重逢的喜悦。哟！你还在啊！真好！

昨日的暖风

栀子花开

以前，左邻的先生每次到山上散步，都从溪谷里采回一大把野姜花。经过后门，碰上我，总不忘分我几枝，我就把它插在瓶里。于是整个厅房，就香得像半山里的涧谷一样。

可是，每回都遭到抗议。大人进了屋会耸起鼻子皱皱眉头，孩子们干脆说："哟！这是什么味？这叫什么怪花呢？把它们弄走吧！"

然而，虽然我也知道这种花香野得气人，我还是赖着让它们在瓶里多插两天，理由是不要辜负了邻居的好意。其实，我准它们多留几日，还因为野姜花的气味与栀子花有某程度的相似。好多好多，好多好多年，我已经没见过栀子花了！

如今，邻家的教授夫妇已故好几年了，旧屋也拆了，再也没有人会采野姜花送我了。当然，由于那一带溪岸，已成了观光茶园的必经之路，野姜花也必不能像以前那样悠悠然地站在溪边度它们的恬淡岁月，说不定早就被观而心喜拔而光之了。所以，也有好久没见过、没闻过野姜花了。

从我认识"花花"起我就武断地认为，一切的花花都是美的，我爱它们美在原野，香在原野。我的小心灵里，花没有高贵低贱之分，菜园里的油菜花是花，篱边的喇叭花也是花，花都好看。要是倒退三十几年，问我愿意憩游于精致的兰花苑，还是喜欢狂奔于黄花遍野的田埂，我仍然会选择后者。

第一种我叫得出正式名字的花就是栀子花。鸡冠花不算，因为即或是没有人告诉我教我，看到那样如大公鸡冠冕般的外貌，我也会叫它鸡冠花。栀子花不同，是先闻其味，再见其形，然后不知隔了多久，才知道它不叫白香香而叫栀子花，它是我夏季的朋友。

在我的生命里，也有许多快乐和不快乐，可是我常警惕自己，别让过去的快乐麻醉，也别让过去的不快乐击伤，所以总是尽量往前看。可是自从母亲弃世之后，"以往"排山倒海回到心头，相关不相关的皆会泉涌而至，像栀子花香又飘回了身边。往日闻到了野姜花，才会勾起栀子花的回忆，现今不见野姜花，仍然会想起栀子花开的季节。

那时，已来到抗战的末期，日本飞机再也匀不出工夫来轰炸重庆，暑假就变成真正的假期。为了逃避山城独有的溽暑，每天晚饭后，妈妈总是在家抱那最小的，让爸爸带我们三个大的到镇上另一端重庆大学的嘉陵江岸去散步。那个时候，我尚不是丑小鸭，而是小小的花蝴蝶，褪色的粗布衣裙也影响不了什么。每次爸爸都像总司令一样，在前边迈着大步，身后跟着一串女娃娃。小小的彩蝶，就跟她的蝶姐姐蝶妹妹一路唱着走，招来了一双双含笑的眼睛注视，偶尔还会有那特别热情的人走拢来捏捏脸蛋摸摸头顶。

也许大学就得大，房子都不连在一块儿，每一幢都被梧桐成荫的马路隔得好远。我们从来不曾认为那是人家的校园，就那么昂首阔步一条一条的马路都走遍，一直走到嘉陵江岸，再绕个圈圈转向回程。沿路只觉得处处都香，花香、草香、树香，全都是香的，连那不该有香气硕壮的梧桐也香,但是小小的糊涂脑袋从未想着去探察,站立在梧桐背后的一大片一大片花草树木都是什么。直到有一天循着浓香探身查视,才发现那个生机茂盛的世界。可是课本的知识却叫人懵懂茫然,姐姐已很有"学问",她知道那些红的黄的卷在大叶里的是美人蕉;丛叶中长着紫果的是桑树;腰杆挺得很直但又把头款款微垂着的是芭蕉,但是还有好多好多不知名的花花树树。哦! 原来那香得差不多叫人要打喷嚏的花,也长在树上,一株株地就隐在梧桐的身后,要不特别留心,真看不到它们。温和的白中略带一点黄,一朵一朵有爸爸的酒杯大小,并不特别起眼。可是香! 真香! 从地下拾起一朵,给爸爸看。走遍千山万水,看过梅桃梨菊的爸爸不认识,用小手绢包两朵回去给妈妈看,妈妈也不认识。妈说大概是玉兰花的表妹,都是香国的,可是香得太怪,恐怕是入不了谱的花。

怎么可以呢? 这是我初次探索自然所相识的花,怎么可以没有名字呢? 要是无名无姓的野花怎么把它沿着路栽,跟梧桐做伴呢? 不能死心,于是择一天,小心翼翼地捡满了一手帕,在夏尽秋来,开学的第一日带去问老师。多么高兴,还是她教我们,虽然上天给了她一双斜眼,被高年

116

级同学取笑斜眼先生教出斜眼学生,她笑起来,还是温柔到美丽的程度。我把我命名为"白香香"的花瓣,倒在她寝室的书桌上,请她鉴别。她又笑得十分慈柔,用她的手,拿起我的小手取一朵花放在我的手心,说:"来! 仔细看看,多闻一闻,这叫栀子花,以后你就认得它了!"

是的! 从此,我也不会忘记,那种花叫栀子花。我记得栀子花特异的香味,也记得她温婉的笑容。她总是那样笑得人心暖暖的,其实似乎从未施展什么手法,就把一个因跳级而难适应的孩子,由成绩平平而引导入佳境。我还是我,还是读书读得很自在潇洒,可是不管怎样翻过来倒过去地考,我仍然能当"好"学生。她不是天神,但我几乎把她当作守护神,因为一切的委屈,连在父母家人面前所不能言的,倚在她的膝间我都可尽情倾诉。就像爸妈都不认识栀子花,她却能那般从容平易地就祛除了我的怀疑。当然,在世俗的眼里她依旧是个身材微胖,斜了一只眼,嫁不出去的"老"小姐。

我很引以为傲地捧回了那一手帕花,告诉妈妈那是栀子花。再跟爸爸到重庆大学的校园,我会大声地说躲在梧桐树后的异香是栀子花发出的。说着时,满满的自信与光荣。

孩童的成长是会随着岁月飞的。仅仅是一暑假之隔，不需爸爸当"总司令"，已敢自己去那片校园撒欢了；甚至可以跟三朋四友去"偷"桑叶；我也会学着跟坐在教室后面的大姐姐们把栀子花瓣浸在酒精里做香水了。最令人惊异的是谢老师嫁了一个大家认为全世界男子都死光也不该嫁的讨厌鬼，沦为笑谈，真真伤了我的感情。不久她辞职了，走了，在讽笑中悄悄走了。过了寒假那些原本崇敬她的，就都把她忘了，只有我常常牵挂。虽然我又成为另一位老师的"宝宝"，却常常牵念着她。尤其当栀子花香再度弥漫到道旁的时候，让人不能不想起那只柔柔暖暖的手，捡一朵白花放在我的手心里的感觉。

多少年了？我不能忘！

那天，驱车到苗栗的丝厂，参观的行列，走过村舍般的厂房，谁知顺着墙根传来一阵兀异的香。有谁在猜是什么花。"栀子花！"是冲口而出的，我根本不需考虑。亦有人嚷着不喜欢栀子花的味道。我也不喜欢！说着眼睛却热了，栀子花季的一切，又来到了心里，特别是那亦师亦母的谢老师，突然又从心底站了出来。她现在怎么样了，不是我能关心的。感到憾歉的是离开重庆前的那个冬天,她又回到沙坪坝小学,传话要见我,我却因被家长禁足不能应命。我不在乎她会不会原谅我(希望她不原谅,虽然她必会原谅)但在乎她是否伤心。老师,您伤心了吗?

不曾料到,隔了这多年,又见到了栀子花。的确,它们不似野姜花开得那样臭香臭香,又俗又浓,香得人昏了头,但仍然香得卑微。不若兰梅水仙,亦不若茉莉玫瑰,理当被厌弃。可是我无法嫌恶。因为不管走至天涯海角,在我的心里永远有那一季栀子花开的好时节。

花　缘

昨天,又让南洋杉扎了我的手。狠着心肠,拔出长刺,再涂上碘酒。哦! 好痛! 我并不喜爱南洋杉,既不英挺,又不豪迈,一根细细的长茎,长满了扎人的刺,但是我又不能不给它浇水,因为它也是生命。

是的! 花草树木都是生命。还是读小学的时候就知道的。有生命便不但有感觉,也有生死。所以,自小不必大人教,也不用老师、警察吓唬,我绝不会随意攀折花木,我怕它们会痛,更不愿成为刽子手。到今天,我还见不得"专家"用剑山插花,那使我想到有谁把我放在钉板上站立的滋味。站在根根刺人的钉山上,痛! 痛! 不要!

常想,多情必须无情,善感必须无感,因此从来没主动养过花草。因为我见不得它们死亡，尤其怕因为我的愚拙把它们养死。故而我只能做个赏花人，远远地看，远远地品赏，远远地感动。

走遍大千世界，看见了世间的缤纷五彩，那人造的颜色，不管多么艳丽，就是无法巧夺天工。且不言枝头上闹春的繁花，只说为大自然画景托底的绿地，哪一个画家的彩笔能挥抹出那层次不同的绿？即便是色调相似，仍然会少着一份生命的韵律。

曾经在一处快车不停的小火车站，土土的小花圃里，见到一株极不高贵的鸡冠花，可是那朵"鸡冠"，竟被染成无比生动的艳红，令人不只要惊呼赞叹，更要对造化之功产生心悦诚服的崇敬。那种不含一点杂质的亮丽正红，从不曾看过第二次。内心的撼动无可名之，只觉自己幸运，能见识到一棵永远植在心底的花。

老天是公平的，一棵不入流的庸花，住在一处不起眼只能临时停车的小站台，但是却获得不枉此生的鲜亮殊艳，即使难博追逐热闹的人一瞥，上天小小的佳惠，仍然让它欢娱地抬高脖颈，傲视群伦。多少名贵花种，有同等的美色，却无那样卓然自重的气度。

并不是小时候童话看多了,喜好把万物都拟人化。我确信山有灵水有灵,石头泥土都有灵,更不用说同属生物的花木。我相信人有的感受植物也都有,它们仅是不会用人的言语表达。所以,我宁愿见瑰丽的花满山遍野自由地开着:假如不能,局限在园圃里也差强人意;再不行,遭移根于各式的盆器,仍能享受一小块母土;又次,切下掐下散插入花瓶内,还可在小范围内伸展腰肢;最不幸的是又弯又拗,还拿铁丝捆绑穿刺,硬给插到锥得脚心疼痛的剑山上。虽然按宇宙大自然规律是适者生存,优胜劣败,我仍很反对这样纯以人类的立场,对待共同生存在地球上的伙伴。

多了些年岁,也多了些人生经验,关于生命的价值与牺牲贡献的意义,有了更深一层的领悟。因而对于鲜丽的花卉捆腿折腰当作家户的瓶供,或制成各式花束花篮点缀场面,不再有那么悲怆的心情,不论多么长寿的花,伫立枝头的日子,顶多三两周,若是命短,还没有那样久。假如能供应更多的快乐、幸福、生机给别人,纵使不能不离开故枝,并透支了阳寿而提早枯萎,从发挥生命价值而言,还是划得来的。难怪为应酬送来的鲜花,那么肩挨肩地挤在一个小盆子里,却越开越茂盛,显然不曾埋怨命蹇。不过,无论如何仍不忍见到灵花秀草,在密密的针丛中跳足尖舞。由于它们的修炼和殉道的从容,或者了无痛楚之色,的确令人叹服,但是在旁观者的立场,却情愿看见它们的是无忧无虑、无苦无痛、自然平凡的一生。

能用极端的理智和理性面对人世的悲惨和哀伤,需要超凡的力量,我很佩服却做不到,所以只能逃避。也许有人以为我的坚强超过铁铮铮的汉子,事实上则脆弱到不能不为自己的个性化妆。所以我既不敢豢养宠物,也不敢莳花种草,因为这些有生命的东西,都会有生老病死,万一因为我的不德,使它们伤病死亡,我会有加倍的憾痛。有一次,电视镜头扫过一片精致豪华的墓园,有一块墓碑赫然写着"爱犬哈利之墓",看见的人都感叹哈利是多么幸福的一只狗,我所感到的却是那位主人深切的伤痛。有了这样的性格上的弱点,只有远离一切受伤的机会。

自己怕,不能让别人也怕;自己没用,不能叫别人也跟自己一样没用。于是,我们也享有一个屋顶花园,让粉白黛绿的生灵,跟我们楼上楼下做邻居。

可是施肥灌溉、捉虫拔草、理发整容、环境清扫,都不是我的事:谁的朋友谁照顾呀! 说来也不能不为那些盆栽叫屈,一个把精神体力全奉献给学生和工作的人,剩下的精力,也仅能让他沉默的密友饱一顿饿一顿地活着。不曾听谁抗议却不能不挂心,为什么人家的九重葛、杜鹃花都开放得那么活泼,我们的却无精打采? 请来"医师"诊治,"医师"的诊断是八个字——"营养不良,疏于照料"。老天! 已经尽心尽力了,还要怎么样呢? 不觉得惭愧,但很沮丧。想不透为什么花那么多心力,还弱的弱死的死。瞧花匠使着大剪刀狠狠地剪枝修叶后,反长得健旺起来,不能不怀疑连植物也欺软怕硬。难道必须用这样的杀伐手段照顾吗?!

仅偶然登上楼顶,欣赏属于我们的春景,兴之所至,为它们灌灌水,捡去蜗牛,增加点养料,就像代替别人照管孩子,超然而不动心。喜欢,可还是提醒自己,这都不是我分内的事;对它们,我的角色仅是含笑鉴赏,"代劳"已经仁至义尽。

忽然,就是那么突然,震撼不会小于山崩地陷,把"园丁"轰倒下了。他不曾托付,但我明白自此侍候这些花花草草,乃是无可推卸的责任。所以当生死未卜的病人,在病床上与命运作殊死斗争，我仍在时间的夹缝内由医院仓皇奔回，为它们一一送水。喷壶中的水与眼中的泪水一起流下，心里念叨着，它们的生命也是命，要挽回他的命，就不能让它们丧失生机，我自己可以无暇进餐饮水，不能使它们饥渴！

如今浇花成了功课，但依然不敢付出感情，只当作一项例行的工作，常常看不清什么花是什么颜色，只盲目地将水灌下。为了"效率"用水桶喷壶已嫌费力费时，干脆拖一条水管。只要不下雨的天，就尽责地灌洒，倘若无法在向晚的夕阳下进行，顶着深夜的星空月色，也要做完这项功课。往往被变叶树恣意地拉扯头发；遭黄椰子不客气地扫刷脸孔；让那株干瘦的玫瑰牵破衣衫；至于给南洋杉刺伤手掌，也不是第一回了，况且刺痛刺伤过我的何止南洋杉呢！

唯一的心得是发现花木的寿命并不是同样长的，有的是年年常绿；有的竟然一季便是一生；还有的以为它已死亡，转过一个阴湿的冷冬，它又发芽重生。怪的是原认为最羸弱的，每每也生命力最强。风吹雨刷烈日曝晒，仿佛已万劫不复，谁知来春在一堆瘠土中又冒出两片小小绿叶。有些草本植物死了就是彻底死了,留下丑陋的空花盆给我。虽然它们已经尽力点缀过一个季节的繁华璀璨,望着那盆埋着腐根的憔悴泥土,心里充满了遗憾和怅然。然而也发现,按照上苍的安排,尽管皆属植物,一世的历程却或短或长,但都曾集中力量,发挥出生命的精华。这倒是喜欢做主宰者的人类比不上的境界。

情趣是可爱的生活佐料,功课每每刻板乏味,灌花的课业本应是饶富风情趣味的活动,但因心中有了那份无奈,就成了沉重的负担。不知算不算奢望,非常盼望有一天可事归原主,那名园丁能结实得足以自己照顾好友,我愿结花缘,只是一个不动情的下手。

唱着过的嫩绿岁月

　　当第一次收到芳信从湖南来的信,口称"淑敏同学",心里很不能接受。别人都可以这样叫我,她怎么可以! 在沈阳中山那段艰难岁月,似乎没有什么真正的朋友,甚至班上大姐级的同学曾当面呵斥"小孩子不懂,就别出声,站一边去"。所以我这看来像小"南蛮"子的,几乎常常靠边站,直到不久芳信也到了班上,两人成了真正的"死党",对于我天上的太阳才恢复了正常的颜色。我回信特别提示芳信,我们曾是好朋友。我很不矫饰我的感情;我不怕被伤害拒绝,倘若她否定前情,或是根本遗忘,我也认了,因为是芳信加于我的,我可以包容。

　　芳信的回书很快,她不复矜持,打开了心门,叙说了很多往事。信写得好长好长，我拿给当时在台北的姐姐看，姐姐读过，泫然泪下，说芳信也应属于文学女子。其实她原是文学少年，在我尚离文学文艺十万八千里远的时候，芳信已开始写诗。那时候我们什么都可以玩到一处，就是无法和她一起做小小诗人。如今看来信她虽已不弹旧调，但诗人的气质仍有几分。

旧情就像泉水，引出了源头，便潺潺不绝。芳信忆述着昔往的琐琐细细，比如当时我们是全班年龄最小的两个，坐在教室后面，上课并不专心，一搭一档整天唱个不停。确实如此，当时由于跳班，功课衔接不上，我想专心也不可能，尤其天寒地冻，把脑子都冻住了，除了一起去看插曲 N 支的电影，便是把流行歌曲反复地唱，日子才好过些。唱到班上男同学很不耐烦，赏了极讽刺的一个绰号叫"赛周璇"。我知道这外号不是给芳信的，因为她擅长的是"青纱外，月隐隐；青纱内，冷清清；琴声扬，破寂岑，深深打动了我的心……"可是见长是一回事，精通各家又是一回事，所以从周璇到欧阳飞莺的歌全是芳信教的。流行歌曲，她能过耳不忘，像那首《香格里拉》不唱先来段道白，"谢谢你，小白兔，你真是我的好向导，我要赞美，我要歌唱"，也只有她说的不肉麻。前些年与前辈作家中广节目部主任王大空先生碰到一块儿，常常也就唱到一块儿，他曾惊讶，以我的"资历"怎会懂得如此之多。我坦然承认因为在我小时候有位"师傅"，那师傅就指的是才长我一岁多的芳信。

很多很多年过去了，芳信却是生死未卜。直到通消息已成了公开秘密，很多人都从地底下又冒出来了，芳信则杳无音信，问过一些朋友都说她已不知何往。但是每逢唱起那些歌，便会想到她，以及她唱那首歌的神情。在我的记忆里，她永远是那个苹果面颊，有着一双乌溜溜大眼睛，乐天的十四岁女孩；最后的印象就是那样的。不是不愿她长大，我确实盼望她永远是那般快乐无忧的，或者也可说是一种无奈的祝福，但也晓得这恐怕乃是一种奢望，因为她的父亲不但是知识分子，而且是法国留学生，又在大学担任训导长。按照那个大环境的惯例，芳信就是与父亲划清界限，日子恐怕也不好过。一个初中的小女生，离开大陆的时候，除了早熟的忧思，并没留下什么个人感情的负担，应当没有什么牵挂，连赵氏亲族，几乎仅为父母口中的一些人名。然而他们毕竟也姓赵，因此当不辨真伪的凶信频传,我曾说过一句颇无情也极有情的话:假如他们非死不可的话,但愿他们死得尊严舒服些。想到芳信时,也曾那样祈祷过。

封锁的海峡,终于解冻了,很多不可能,皆成为事实。一九八九年七月,我竟然又重新踏上我登船离去的城市,直到走出飞机踩在地上,还以为在做梦。尽管春申旧郡已憔悴地褪尽了光彩,气氛风华全让历史剥蚀,至少老去的上海依旧在,仅是那属于我的童年旧迹再也寻觅不到。

既然下了决心,去认识那处从来没去过的老家,看看祖父用血汗眼泪创造的家园,那么也不可不道经沈阳探访曾记注下幼稚悲欢的母校。和平区南昌街,隔了四十年,仍记得那处地址。据说几年前姐姐在那里与"老友"重逢的时候,曾经痛哭。我以为我绝不会那样,因我既不曾带走什么也不曾留下什么,没有那种种切切的情牵,必定能笑呵呵地领受"接待"。谁知一进校门,"已往"霎时间都回到了心头,遂泪如雨下再也抬不起头来。那门厅,那前廊都曾是我印踏过嫩绿步伐的所在。如仪的欢迎式令人温暖感激,但是更想在人群中找寻熟悉的面孔。并不失望,不是一个没有,甚而经过自我介绍,还结识了从没认识过

130

的同班大哥。

　　学长们带领着参观从前读书的教室,其实何用伴领,我自己找得着。从上了锁的门上玻璃望进去,那不就是吗! 后面靠窗的一排铁管,是冬日里我倚靠着上课的暖气,若没有它,那个畏寒的小丫头不知会不会冻死在座位上。突然……

　　　　相见难,

　　　　泪偷弹,

　　　　长倚画栏终日盼,

　　　　只因情深恨也深,

　　　　人隔万重山。

　　　　……

这是一首不知名的歌,芳信常常强说愁地唱着。仿佛这歌声又回荡在小姑娘小小子叫闹嘈杂的课室里!

　　没有! 没有! 相陪的只是几张初见面的笑脸。后来走过东北,又走到北京,在热热闹闹的同学会里,仍然没有芳信的消息。

之后，为着开会与收集研究资料，又再去过那块土地，温暖心房的全是新朋友，但正似芳信俟后来鸿所说，在心底仍为一个人留了一片芳草地。走在路上，坐在车上，我会想，会不会忽然一回头一侧身，芳信正擦身而过。虽然芳信内心深处的那片常绿的芳草地不是为我留的，我心地上那片绿油油的草原却有一角是属于芳信的，毕竟她是我悬系在大陆的唯一契深的一份友情。也和有歌的少年梦永远分不开，只要我还记得那些歌，还唱那些歌，就不可能不想到她。"你韶华永驻，依旧玉貌花容……"

这也是芳信教我的一首对唱曲，直到接获那封"淑敏同学"的信开始，昔情回来了，许多淡忘的歌在心里也"流行"起来。从照片上看，芳信现在或许称不上玉貌花容，在台湾仍属十足中年的她，在那里已升格做"吴老"，却无一丝老态，恰符这歌下一段的首句"你别来无恙，依旧意气如虹"。她曾为"历史的问题"而求生无路，但除了在眼神里还看得出些"曾经"的痕迹，芳信确实别来无恙，她又恢复为能唱能舞的全能。只是为什么不再写诗呢？或者只用生活编诗？

不过芳信并非真正别来无恙，至少心情变了，变得敏感而易受伤。她与我分别后的数月中，也有了一些"死党"，然而到离乱临头，仍然得各自找路。大海隔开了两岸，成为两个不同的世界，四十年过去，思想、观念、际遇、价值观、生活环境与生活方式都有太大的差异。习于通"话"的人，已懒于或不会写信，甚而旧有的钟情不过是生命历程中值得哈哈一笑的少年故事，不占最大的比重。忙了，忘了，或者有所顾忌，他们没有预期的响应，因而伤了芳信的心。

从芳信传达的信息当中，又自记忆中捡回许多朋友的名字，纵然不像芳信于我那样形影不离，也曾是同学，但在照片上怎么看都已是"资深公民"。由年程上核计即使较我们多着一点岁数，也不应早衰如是。我惋惜旧友们生命的冬季降临得太早，也庆幸芳信看来依然青壮，要不然确实会叫人兴起一切都遭岁月毁去的惆怅。

芳信现在最爱向歌唱大赛挑战，我也仍于合唱团中滥竽充数，海峡隔开了距离，两人所唱的歌一定完全不同，但歌趣未变。芳信曾要求我早一点再去大陆，说不管到哪里，她千山万水都会赶来见我，否则怕万一……是不是经过太多人生悲剧，会如此悲观？我的想法不一样，我是想着要是娃娃朋友即或果真老了，再度相逢，哪怕没有共同语言，我们还可以温习以前共同的歌！

莲　雾

在市场上，看见整担、整箱、整车的莲雾，但是从未起意买过，至少没主动买过。仿佛也曾买过次把两次，那都是经过家人要求或央求，非出我的意愿。

我没买过莲雾，因为在我的意念中，莲雾不该是买的。莲雾要买，好叫人不习惯，就像被赋予美名百香果的野果列入水果店出售一样不能让人接受。

自认从小就看过大世界，见闻广阔，可是移居台湾之后，乃成为个小土包子，很多东西都是见所未见。听说过没见过的有木瓜、芒果、菠萝；没见过也没听说过的有"八蜡"（番石榴）和莲雾。

到台中的第三天，姐姐和我出外"探路"，就在路边摊上各买了一个"甘草八蜡",想试试这从未见过的"土产"的味道。谁知每人咬了一口,就不得不避过小贩的眼睛,扔在垃圾堆里。那是对番石榴的初识。以后,最初仍是格格不入,后来则有限度地喜爱上那种其貌不扬的绿果子。或者因那一口的印象太深了,姐姐始终不肯再试上一次。莲雾忽然抬高了身价,进入了都市消费者的家庭,好像也并没有多少年,以致许多稻禾与韭菜分不清的都市儿女,离开多年,回来之后,都不知那叫什么。姐姐称之为不甜不酸没味儿,嚼起来像棉花的东西。

我认识莲雾,可有相当历史了,那时不知学名叫莲雾,只晓得叫"莲不"。直到拿在手上,在众人的催促下,咬下了第一口,还怀疑那是可吃的。

是初中快毕业的季节。一天,级友冬青,把我带到她家去玩,因为她家果树上的果子成熟了。进了她家立刻看见在庭院有棵傍屋而立超过二楼楼窗的大树,挂满了粉红色的小灯笼。由于她事先已说明是"水果",所以知道不是花朵。她给我介绍过家人之后,就开始采果子。我正疑惑,那么高的树,又没有梯子,可怎么采摘呢?她已将书包递给她的嫂子,三下两下就攀上了树,站在树杈上一个一个往下丢了。我赶忙用裙子去兜,她却叫我别管,点着手叫我上去。但是我实在太胆小,颤颤巍巍往上爬,还未攀住枝丫,就滑了下来。于是她的嫂子告诉她,不要再引诱不会爬树的人爬树,太危险,还是由她采下来共享吧!她不再勉强我,自己一个人再三下两下蹿上了更高的树枝,捡更肥更大更红的丢下来给我。我心里实在抱歉,痛恨自己的无能,好好的一场树上欢会,被我破坏了,多么扫人兴!冬青在树上摘,我在树下捡,兜满了一裙子就放在洗脸盆里。容器再也装不下了,冬青只好兴犹未尽地溜下树来。真的,她是那么一溜烟就到了地。究竟怎么下来的,我都来不及看,所以只能说她是溜下来的。

捡了几个最红、最肥大的,拿到水龙头下冲一冲。冲完,冬青递了一个给我,看着我,虽然没说什么,却显然是要我尝一尝的意思。不但是她,还有刚刚对我品头论足一番的二嫂跟其他几位女士,都望着我。在那种情况下,哪怕接过来的是石头,也得礼貌地啃几口。于是,我初尝了莲雾。哇!那跟第一次吃“甘草八蜡”到底不同。洌清、鲜脆、微甜还透着略酸。记得很清楚,我一口气吃了三个,还带了半书包回家。也就因为这一次经验,我有了根深蒂固的先入之见,莲雾应当是从树上采下来的,不该是买的。再有,名为"莲雾",就得那么红那么脆那么清香,不应当嚼起来像嚼一堆白报纸。

是的,确实如此!那一次的体验,成了永远的印象。虽然那次的经验,并不全快乐。因为我很丢脸,爬不上那棵树,那些最好的果子,皆是冬青吊在树梢上给我摘的。还有,冬青的二嫂说我像日本人,硬说我像一个新出道叫什么"八千草熏"的日本明星。这个恭维我很不愿接受,至少在当时的心境,说我像非洲土女,都比说我像日本人让我开心。可是尽管心里有诸多窝囊,对于莲雾的记忆则是美好的。这一段因缘,加上初中毕业游艺会里,我们班演出独幕剧《晚祷》,正好由冬青当男主角,任我的"丈夫",演了一幕可笑的悲剧(现在回想起来当然会喷饭)。虽然后来到高中,两人变得相当疏远,我仍认为那是一段可纪念的友情。

自从在冬青家里大快朵颐之后,好多年未再见莲雾的面。正像高中毕业以后就没再见过冬青。"莲不"和冬青,都成了回忆中的史料。巧的是,与冬青再见后不久,"莲不"忽然也常常在市场上露面,而且有了个典雅的学名叫

137

"莲雾"。直到最近一两年,更与其他的高贵水果分庭抗礼起来。

　　跟冬青的重逢,是带着女儿去一所高中注册的时候。怎么就那么鬼使神差心同此心的,两家的女儿都考上公立学校,却为了选择一处更好的学习环境,便都命孩子去考了那家天主教女校,也都考取了。孩子们注册,是家庭的大事,自然是"倾巢而出"。因而,在学校的穿厅里,不期地与冬青擦肩而过。那是个似曾相识的形象,是谁? 是谁? 我赶快在记忆里搜寻,脑海里像放映了一遍旧影片。那段莲雾的记忆……就于她将登楼而去的一刹那,我竟冲口而出叫了一声"冬青"。声音不大,却很清晰。她回头了,步下了楼梯,对我走来,终于也叫出了我的名字,我的眼睛顿时感到热热的。要依老友喜相逢的"规矩",应当是抱在一起,笑在一起。可是没有,她有贵妇人的矜持,我也有成年人的稳重,仅是彼此握手,互相介绍家人表示一点两代同窗的喜悦,没有别的热情。提起那棵莲雾树,她也仅淡淡地说已不在了。毕竟中间已隔了将近二十年,距离上树摘莲雾的日子更不止二十年呢!

　　由于莲雾的流行,家里人与帮忙的阿婆,也会买了回来充做饭后水果的一种。但是试过一两次之后，便不愿再尝，因为它们的确成了"不甜不酸无味儿，嚼起来像棉花"的玩意儿。宁愿保留少年时的印象。

几年过去了，冬青又不知去向，我也不去追问。听孩子说，她的同学也是我同学的一家，因经营不善，生意垮了，景况已大不如前。因为二人之间已有了岁月与生活方式的距离，我仅能默默关心，不去打扰。但是，我认为她会东山再起的。她，演我丈夫的时候，虽然不高明，登枝摘果的神态，与活跃于同学间的干练，当是她再出发的本钱。冬青，你会东山再起的。我有这样的信心，也会这样祈祷。

起　点

　　副刊主编真的下楼来见我们了。一位个头超过一米八〇的男士，看不出他的年龄（那时的我还不会看男人的岁数），眼神中有着疑问与困惑。见了他的形象与态度，我又向 Bellie 身后躲了半步。他问我们找他有什么事，Bellie 仰着头，声调铿锵地把来意说了一遍，她比我可能还矮个一厘米，两人加起来不满三十岁，身量都还没长足，要与那位先生站着对话，非仰着脑袋不可。

　　"哦！稿费呀！我们的报是不给稿费的！"脸上带着揶揄戏谑的笑意回答了我们，旁边的人都咧开了嘴。当然对象是我们两个人，因为 Bellie 索取的是两个人的稿费，起初我不肯去，因为我还土得不知道有稿费这件事。她非要去不可，认为这是我们的权利，她的姑姑是当时最出名的作家之一，她什么都知道，包括把文章投向报纸副刊，是"该"有稿费这回事。从小无论跟谁在一起，都很少老腻在一起，所以没有什么够称得上死党的朋友，而 Bellie 是其中的一个。她和我形影不离，是蛮出人意料也出乎我自己意料的事。我们同时考取台中市自由路上那所有名的女中，同级不同班，我是甲班她是丙班，但是她家在民权路，我们上下学可以同一段路。也怪，同路的同学可多了，怎么会的，是我们总走在一起；从什么时候开始的，我真记不得了。最初我真是挺孤单的，同班的原也有玩在一块儿的同学，慢慢的因为兴趣不一样，彼此就淡了。

还没有联招的年月，高中入学考试，瞎猫碰上死耗子，我意外成了榜首，就仿佛做错了事。不知得罪了谁，常有人"跩"①兮兮地走过我身旁，斜着眼看我。既不懂为了什么，就没放在心上。直到前几年，琳在电话中谈起久远的往事，她笑得呵呵地问我知不知道他们曾故意绕过我身旁"藐"我。我说我感觉到了，也困惑，可不知为的什么。我

---

① 方言词汇，取音近字。指傲慢、瞧不起他人的意思。——编者

追着问为什么,她终于说了,因为我考了榜首,却好像不当一回事,又不用功,还穿着好像刚从竹竿取下来不曾烫过的制服晃来晃去,那种"不在乎"让他们不爽。真是天晓得,不用功的确是我的毛病;因缘巧合入学成绩排在最前,纯属意外,有什么好当一回事的;由于被人骗了,家里顶了一处很老的房子,电线线路太旧,无法用电熨斗,只好身着未熨的校服上学。会让人那么瞧不上……想想似乎有点心酸,所幸后来变了,他们都成了我最好的书友朋友,他们拿到名著好书或是获得新到的杂志,我总能排上接读的顺序,有我一份。来"藐"过我的人中,不包括 Bellie,其实她也有被"藐"的条件,她的不在乎,还要加上睥睨一切,不按牌理出牌和"只要我喜欢有什么不可以"的作风,两名"不在乎",是否这就是会走在一起的缘故?后来我们熟稔到她不在家,我也可以待在那儿跟她美丽的作家姑姑谈天说地。

那一群爱书迷书的女孩里,我与 Bellie 同龄,也只有我们两人后来拾起了书写文章的撰笔,她是记者我选择了创作。那时最爱的事,是一本书大家传阅以后,爬上学校后墙边的防空洞顶,晒着太阳开"讨论"会,我们常常大言不惭地批评作品,月旦人物;有人带来新杂志,还会把杂志上的现代诗故作内行地朗诵表演,然后你争我抢地发表"高见"。轻狂则轻狂,那样的乐趣与享受是一世的记忆。

一回,我们在洞顶大说大讲乐不可支,与我面对而坐的 Bellie 两腿一伸,我便被踢下了防空洞,幸亏是滚落的,虽然痛彻心扉,为了义气我还能马上跳起来说"不要紧!不要紧!"表示没事,之后便没再去管。而仅仅一学期,过完寒假 Bellie 家迁到新竹,再见她我们都是大学生了,我已长时为痛腿所苦。一位家里熟识的庸医,未做应有的检查,就当作风湿治疗,治疗两载无效,李大夫告诉我风湿是好不了的,痛了再来打针吧。我放弃了医治。直到三十多年后,服务的学校安排健康检查,进一步追查,医生告诉我,我的左髋骨关节有陈年旧伤,还夹着一小片碎骨,要我追忆怎样造成这样的硬伤,有无遭到撞击或摔跤等情况,我终于想起了那唯一的一次。当时我与 Bellie 已断了信息三十余年了,她始终不知道她替我留了这样纪念品在我的身上,她也永远不会知道了,到了纽约相见故人方知 Bellie 已过世数年。

我们在一起勤读之后,要开始试笔了。在她百般怂恿之下我从作文簿上抄下一篇,加以润饰,鼓起勇气投到一份叫《民声日报》的副刊去。竟刊用了！没几天她的也出来了，可是左等右等稿费不来，于是就演出我随着气势汹汹的她，去追讨稿费的戏码。没得到稿酬，得到的是讪笑。我本来不愿意去那报馆，但见到了那样的笑容，我不后悔我去了。我心里对自己说，总有一天我要写很多很多有稿费的文章。

如今不管我面对稿纸还是敲键盘时，我都会想起Bellie；冬夜里，股骨痛得有如使用冰冻过的尖锥在钻刺，我也会想起 Bellie。奇怪！我痛成那样，心中对她始终无怨。尽管多年来不管统计作品或出书，从未将那篇不是东西的东西算在内，我却并不羞于并必须承认那一段。相反的，会怀念那段并不久长的好时光；怀念和 Bellie 两人头挤着头抢着共读一本书的时光；怀念我怯怯地跟在她背后，索取稿费的探险经验。去年四月回台北，《文讯》月刊正在推出一个作家早年照片的专题，我把她和我仅存的合照拿了去，那是师大的我，到台大去看她，在傅园拍下的照片，文友们见了都说"好两位美少女！"。我拿这张照片出去，不是要炫耀她和我的青春，而是要记录一个我人生路上的起点，一个美丽的起点！

还没说谢谢呀

　　躺在重症病房已过了两天,双臂上不是针头就是管线,除了两腿被牢牢地绑住,脚底还有泵,真像刑床上的犯人。知道左侧头顶上有两个显示器,但不能翻身转身,便看不见究竟显示些什么,只见很多身着白、蓝、粉、花各色制服的医护人员在我床周围来回穿梭,一会儿抽血,一会儿注射,一会儿量温度,一会儿被众人推床出去检验……却不知为了什么。问他们,那长得像电影明星的小医生只轻描淡写地说了一句:"血压低了一点,上不去!"我也知血压低了一点,在恢复室就知太低,40/20!但是为什么"低了一点",为什么"上不去",这代表着什么意思?

　　那种面对无数"不可知"的心情,遭五花大绑的架势,

145

确然促使我焦虑了，浑身虚乏却清醒之至，不能入睡。身体不能动，心里却涟漪浮泛，甚至想：如果血压继续下降，降到没有，是否就是生命的结束？结束就结束，假如这样发展下去，并无什么特别的痛苦，不是也挺好?! 对儿女家人早写好了东西，进医院前便交代了置放的所在。想做的事尚未如愿……算了吧，贪心也没用，谁能违抗天意。幸亏允诺别人的活儿都处理完了，不喜欢有债务，所以连分期付款购物都不肯。对小时候的死党，曾尽力地以情酬情，似也"辞行"过了；八九岁时常替我借书的"黄先生"后来的诗人丁耶老大哥，前些年有困难求援，我也及时尽己之力汇了款给他。真的，应可以如我所盼的，无憾、无怨、无欠地潇洒远行了。

但是到拨动良心的算盘珠子，为自己的一生结算总账时，怎么好像还有些事没料理清楚，有未曾彻底清结的不安。一个已很久远的影子怎么竟从记忆里飘了出来，的确是过了太久了，很不清晰。但确实有那么个影子。

是了，一个白色的影子，正对我俯视着，等待我偿债吗？惊醒了！啊！原来我竟睡着了，真有两位身穿白衫的人正站在床前望着我。"现在静脉注射对于你已没有效用,要在你这里开个洞,把药直接注进去。"女大夫指着我的肩下说。半个钟头后,近右锁骨处多了一串像圣诞灯泡的东西。完成手术,两个白衣人走了,那白色的记忆却没离去。

是的,那年在那种惊窘惧怒的无奈下,就是那么一堵白色的屏障阻隔了灾难。

学长究竟姓什么?姓黄姓王还是汪?不知道,也许都不是,但是位学长是不会错的,因为常常在同一个楼里上课。非是同班,还没有低一班的新生进来,就一定是学长了。那年头即或是新潮人物也很含蓄,我知道,感觉到,有双注视的眼睛跟着我应有一年之久,常常在校园里走着,不经意一回头或一转弯,正好看见那个细细高高的身影就在不远的后面;一抬头正见二楼倚栏"检阅"来人的他,或者多次在上下楼梯时不期而遇,蒙他避道让路。

被人盯住的滋味很不自在,但我很自在,因为打算始终装不知道。也许有人会抬杠,你不看他,怎知他在看你。当然看了,大家对他品头论足时我虽未发表意见,我也在一旁的。谁会不看呢,独来独往的他,长得比一般男生高出一个头,又那么白净;穿得好像外国画报上的人一样,冬天还戴一顶和围巾同一花色的法国便帽,在一大堆老练的、世故的、愣头青的、土包子兮兮进出系馆的男同学中间,显得很特别,尤其走起路来还一扭一扭地。C就说:"那个香港侨生很娘娘腔哎!"难道是为这个,我便从未正眼瞧过他,未跟他说过一句话?

我不再是最吃香的一年级新生了,经过了一次处理个人事件的不当,几乎成了众矢之的,我十分收敛,刻意逃避一切关注的眼睛。再也没见到那瘦长的身影在身前身后晃荡。系馆里竟也再没碰到过。

世间事常在变,只有从城中区到学校是乘三号公交车多年未变。那年月从书店街回学校只能搭这路公交车,而这路经常拥挤不堪。于是有些"有病"的家伙专在车上讨人厌欺侮女孩子。那一次让我碰上了,而且恶劣的情况超过我经验与听说过的。其实那天车里并非最挤,一个油头粉面的讨厌东西却故意凑了过来,趁着车摇晃颠簸肆无忌惮地往我身上贴,最后几乎要扑在我身上,偏偏我背后是他人的背后退无路。已入夏季,热气汗臭让拉着吊环站立的我被卡住而无处可躲。气恼,害怕,恶心,可是不知怎么办。想叫想骂,想起宿舍同学被人侵犯还被调侃取笑,遭到双重伤害的事,又不愿陪坏人出彩。怎么办?!

一个白色的身影越过了几人走了过来,他伸出了长臂从我与"鬼"中间切入,用手拉住了横杆然后一身洁白的他强行插身,阻隔了那龌龊鬼,学长他身量很高,正好将瘦小的我罩在那白色的保护伞之下;他始终保持同一姿势,直到和平东路一段校门口。车到站了,我不知什么心理,是害羞还是惭愧? 也许看了他一眼也许没看,总之,一语未发便溜下了车,走了,仍然没理人。

那样的情景是一次偶然,学长那么做不该是必然,但是他做了,我却等闲视之,没放在心上,无礼地毫无反应。为什么? 很不像我做的事,可是我做了。真不可原谅。

躺在病床上,玩回忆的游戏,一点一点捡起来拼在一道,是完整的故事,觉得那次确然是犯了一种不厚道伤人的错误。对他我以后仍可不理不睬,但是当时至少该说一声谢谢。他出头保护也许是自然的反应,没考虑其他,但是对抗那有如"太保"的不良分子太需要勇气,否则我身旁不是没有别的男子,为何他们没有一人肯说一句话。

难道是重症病房更接近天堂与地狱,人之将"死"其心也清明,会想起那不知名姓的学长。想到他心中有的是太多的亏欠与抱歉。

　　还阳了，出了重症病房也出了医院，那感觉却储藏在心底了。十分想有一次机会，希望能像那次在公交车上巧遇一样，哪天在街上，在市场，在购物商场里，在机场再遇见他，我能大大方方真诚地说一声谢谢。只是从前就没看清楚他，隔了这多年我能认得出他吗？

载不动许多愁

有几回去参加"随缘"的读书会，主人家的那只比小狗还魁梧的大胖猫在巡行一阵之后，也学那小狐狸狗在我的膝头上趴下来，好像准备要睡个好觉。于是我顿时手足无措地求救。尤其我须主讲的场次更让我慌乱，心想思路都打乱了，我还讲什么?! 主人过来把猫抱走以后，我的失态总会引来一番取笑，说我越是怕它，它越要跟我亲近。说我怕它，也不全错，因为它一跳到我身上我就会觉得心里悸动，六神无主头脑糊涂起来，什么都不对了。其实它那么伟岸雄壮一身虎斑，完全不像我曾有过的那只猫猫。那只让人偏怜的小花猫。

还非常非常年轻的时候，十足的理想主义者，主张"高级"知识分子应该勇敢地回到家庭去。为此在学校时与女生生活辅导员大唱反调，主编妇女节特刊的时候更特别强调了我的"理论"，把独身主义的吴女士气坏了。服膺这个理念，因而出学门才两年，便有了两个小女儿。一心只想经营好我的家庭，连现有的教职都想放弃。那么，温暖家庭该有的一切，我都想有，精神的与形式的。

母亲说在她青春少艾的时代，北平的大户人家还残留了前人的遗风，大宅门儿里，天棚、鱼缸、胖丫头是不可少的点缀。人在台湾，大环境稳定已久，大家还是愿意日子过得有趣些。闹中取静赁租的日式旧宅院，那将近我年龄两倍的榻榻米房子，尽管门角都磨圆了，窗棂的漆色已被岁月洗净，还是颇有宁静小家庭的格局与情调。尤其有宽大的前后院，院内有不知名的大树小树，还有番石榴木瓜等果树。沿着院墙除了玫瑰海棠还有不需照顾的美人蕉。两个女娃儿一个十六个月一个四个月，如果还要让这个小家庭的动画再加些分数，便该增加一个有生命感的小动物。

决定养一个！到底要迎进一位什么样的成员？原想养一对小白兔，白兔温驯和平，一定能跟小娃娃好好做伴长大。可是同住的姐妹提出了警告,兔子的繁殖能力不可轻忽,弄不好没过多久,院子里就成了兔子窝。这个念头打消以后,再加研究,忽然发现面庞圆圆的大女儿笑起来眼睛弯弯的,很像一只有趣的小猫咪。决定要一只猫!向友朋发出通告,要替女儿养一只猫,一只不会一窝一窝生生不已的公猫。就是这样,猫猫就来到了我家。始终没有给它一个正式的名字,大家都按着刚会说一点话的孩子的语汇就叫它"猫猫"。

朋友把一只断奶不久的小猫分给了我,它身躯是白的,四只小脚丫有一点黑花,头顶上颜色更丰富些,除了黑花还有浅黄与茶棕两色,像是戴了一顶小花帽却露出了两只白耳朵。它应该还是童猫,因为叫声仍然奶声奶气。总之,一家人包括"家事助理"阿英在内,立刻都喜欢上它。它成了贝贝豆豆之后第三位被关爱呵护的家庭一分子。由于它还幼小,不管我还是阿英上菜市,买猫鱼是重要的任务,而且再三咨询行家就怕买错伤了它的肠胃。有人劝我,孩子太小要注意猫猫的脚爪,必要时锉一锉,不要小猫小人一起玩的时候,伤了娃娃。我没听,怎么忍心用指甲锉条碰它那细嫩的尖爪。

它来了,大家很兴奋了一阵。但是出了问题,才不过三天,每个人的身上都痒了起来。为什么呢,难道众人一起皮肤过敏?又过了两天各人身体上都起了红点,最后在榻榻米上赫然发现了会蹦的跳蚤。糟!猫猫把跳蚤带进家里来了。

不管别人怎么怨我还忍耐,只在夜间将它关进厨房。不情愿的猫猫不时叫上几声表示抗议,这也犯众怒,好不容易"夜哭妹"豆豆唱完了一百天的夜戏,大家可以睡安稳觉了,谁知猫猫也有同样的习性,真是情何以堪。这且不言,让我发现了自己的大错,贝贝实在还不知如何与那会动的玩具相处,猫跳上跳下,小人儿也跟着爬上爬下,小猫有天生来的本领,小人实在跟得吃力,简直在涉险。小猫在藤沙发下钻来钻去,小人儿也追着猫爬行,实在抓不到只好揪尾巴。这可不得了!惹恼了猫猫,回头瞪目龇牙就一爪,还好抓在衣服上。如此我多了一项任务,便是要紧张地盯着一猫一娃嬉戏。真是比上讲堂累多了!而在上课中,会忽然心里一紧,想到了家里的猫猫与女儿。我不担心贝贝会伤着猫猫,因为猫猫很有跑、跳、闪、躲自保的本事。却真怕猫猫会把贝贝的脸抓破,虽然我曾交代阿英,我不在家时,要把小人与小猫隔开,可是那没有理性的两个家伙都是活的,会听阿英的摆布吗。

猫猫会抠破拖鞋,一双又一双,我宽容了;它闯入姐姐的房间把鱼骨头藏在书桌下,我道歉并允诺教它改掉这习惯;它不肯在固定的地方大小便,阿英埋怨不已,我一再说好话。可是我无法让混沌的幼儿瞬间长大,知道驾驭自己,认识动物,学得如何与它们相处无伤地逗趣玩耍。经过省思,我承认错误,我太理想化,其实按我天生的性情,凡事牵念太多,精神负担太重,实不具备豢养小动物的条件;依我的生活环境,应该也没有资格保有猫猫,是做了断的时候了。我做出了决定,把猫猫送人,让它去它该去的地方。宣布了我的决定之后,立刻欢声雷动,所有的家人都说出了心里话,他们都受够了。但我开出了条件,必须要找一个善待会养的好人家。

就那么快,姐姐的一位同事,年在中岁,家里有四个小学到中学的孩子正想要一只猫,于是猫猫很快有了归宿。送走的那一天,我特别给猫猫收拾得漂漂亮亮,在它的脖子上扎了一个红色的蝴蝶结,带上所有给它添置的家当,找了一个大纸盒打了许多洞洞,把它放在里面。请阿英替姐姐叫了车将它带走，我没送它，连房门都没出，我怕我动摇了决心，我忍住我的眼泪，对自己说："好了！猫猫不再受苦了，不再被人嫌弃了！"可是当晚，我难以入寐，绕室以行，仿佛听见猫猫在抠门要进来。走去轻轻拉开门看，除了月影什么都没有。

牵挂了多日，我常试图从姐姐的表情上看出点什么故事。直到有一天姐姐回来说同事告诉他，那四个孩子非常喜欢那只小花猫，取了个名字叫 Lily，因为那原来是一只母猫。真滑稽！我总算放了心。这一个月的动物缘让我认识了自己。不光是动物，我不适养任何有生命的东西，我的心真载不动许多愁。无论动物植物都有生老病死，那样的过程与结果我受不了；若是因为我的缘故而夭折，更是情感上的严重打击。

迁居到指南山下那个大学村若干年后，居处更为安适而安谧，很多邻居都养了宠物。一天，小学二年级的儿子和一群小朋友在蒙蒙细雨中带了一只小狗回家，要留下来。我说不行，因为工作的工作，上学的上学没人照顾。别的小朋友的妈妈有的不需工作，应比在我家合适。儿子说别家都不肯收留，所以他带了回来。我坚决否定了他的要求,我预备了牛奶食物、一个坚实的大纸箱和一块雨布,要他们从哪里捡来的送回哪里去。放好,盖好,等有缘的人领它回家。儿子依从地送走了,但是回到家里倒在床上痛哭,连连说:"小狗好可怜! 小狗好可怜!"他在床上哭,我在客厅里流泪,咬着嘴唇始终未松口,唯恐自己软化下来,无法善后。儿子哭累了睡着了,我悄悄出了门顺着马路走,在路边的树下看到了那个临时狗屋,小狗似乎已睡着了。谢谢天,雨已停了。我再一次像发誓似的提醒自己,决不养宠物。真的载不动那许多感情的沉重!

不曾再见

他和我两人之间非常喜欢捉迷藏的游戏，但是总是以逸待劳等他来找我。

"嘿！猜我是谁!""别猜了,我知道你是大曲。"动不动打电话来的说日本腔中文的只可能是他。

"老师,我又来啦！想吃红烧蹄髈,还有那个辣辣的苦瓜炒肉……"只有他,不仅登堂入室吃吃喝喝,还跟家里的三个娃娃玩闹成一团,任幼儿骑在脖子上,口水滴进头发里。

一年一年地过去,有时一年找几次,有时几年找一次,从青年到中年,岁月就是这样在寻找与惊喜中流逝了。

到美国探望儿子,为返台过境东京小憩,我第一次主动找人，却得到一封 Urgent Document 的信，寄到那已长大的幼儿处，小男孩已是研究所的学生。Hiko 说知道了我的行程，和倘若可能将践旧诺愿意在日本与他一会的想法。在北京任大商社主管的他赶不回去，但已安排好到横滨他家里做客的事。

回想起来，洁子"等因奉此"地招待后，透露出的被打扰的口气："好了！我丈夫交代一定要接你到家来，做最好的菜招待；一切最好的我都做了。"在驾车送我回东京的时候这样说。是因儿子正准备来春大学入学考试觉得增加了麻烦，还是大嘴巴的 Hiko 把曾跟我讨论问题的结论告诉了洁子。因为他们两人最初相亲他拒绝了恩师村松教授的介绍，振振有词："赵老师分析过，我的性格不适合要年龄差不多的妻子。"其实我们闲聊时，全无关洁子事，那时他刚跟一位滑冰选手拜拜不久。这家伙竟把我的泛论，当成抵抗父母与指导教授强大压力的金句，不过我的意见确实常得他的信从。其实我跟他年岁相仿，阅历还不如他。

第二次再主动找他，他不玩了，找到的是一个噩耗。他已去世十一年！！噩耗啊！深沉的憾歉疼痛，像一个巨棒迎头打下。我做了太糟糕的事，1996 年，他曾打电话到台北找我，正好是教授七年一次的休假，我人不在台湾。暑假将要结束时回到学校，系秘书告诉我有这么一位大曲先生找过我。当时的确感觉有点可惜，他到台湾一趟不容易，却失之交臂；已好久没跟这位可以谈事的挚友说说心里话了。但想着这次不行还有下回，若是想见我自会再找上门来，所以没立刻响应；不急，反正还有下次。况且把自己"卖"给日本大企业的人，折损得厉害，无事去扰他，无疑是增加他的负担，真朋友要为他想；他离五十八岁退休的限龄没有多少年了，到那时再叙。谁知竟再也没有下回了。

就那么年复一年地过去，他始终没来。他也过了五十八岁，应退休了，没来！待我料理好家里诸多的劳神费心事，可以匀出心思去想想朋友时，新年时便写了一张贺卡给他们全家，信到横滨原址，竟退了回来。

我很不安，一定出了什么事！于是开始锲而不舍地找人了。找！找！拜托朋友旧岁到底查出了下落，原来他在到台湾找我的同年就病故了。他的家人已迁走了三四年。啊！真是悔憾极了。我了解他的性情，必是在最后的时间，要温习他年轻度过快乐时光的台湾，同时向故人告别。难过，难过！难过了好多天。不再是师生已成永远的朋友的他，就这样没了。

几经搬家，旧时物淹的淹坏，丢的丢了，连一张照片也没有，他只能留在记忆里。唔！还有一对珍珠耳环，那年台湾和日本关系改变，他以为再难见面，送给我的纪念品。在一篇文章里我喟叹友情一如珍珠，日久之后是会褪色变黄的，后来他不知在哪里看到了那篇文字，不多久寄来的贺年片上写了一行字"心里的珍珠不会变黄"，事实上那对耳环确实到今天依然温润晶洁如新的一般。

曾是很好的记忆也是很坏的感受。才二十几岁的人霉在家里耗损心智，浪费生命，于是开始写点没名没姓的文章，教点不用本行专业的课程；之后做海关史研究，才发现了洋人代管的"新关"的人事记录中，有一个仅仅高于杂役轿夫的职称"教读"，伺候洋大人学华语的品级。时空转换，社会的价值观没改，还把这些兢兢业业的从业者看成教八哥学舌的"驯鸟人"，并不定位于语言学的层次。最初还很天真，有理想和使命感，也真教出来一些有"出息"的学生，但面对职业尊严的内心要求，越来越令人感到沮丧，于是决意放弃这行当，转换了跑道。

回溯那段岁月，除了"心得"能觉得安慰的就是学生。

据说当时日本留学生比较了解中国文化，最为挑剔，从师资整体素质到课程设计甚至其他方面都有要求，语言中心主任便把日本精英用来锤炼我这新进教师。倘若以成败论英雄，那时经常出入我家门庭的就有后来日本驻巴西、澳大利亚、新西兰以及 2003 年驻中国的阿南等四位大使。但是真如家人相处的，只有大曲一个。他不是如池田、阿南他们为东京大学出身的"外交官补"，而是毕业于以经济学科著称的一桥大学。说"如家人一样"是 Hiko 的话，所以知道他已去世那么久我都不晓得，且是就是来见我未遇的那一年"远行"的，我会憾，会悔，会痛！

还需要再整理一套数据照片连同"文物"送另外一处文学馆，不耐烦再一张一张看，干脆一盒一盒倒在地毯上筛选。老天！竟出现了好几张有 Hiko 的团体照与家庭照；最晚的一张是他的儿子照彦犹未出生时一家三口的全家福。算算那时他三十刚出头，后来的年月他假公济私跑来看我都是匆匆忙忙，没拍过照。他的形象就停格在那个时期。

1996 年我们没得一见，他没见过遭人事捉弄岁月磨损后的我，我也没见到提早折旧疾病在身的他。我们所保留的都是盛年的好记忆。

这是天意吧！我不再谴责自己的轻忽，不再长陷于懊悔之中。替我寻人的文友华纯特别从日本寄来了一张 CD 给我，他说这首秋川雅史美声唱出的《化之千风》可以止痛。他把歌词大意告诉了我。是的，至少在纽约可以消除一些痛苦，因为纽约风多。

请别在我的墓前哭泣，

我已不在那里，不在那里安眠

我已化之千风，千缕风啊

吹向那无边无际的长空

秋天是一道阳光照着田野

冬日是雪地里闪亮的冰凌

曦晨变作一只报时鸟，轻唤你醒来

静夜化作一颗明星，守护你的平安

啊！别在我的墓前哭泣吧

我已不在那里，我哪里会真的死去啊

是化成千道风，千道风啊

向那高空飞去,向那高空飞去

在那之后,行走路上,一阵风来,我不再缩颈低头,任之自由地吹,吹!心里念着:老友,知道你来了,风别吹得太强,你应记得我怕冷,你临行曾把那个特别暖的暖炉留给我的,一直用到水灾毁坏了它。

又一阵风,我抬起了头,是老友来了吧!

后记:

后来联络上大曲太太,到日本旅行见到大曲则彦的妻女,知晓1996他并未到台湾来,算算日子是他逝前的几日给我打的电话,问洁子她并不知道。在他家我落座的长沙发,洁子指指我旁边的地方说Hiko就是坐在那里过世的。我没有吓一跳,但看见电话座机就放在一旁的茶几上。立刻就明白了那段日子他们家的情景,那是一幅什么样的画面啊!我心里好抱歉,我竟把那通临终前告别的电话没当回事,我是什么样的人啊,不能原谅自己!

星星依旧闪亮

生活总是那样的,对于物质的需求,由无到有,由有到够,由够到好,由好到美,由美到极精绝致。所以我也像许多女子一样,曾有过很多心爱的美的小物件。说"曾有过"应当是有语病的,其实到现在仍"有着",只是再也分不出心思去把玩惜爱它们。其中不少是颇具市场价值的,但是我重视它们的程度,一如现今对待常常钻进去不肯抬头的研究材料,不以价格来衡量。

妈妈娘家带来的银兜肚链儿、外祖父手刻的核桃山水、一个日本学生在返国前赠送的象征永不褪色的师友之情的珍珠耳环、一位日籍老出版家馈赠的挂表……每一样小对象背后都有段长长的故事,也许还串联着历史。我会记得它们,不常去摸它碰它也会记得,因为他们有"意义"。就像他送我的钻戒、紫水晶戒、金表、长串的绿玉珠链一样,叫人不容易忘。但是心底真真认为重要的绝不止这些,还有更多更多,都已被遗忘,蓄意地遗忘或假作遗忘。

那天,为了要找一样可爱的饰物,托人捎给住在安徽那位从未谋面的侄女,便从衣柜把那个大"首饰箱"抱了出来。那里面全是价格不高却具价值的东西,姐姐送我的印度项链和南非玉坠当然不会送人;脱了镶石的泰国宝戒和所谓的玛瑙手环、戒指也不可当作礼物。翻着翻着,翻过一格又是一格;抽出一屉又关上一屉,最后在面上那层缤纷五彩的"乱七八糟"里拨来拨去。就那么顺手一扯,扯出了一条失去光泽的链子——不! 不仅是条链子,连着的与那些别针、耳环纠缠在一块儿的还有个坠子!

啊! 别来无恙! 早已忘记了还有这么个东西,在决定要忘却它的时候,就真把它忘了。

那是一颗心形的坠子,上面斜斜地镶着四颗亮晶晶的"石头",四颗石头下面,镌刻着我的英文名字,是他的亲笔。链子加坠子,都是合金的,自六十年代到今天,已二十数载,光彩全褪尽了,乌蒙蒙的没有一点点精神,只有那根本可能是玻璃的四粒"宝石"，依然有着晶灿的光芒。

一时，心里又打翻了五味瓶。好不想忆起那一段，偏偏它又出现在眼前。我并不是鸵鸟，把脑袋埋进沙堆自欺欺人，可是为了要把握现在的心境，我常大声对自己说，人要展望前程，不要回顾前尘！并非有益无益的问题，但碰了会痛的地方，就该少去碰。所以得学着健忘，健忘！人一生中会有好多好多的"曾经"，有些"曾经"还是应成为深埋的"过去"较好。那种心被什么抽一下紧一下的感觉，确实有着隐隐的刺痛，好容易已归入旧档，我不要温习！

不管是情还是孽，已经发生的就是发生了，经过怎么样的风浪和煎熬，两个人竟然走到了原来计划的目的地。年少的我，想着那该是多么罗曼蒂克的避风港，结果不是，根本不是！油盐柴米酱醋茶，原是人间烟火中不可避免的实务，心里早有准备，内心没有准备的是那种恒久的乏趣乏味的痛苦，和他生未卜此生休的失望。务实和属灵原是并行线，该永远碰不到一起，老天的捉弄，平行的双轨却撞在一起，造成一个交会点叫作"家庭"。家庭里有夫有妻，先生上班做事，太太养孩子带孩子，吃喝拉撒睡，应付琐碎，应酬人事，每一天每月就是这样过着。没什么不好，可是就是不好；仿佛快乐家庭里该有的都有了，但真真是失落了什么。

那是怎么样的一种压抑和折磨！为了向世人证明我的抉择是对的，还必须依照自己原来宣称的论调，扮演贤妻良母是世界上最大的幸福的"连续剧"。从外观上看，由客观上衡评，我绝对是幸福的。被一个人当作小皇后弄回家供着呵护着，唯命谨慎，还有什么可挑的？就因为没什么可挑的，常陷在无边的矛盾里。自己觉得应当快乐，也要别人看着很快乐，但实际上十分的不快乐。偏偏这种涩苦又说不出，只觉得满心被灰翳包住，才二十出头，人已开始凋谢。那时假如有人问我婚姻是什么，我会说是桎梏。

两年，好像好长，也许真够长了，两个会哭会叫的幼儿已经加入了这一家，因而辞去了教职的义务，专门履行冲牛奶烘尿布的义务。并不在乎每晚打着瞌睡烘尿布，但是"过日子"除了这些还该有点儿别的吧！没有！都没有！只有人很无情地告诉我："忍耐！你现在只能忍耐！"不知道是真不懂不会，还是不肯，并没有一句温语，支持一个青葱的生命心安理得地"耐"下去。哦！不仅是伤感还有着愤怒，倘若那时有人问我丈夫的姓名是什么，不管他原来是教授还是什么东西,我会说他不叫呆瓜就叫混账。

欢天喜地!没有任何奥援的人,原来进修的机会让关系较好的占先了,"忍耐"的结果,仍轮到了。办手续、置装,穿上会使脚疼的新鞋,像阵风一样地上路了。留下的是年轻的妻和两个加起来不过两岁的乳儿。还有,满抽屉的旧信废纸和催缴欠税的通知。还有!还有!还有那句话!他因准备出国不上班了,为了替他赶制一些行装,请他带带孩子,人家竟说:"唉!我不能替你看孩子,不上班也有事要做!"

不替"你"看孩子!那个"你"真的伤心了。"她"当时想,有了这句话,不管以后做了什么对不起"他"的事都可以原谅自己了!

白日受奶娃的折腾,夜晚受恐惧的折磨,日子数着熬过。还没数完一个月,一场大台风,吹倒了隔邻的篱笆,夜半时分,一个人影,清清楚楚地映在玻璃门上,肆无忌惮地拨弄着门扣,那夜夜不能成寐的小女人,颤声喊问:"是谁!"凄厉的惊呼吓走了宵小也划破了午夜的宁静,相伴的姊妹一阵惊扰又再度熟睡,因惊恐过度而瘫软的女子,则流着不知名的泪,挨到天明。

几乎全是这样,夜夜睁着倦眼熬过。远处的车声,近处的犬吠,轻风吹动窗帘,细雨洗着屋瓦,原都该是催眠曲,但是越催越催醒她那凄苦的心。太平洋彼岸的人,每天一封日记似的邮简寄到,所有的活动都细细地报告,虔诚又忠实,却从未嘘寒问暖抚慰她的心疾。所以她想他,体恤他,却也怨他,深深地怨他!

是的!那时的心理就是这样的,黯淡到极点,无法自拔。常有一种心情,想狠狠地踢他打他,宁可把他打躺下再来哭他。

熬过严冬,将及三月,一天突然接到了一个厚厚的信封。心中诧异,为什么不是例行的邮简。剪开了口,掏了半天掏不出来,用力往桌上一倒,合着信笺掉出了一条项链,金金的亮亮的,四颗晶莹的“宝石”,衬在电镀的鸡心上十分耀眼;纤细飞舞的一行英文字,竟是我的名字,显然是他的亲笔。他信上说“St. Valentine's day”,他正好到帝国大厦去参观,爬到最高层,只有他独自一人,极目眺望,似乎只看见自身的孤独,看不见别的。在楼中,遇见为这个特别的日子出售礼品的小贩,他买下那个合金的项链,并刻上我的英文名字。回到居处,第一件事情就是写这封信,赶快寄给我。

没有特别的感动! 被苦痛挤压得麻痹了的我,检视着那个小玩意儿,像是没有感觉。因为心里除了可恶、呆滞、木讷、自私、迟钝、寡情,再也没留下一点点他的好记录。所以看过,扔过一边。放在五屉柜上,好怕刚刚学会爬上爬下专捡东西往嘴里放的大女儿抓来吞到肚里,因此高挂在镜子上。白天不甚显眼,夜晚熄灭了灯火,窗外路灯斜溜进来的一丝丝光亮,正好投射在那镜面上。仍是无眠的夜,睁开闭累的双目,唯一能看得见的就是那四颗亮晶晶的星星。送我英文名字的修女,曾说"Stella"是圣母海星的意思,圣母海星是什么样的星? 是不是也是在黑暗里亦能闪烁发亮的星星? 在等待天明的煎熬里,那温柔的星星确能产生照明的作用。我试着依着它的导引,也温习一下他的好处,或许先想想他的不坏,再想想他的好,日子容易过一些。

以后,很长的年月我常把它拿出来戴在身上,直到若干年后孩子告诉妈妈不要戴那么难看的东西。平心而论,并不难看,只是色泽褪尽了,显得脏兮兮。当人人都用有价的真钻石炫耀的时候,钢片镶玻璃怎么见人? 再者它也的确会侵蚀皮肤。其实戴着它，常常还是犯心病，直到很久很久，很久很久，学会真正的遗忘和宽恕之后。可是，遗忘也许仅是深锁并非全然忘却。十年前我也去了纽约，驱车四游。经过帝国大厦门前，同行的人叫我快看，问我要不要上去，我只觉一阵疼痛，摆摆手请他们快把车开走。帝国大厦有太多的联想，不要！

如今捡起这个褪色的项链，还是会有隐隐的痛楚，那是段什么样的日子啊！真得到快乐，是在挣扎着找到自我，将自己由"牺牲品"心态释放出来以后的事。

星星依然闪亮！二十多年过去了，"过去"仍旧是"过去"，但已不成为症候。那闪闪的四颗小星多少在我最无望的时候，产生过光照的作用，所以世人眼中的玻璃却是我生命中的引路星。好高兴当岁月把一切都淘尽了颜色，它们却光芒依旧闪闪发亮，而将往昔和现在穿串在一起，似乎它又产生了新的灵机。

偕行创作路

——从萌芽到布种

　　自认绝佳的记性竟也慢慢失能,尤其那年赴会昆明因高原反应丧失知觉久久之后,记忆便如遭无知幼儿用橡皮乱擦过的铅笔画,很多东西不是丢了就是乱了,再也恢复不了原样。但唯独那样的经历那样的往事就那样清晰。开头、过程、感怀、心情、影响通通像动画一样地存在,甚至说过些什么话,遭遇过什么挫折,挨过什么骂都记得。尽管这是一个鼓励遗忘恩惠的社会,可就像岁月的飞马拖着的破车一路颠晃震荡狂奔,载运的一生所有,什么都没剩下,只留下了于车底盘板上无意或不愿清除的陈年欢悦或不堪的斑滞色痕。

一

当一对小姐妹穿梭在书列与人丛之间,没有人会想到有一天她们的作品也能罗列在书架上。她们只是读者,小小读者,甚而是不受欢迎的小东西。确实如此,在许多成人或半成人的眼里,这样的小鬼为什么要在一些专注的阅读者腋下身旁钻来钻去。也有那市侩气重的书肆老板干脆板起冷肃的面孔呵斥着:"这不是你们该来的地方,到别处玩去!"

幸亏不是每家书店经理人都如此,正似不是每处图书馆的管理员都厌恶渴知的小朋友增加了工作负担。所以,她们可以待下来,与大人一样分沾文化与文学的营养。这养分在上天给予的秉性与后天教育的基础上起了作用,于是穿梭于书行人丛间的两个小丫头,终于也把自己的作品一册一册送上书架,滋润其他好读者的心灵。人间社会约定俗成地把这两个由文学小苗变成的笔耕者叫作"作家"。

虽然这两名小女娃开始并不能比肩行走,小三岁的一个却总像影子一般尾随于姐姐身后,成为"作家"之后的姊妹在这条道上则大多齐步前进;至少在妹妹感觉姐姐陷在精神孤岛不肯迈步走出时推她一把后，即使一个落户中欧，一个留守台湾。那妹妹不是没尴尬痛苦过，自然的心有旁骛，最重要的时光，都用来服务于教学与研究，甚想鱼与熊掌都把握住一点点，结果似乎两边不讨好还有三倍的累，终不得不将忠诚之义献给职责，把情之所钟的创作变成难舍的半明半暗的情归；但仍没肯完全停下脚步，不舍地跟跄随姐偕行。而在姐姐把写作变成生活常规习惯之前，那喜于追随的，曾很啰唆地跟在身后数姐姐的步伐的妹妹，当姐姐略有懈怠，就再推一把，嘀咕着别暴殄天物，浪费了上天赐予的文心与能量。因此有人于探讨赵淑侠的创作生命怎样的萌芽、滋长、茁实、成熟到灿烂开花时，首先就要找到那妹妹，因为没有人可以比当年紧傍在姐姐身旁的那个小身影，到今日仍比肩同行的妹妹，更适合绘出这历程的轨迹，因为在那姐姐踌躇试着迈步向前，妹妹怎样垫脚铺路的经过，姐姐没有身历其境的妹妹更清楚。

二

赵家并不是传统的书香门第，世居山东省齐河县，乃典型的淳朴农家,清末黄河泛滥冲得这些靠天吃饭的农民无以安生,只好合族背包挑担到关东去垦荒。开荒的家族有成功有失败,除了一点点运气,一定得智慧、勇气、毅力、勤奋都异于常人,才能克服大自然给予的试炼与考验;假如再能从荆棘中开辟出前程,立下丰实家业,就必须有过人的创造力与识见才成。所以赵家的子孙,从不怀疑自祖上所继承的创造潜能。从曾祖的拓荒,到祖父的发家,赵家仍不改质朴的本质,有了财富不仅是拿来增加个人的享受,于一家大小温饱之外,也用于照顾相附共荣的地户的生老病死。造福乡里,繁荣地方,是创业的一代不凡的识见。今日走过黑龙江省肇东县,当地人士仍津津乐道,指出哪一座建筑是赵家老爷子建立的图书馆,哪一大片校园,是爷爷购地筹资,盖好了全部校舍再捐给地方的高级中学。寻根的孙女赵淑敏听见陌生人娓娓称道从未见过的祖父的义举,分外感动。在淑敏成长生活的社会流行一句话"取之于社会,用之于社会",爷爷没说过这话却身体力行,将取之于一家一姓的血汗所得,用之于人民大众。她曾凄楚地站在故宅的大门,回想爷爷的所作所为,有着强烈的疑惑,在那一角方圆的土地上的那些受惠者,谁有资格来斗争他清算他老人家？

爷爷早年曾是仅读过私塾的泥脚汉子，却深知智识的重要。要想一个社会免于愚昧落后，必须普及教育，文化熏陶。因此他个人的福利桑梓照顾乡人的方法，不仅是施医施药，为流落异乡的开荒落魄汉拨房备食"猫冬"，开春赠以路费返乡，更着眼于文化滋养的奉献。对乡人如此，对儿辈如此，对孙辈本也欲如此，只是时代变了，身不由己，理想落空。然而仍有一支，他曾刻意培植的儿子，所诞育的孩子承袭了遗愿，在并无任何动力的推援之下，自发自觉地于众多工具中拾起一支耕作于心田的笔锄，用以安慰自身温暖人群族属。

父亲曾是爷爷加意培育的读书种子。当他还是孩童时，祖父已告诉他要好好念书，将来要精学律法，为传统人治政治体制下无发言权的小老百姓主持公道与正义，利人也利己。爷爷虽是庄稼人出身，却善于分析子女的性向与兴趣。思维缜密，观察细微，理析精准，反应敏锐，还有着师尊称赞的文笔，是父亲自五岁入私塾以后显现出来的特点。所以祖父不要他管田地、理生意，而要他到北京上大学，走读书以知识淑世的道路。依父亲的才智，如果他的性情中有几分文人的浪漫，他应当可以成为出色的作家。他没有，爸爸是位法理型的人物，他不能成为作家，但有些遗传因子有助于他的儿女善于执笔为文。

外祖家对于赵家的子女，曾经是个谜。可能是自推翻清朝以后，早年旗人普遍的忌讳养成的自保习惯。幼年时的母亲已受教导不言自己的家世渊源，子女们只片段地知道妈妈是家中的最小偏怜女；外祖父在清朝做过知府道台；民国成立后，于旗民生计无着无落的时期，曾担任东北三省清乡督办"王大板子"幕僚中的文牍师爷。他应是旧时代有新头脑的人，因而他的女儿们都受新式教育，倘若有能力，读大学也可以；琴棋书画的兴好也传授给女儿，据知姨母善书善文，母亲则通音律和绘画。难怪妈妈念了一年的医科大学就半途而废；她是一个典型艺术型文学型的内向女子，不适习医。她向来极少标榜自己，甚至到我侍疾母亲于临终前的病榻上，才从母亲的口中证实她老人家原籍属正黄旗的贵胄。文学的气质、艺术的造诣，嫁到纯实用主义的垦荒裔族家庭，都成为毫无用处的质素；而原有的才与能必然也会受到斫丧并浪费。

初次至呼兰访寻母亲的故里，当地的文史人士曾将车子停在一片旧屋的门前,告以那是妈妈与萧红同读过的小学,我算过她们的年龄,妈应长着两岁,她们可能是同时的同学吗?我开始沉迷于啃书时,妈妈曾跟我说过萧红,那是我第一个知道的作家名字。但母亲却没有萧的勇敢与率性,将自己埋没于奶瓶尿布锅灶碗盏间。幸而妈妈属于多子母,且儿女们都得她的一些基因的遗赐,几乎个个都喜爱音乐或美术,最明显的例子,那得了爸爸好嗓音和她的音乐细胞的四女便成了真正的职业声乐家;老大淑侠原来从事的行业是美术设计;老二淑敏在可塑的年龄也曾受师长的怂恿专习声乐或西画。而多思易感,爱美赏美的天性,更分给了不止于淑侠和淑敏的其他孩子。父亲晚年曾对那些夸赞她女儿的朋友颇为得意地说:"淑侠淑敏的白话文写得好是随我。"不全对,文学的情感,艺术的气质是得自母亲。

三

淑侠和淑敏从小都不是善于体能运动的孩子,跳绳、跳房子也都玩,姐姐还会踢毽子,但终不如头脑体操那样喜爱见长。在方块字认得还相当有限的年月，二人最爱的游戏是自绘自制"小纸人儿"来办家家酒。回想起来，虽然因为幼童差三岁势弱许多，必须把"主角""要角""好角"都让给霸气的姐姐，甚至为此还狠狠哭泣，仍觉得这是最好最有意思的趣玩。姐妹俩绘制纸娃娃的时候，从来不止画一个，往往是一个家庭、一个族群，或一个小社会。在炎炎夏日的重庆，暑假里哪儿也去不了，两个人就躲在饭厅兼厨房的屋里，玩千变万化的纸人故事。有像短篇小说的"折子戏"，有如长篇巨著的"全本大戏"，还有今天没演完，明天接着往下演的"连台本戏"。不只有悲欢离合的情节，有层出不穷的冲突和高潮，也着重人物的塑造，个性突显和心理的描写。姐儿俩把个人幼稚的生活经验，对人和事的观察诠释，乃至于内心的理想、渴望、梦盼都放在故事里。更有趣的是可以把其中的坏人，用爸爸的那几位最令孩子讨厌的朋友的名讳来命名，有一种"我赢了"的阿 Q 式的满足。不管那样童玩童戏多么可笑，两人始终认为那是有助于创作的暖身运动第一式。所以，两人至今还仁守于写作的殿堂内，应一点也不奇怪，那似乎已成为一种生活方式，生活习惯；一点也不意外，因从孩童的戏耍中已见端倪。

淑侠有过很多貌美"死党"，那交情可从童龄延续到今日，玩在一块，闹在一起，哪怕曾远阻重洋，还间隔了岁月的山山水水，再相见时，依然亲密如故，可说最私密的心事。然美则美矣，但都不是同沐文学熏风的朋友。同时与她接受文化启蒙的只有妹妹淑敏，当母亲成为第一个家庭教师督课刚入学的淑侠读书唱歌的时候，幼儿淑敏就由听众渐成了伴读。等到这名伴读小朋友大病一场，出过了麻疹，总算熬过了那季寒冬，将及六龄够资格入学时，正赶上子弟小学春季始业，就被塞进了学校。但开课两周，老师便不得不把已"什么都会"的小麻烦直接从一年级下期"遣送"跳升二年级下期。这是淑敏旁听母教后正式接受学校教育的开始。

重庆市沙坪坝是战时首都的文化区，除了大、中学校多，还有很多的书店、图书馆、文化中心之类的所在，到了战争的末期，日本飞机已匀不出力量对付后方百姓，长长的假期尤其是暑假，在别的小孩都忙着去捕蝉抓鱼的季节，淑侠于"带着妹妹"的附加条件之下，要想溜出去享受最爱的消闲之趣——看书，就不能不带上淑敏，所以书店里有淑侠就有了淑敏,先前是不能不带,后来是心甘情愿地带,因为即使最初妹妹还看不懂什么,她也不吵不闹不跑不走,姐姐待多久,她就乖乖陪多久,找自己的乐子。不是绊脚石,乃是真正的读伴,而且除了一两次在书肆中中暑回家狼狈呕吐,惹恼了妈妈下禁足令,从来没出任何状况,连玩小纸人由于争论情急哭哭啼啼的情况都没有,顶多是家里又多了一个如母亲所形容的,一见到书就似"脑袋灌铅"又聋又哑的书迷而已。

坝上的著名书店很多,门面较大的有上海杂志公司、新中国×××、龙门书局,以及后来开办规模最大的时与潮书店等等。还有几处服务中心等机构都有图书室部门。仅有龙门书局全贩卖"蟹"形文字书刊,与书迷孩童无关,其他的地方都是人人可去的所在,两个小女孩就如鱼得水一般与成人共享社会资源。尤其最大的那家"时与潮书店"就开在隔壁,慢慢地,八岁的妹妹也赶上了姐姐的脚步,走入成人的阅读世界。有人说这家书店对这两个女娃儿特别优待,是因书店的创办人是爸爸的朋友。我想不是,因为不许看"闲书"是爸爸对孩子从小到大的规定。我想应是对"书粉"的宽容,因未待姐姐上了中学住校,影子妹妹除了偶尔和姐姐所说的"狐朋狗党"满山遍野撒疯，课后的时间多半都长在这家书店里。爸爸要在城里上班，我们仅须老实24小时就可以了，星期天吃完晚饭爸一回城，我们就自由了，妈妈不管，只要不乱跑不打架就行。大小楷可以欠账，算术作业可以打马虎眼，书店不可不去报到。如此的勤奋，使书店上下人等印象深刻，以至过了四十年淑敏与那书店经理夫人台北相遇有人忙着介绍时，经理夫人马上笑着说"哟！我记得她们，那两个小豆豆孩儿！"

终于不再与姐姐读同一所学校，尽管淑敏奉师命跳班，终究姐姐仍先进入中学，并住校，我终于摆脱影子跟班的角色。最让我开心的是姐姐也换了一批同学，其中再没有那个自以为美的小"花瓶"，强从姐姐手上把我由书店借回的新书不知珍惜地变成旧货，影响了我在"时与潮书店"的信誉。但最后终得原谅与书店的杨先生恢复"邦交"，继续享受优待。所以长大成人之后的我，认定这家书店是我的另一所学校。

后来的日子两人玩的真的很不一样了，实际的步伐越走越远，姐姐的花样妹妹跟不上了，不过觅书寻知的意趣仍是殊途同归的。抗战胜利后的流浪，即使此处半年、那里三月地避战火而居，直到台湾定居，从未曾失学，却乱插班。不过尽管同被塞入一个学校，两人发展的方向与兴趣真的彻底不同了。然姐姐仍乐玩扮演"锋头美女"的游戏，也没丢下看书和做梦。妹妹只会继续表演"懒散学霸"的潇洒，把文学名著也当功课。是的，不管老爸如何严管，偷读"闲书"却是两人始终未改的习惯。

落足台湾得到一分珍贵的安定，生活尽管清苦，淑敏却庆幸终可安心把初中三年换了五个学校，用四年完成。这也是两人行动真正全然分开的开始。只是姐姐出了中学后天广地阔了，寻乐子也不再限于啃书一种，甚至也不必再玩地下活动。妹妹仍守在规范内，以榜首考入高中后则得明修栈道暗度陈仓，以优良学业成绩掩护玩家规禁忌的把戏，更拓展了阅读的领域，尤其还得到了几位富有书藏的书友，甚至砥砺争辩的文友。庆祝自己十五岁生日的节目是将一篇小文发表在台中《民声日报》的副刊上。

四

终于再走回同样的途径。当淑敏已很自然地重持撰笔寻常书写时,那姐姐还入乡随俗静静地蛰伏在瑞士小城没有行动。待到姐姐也再次同行,已是她远栖海外十余年拖儿带女返台探亲以后的事,她意外地发现了原来在台湾有那么多可资挥洒的新天地。自此,除了她自己强烈的创作意愿,还有那已先走一步的淑敏也不容她不写,岂可再暴殄"天赋",你不走?!嘿!嘿!淑敏推着姐姐走,于是后出发的淑侠的第一本书《西窗一夜雨》很快地和淑敏的第五本书《归根》于同出版社同时面世,那是 1978 年,身边人剪了报上的广告贴在为我搜集的资料簿上,真是弥足珍贵。后来好像有过三四本书都由同一家出版社放在同一广告上,仿佛那是一个卖点。

淑敏最最得意的就是因为不胜两部史作书稿的工作压力,再也不堪增添一份小说供稿的身心负荷,为求脱身,与夏铁肩先生共同硬逼出了赵淑侠六十万字的长篇《我们的歌》,那真是轰动海内外。铁陀兄跟我说,排字房的工人,每天等稿为乐,他们最先见稿一边排字一边阅读,真是快乐得不得了。此后就是赵淑侠笔风狂飙的日子,后来还飙向了大陆。1986 对淑敏是关键的一年,面对现实,不再有鱼与熊掌之择的矛盾,而慢慢将身影隐向学校门后,只言"史学教研,义之所归也"向自己交代。"文学创作,情之所钟也"……啊!有可钟情的对象放在心里虽苦也甜!为了现实与责任舍情而取义,似乎很"悲壮",但很没出息地颇难管住自己的心,偶尔自欺欺人地,躲在教授的面罩之后,偷偷地发表一些小东西。阿Q地以为可以避过耳目,免于"不务正业"之讥。但也仿佛是掩耳盗铃,该知道的还是会知道。

在1980至1990之间偶尔有商学院的同事见我因领奖照片时不时地会出现在新闻版面上而觉得奇怪,怎么会有那么多的论著获奖,哪个机构又颁奖给她了?仔细看看发现都跟中国经济史研究没有关系,乃是小说与散文之类,真真不务正业之作也。其实,也不全是我的奖,有一半是替人在瑞士的姐姐受奖。我只记得我为自己不管领多大的奖,都随便抓一件旧衣裙就上台,可是代姐姐去接受荣奖的快乐,让我每次都会去定做一件漂亮旗袍或选购一件高贵的小礼服见人,因为姐姐是喜欢美妆讲究服饰的人,帮她办事应按她的风格,如今衣橱内还有一件黑色镶珠的小礼服挂着,很多年已穿不下去了,可是因病稍为轻减,前年与姐姐同去马来西亚开作家大会,闭幕宴会时竟塞下去了,心中一阵得意,这是一种什么样的缘啊?!

退休了,移居海外的日子,自觉像离水的鱼,时间是有了,却渐渐减却创作的动力,较少真正的文学活动与切磋,发表的报刊已因电子媒体冲击纷纷衰落而减少了园地。但是我们还是认真地写,哪怕是为情面交差,心境还是虔诚的。而且终得同进同出一起参加文学聚会和活动,回望来路,与童幼时间已隔了年月的大山大河,再度重聚纽约,却初心未改,初情也未变,那妹妹还是维持扮演马弁、秘书、副官……的角色,仍然当众挨骂不回嘴;姐姐头发乱了会自然地掏出小梳子为她整理发丝,以至有人说,这两姊妹很像此间华人社会的一道风景。谢谢! 算吧! 至少在作家圈内应是如此。

只是即或岁月肯饶人,病痛却不放过。前几年淑侠因她对长篇小说《凄清纳兰》两三年的投入,终于被"自律神经失调"的百病之源症候打倒,再试再挫,心里想写,身体不答应,现在形同封笔。我意兴阑珊时仅偶然涂抹点什么自我鼓励,仿佛是在证明自己还活着。2013 年起似乎每年都接受一次手术,手术过恢复了,还是写。一种病,又一种,并没有让我停笔,现在又再来了一种不宜写的病……

谁知以后如何。是恢复了又是一条好汉,还是金盆洗手?谁知道?!但就是真的废了,跺跺脚,回眺来时路,也已是一辈子。不过想想这些年来总是还参与过一点培种育苗的小小工程,算是对自己交代吧!

生活里顿悟

大江滚滚流

浮　木

　　谁说孩童就不会寂寞？谁说小娃儿就不会感受到人群中的寂寞？

　　一个八九岁的孩子，上有个潇洒自在开拓了自己大世界的姐姐，和小了三岁的妹妹玩不到一块儿，自然不容再黏着成为累赘。下有会哭会叫的妹妹们占据了母亲的胸怀，想腻妈妈只能跟在妈妈的身后打下手，分取疼爱的一杯羹。

　　到了学校，多数同学都大个一两岁甚至三五岁，不管哪一种游戏常常都站在圈圈外："啊！多了一个人，你当裁判吧!"分成两边玩耍,多出来一个人,体力不如人,不当"裁判"当什么?怪不得别人!偶然跳房子、跳绳带上一回真是莫大的恩遇。当然上山下河跟在她们身后追逐于原野时,并没有被拒绝,但是必须忍耐一两个"领袖"不停地埋怨"跟不上"的缺点。假如没有老师疼爱,那人生就一无是处了,可是做一个老师眼中的样板娃娃,正是同班的眼中钉,很值得那几个捣蛋鬼在书桌里放几只癞蛤蟆。

就是这样的,人在其中又似乎不在其内。我也要找自己的天空!

紧邻吾家的大书店容得下这个"小豆豆孩儿",虽然也曾被叫来指去"拿到那边去看""别挡了别人的路""柜台下不可以蹲"……但语气都是温和的,甚而是鼓励的。我终于找到可以一人独玩的游戏。店员换过一两批,没有谁责我小孩不该看大人书,却得到更多的"特权",比如犹未上架的新书借我回家啃一夜,次日再把百分之百的新书交还上架。

我不再觉得孤独,自愧无用。我也有了我的天地,就像在茫茫大海里漂流的寂寞心灵,抓住了拯救的浮木,我不知我会飘向何方,但知不会沉溺了。

四五十年过去了,讲学长春,在图书馆一次面对读者的集会中,当年施予浮木的导引者之一特来相见。我新知这位忘了面貌的先生已是大陆著名的诗人,笔名丁耶。

一 苇

1979 年的 5 月 4 日,在台中市文化中心的舞台上,我代表全体受奖人致辞,那是我第一次以作家的身份获奖。除了一些门面话,还包括所有获奖者的感谢,但我更强调了在这城市我要致谢的对象,是已远去天国的高一时的语文老师。

他有一个绰号叫"马头",因为他的脸很长,头顶又有一撮永不服帖的倔发很像马鬃,再有那随时会踢人一脚的表情。他教我们语文,就是在家长向校方抗议他加料太重,影响到别的功课的学习时,他也没有灰心,对愿意"上钩"的同学,还是照旧认真敲打,所以仍要到办公室去领作文簿接受他的评析;有时给你几句够你想好几天的。

那时我的习作已曾登载于当地报纸的副刊,交一篇作业给他,他竟会说:"写文章如'黄河之水天上来'还不够,不能流到海里什么都没有了!"交不出两千字的东西投机写一首"新诗"吧! 下场是簿子被扔在桌上,听他声调铿锵地蹦出:"告诉你! 诗/不是/一句话/分做/几行/来/写!"非常讨厌背什么八家文,偏不背。结果是罚站还要挨训:"不要拿'好读书不求甚解'来搪塞你的不肯背书,不要忘了下一句'每有会意辄欣然忘食'的境界。"好像听温言好语的时候不多。

仅仅半年的扑挞捶打,终让我蹚过那片混沌的汪洋,开了窍。领会到,书要怎么读,写作是什么。

横渡大江的那束芦苇是马老师给的。

拉　纤

夫子和马老师一样也是山东人,是把孔丘的丘要少写一笔,并读成"孔某"的道学先生。我知道他不喜欢我,我也不喜欢他,班导师怎可强令学生做那么叫人厌恶的打小报告的事,所以我认定他是假道学。可是我不能昧良心说他是坏老师,至少在教学上他非常尽责,而且他也还有某程度的开放、宽容。

在家里学校里一向是听话守规矩的乖乖孩，但是我也有我的叛逆。不过绝不肯也不敢像 T 那样，把高二时的"苍蝇先生"在课堂上气得哭起来。我专门在作文课上跟夫子作对，他给了题目若说东我一定说西，而且如夫子对其他师长所形容的，不管怎样反题而作"绝对言之成理；不同意却无可驳斥"，不让他抓小辫子。整整的一年师徒论战，你来我往，我写八百字他也许给个千言评语，可是绝不会瞎改，硬把我的意思改成和他一样，也不曾在分数上整人。

倒霉的夫子做我一年的靶子，虽然一名课堂女生思想还不够成熟，不满十七岁却练就了我可用一生的文笔。

论做导师他实在冬烘①落伍，若论逆流拖舟的本领，夫子应算得是超级纤夫，如今想起，只剩下感谢。

易　舟

真没想到可以把写作作为职业，虽然有个"特约撰稿

---

①　指糊涂、迂腐、浅陋，过去常用来讽刺私塾里不问世事的教师。——编者

人"的名义但是没签约，不算广播公司的员工，更不算资历。但是，因工作性质需读大量的书，又可以在家"上班"，不但符合兴趣，对于一个背着家庭甲壳的女子也很合适。尤其第一位制作人儒雅的李荆孙先生礼贤下士的态度，很能激发初出茅庐的小青年的效命热情，因而十分投入，认真努力，使广播红星更红，节目盛况数年不衰。

可是自己得到了什么呢？年复年，月复月，在节目需要的框框里填字，小说不能有小说的艺术，只能编情节故事，偶尔故事还被念错了，令人气结；更不用说脑袋必须埋入地下不见天日的感觉。除了每月收到一张粉红的稿费单，真没留下什么给自己。心里越来越矛盾。直到在一家大报副刊作者聚会时遇见了她——文坛与广播界的前辈罗兰。见到她我迫不及待地问，如我给广播公司撰写文字，长此以往，会否戕害我的创作生命。初次见面的她竟肯毫不规避地回答："是的！"于是我不再犹豫彷徨，下了决心，跳下那叶拘囿自己心智的扁舟，攀上我真正能放心逐浪的大船。

如今常有机会见到她，不管当着多少人，我都可完全不羞涩地谢谢她对我的影响。

稳　舵

只教课不做研究不是教书匠吗？我当然该有我的工作成绩,谁说执创作之笔的就必然不能从事硬碰硬的社会科学研究？

我勇于挑战自己,将文学创作的稿酬支持学术研究的费用。累,但觉得没什么不好！我常会对自己念叨着警惕:"Publish or perish!"非常用功努力。写一篇本行论文,可比写一篇散文或同篇幅的小说,花的功夫多多了。

我不喜欢人家认定我"搞"学术只是在玩票。有时候我甚至想不再脚踏两条船,放弃文艺创作,把心思全放在专业上。只是还有点舍不得。不！很舍不得！可是我已悄悄在放,慢慢在放,希望有一天,完全……直到遇见了他——一个彼此知道,见过几次的学者。那时孙震教授还没做部长,也还没当台大校长。

在一次学术会议的会场碰见了,二人举杯致意。不是仅仅寒暄,他说的是:"写论文做学问固然重要,对你是创作应当更重要！你想,一篇论文顶多有五百人看,但是你在报上的文章可能有五万、五十万人看！"他的话让我震撼吃惊,不是很熟稔的朋友愿意这样当头棒喝的很少!

不过我知道他的意见是真诚的,因为他特别跟我讨论了我的一篇小文,而且若干年后我发现这位经济学家曾引申过那篇游记,写过一篇文章发表在一册财经杂志上。

这已是多年前的"故"事,他的诚恳建议让我深思,终于稳住了心舵,千难万难坚持住航向,至今没有改变。

移根的牡丹

前些天在法拉盛图书馆有一场长篇小说的新书发布会,我受邀担任江岚作品《合欢牡丹》的评讲。那是一场趣味与水平都兼顾的文学盛会,所以晚到的人连窗台也轮不到坐,只能站着听。

我们这个小地方,这样的会越来越多。主办这样的会需要很多的智能与体能来策划、人力与财力来支持、具文学与美学素养的成员到场共襄盛举。这次是一个新团体"纽约华文女作家协会"撑起来了。这些好女子办事周到,我等上台开讲,背后不再是贴贴弄弄的临时标示,而是如京戏的"守旧"那样一块大幕很有气派地张挂起来,显然打算以后要经常使用,年年月月继续使用。

其实这本书的书名"合欢牡丹"并不是谈的花事，而是用以象征从母土到美国发展的女性，不管是来留学、经商乃至于"陪读"而奋发向上闯出一片天的这类型女子。伊等的生存之道、情感世界、婚姻生活、工作甘苦、人际关系的纠葛被细腻地呈现。她们，保留主观的自我，客观地包容支持，形成相濡以沫的习惯，除了某些个别的婚姻的伤害，这书没有写到同根人之间互相倾轧嫉妒的丑陋。这些上天的"选民"想要保留"我"的个人天地，也如角色所愿有那样的缝隙，可供不受打扰地呼吸。作者江岚把这些具丰姿、重尊严的出众华裔女性比拟作牡丹是对的。有体面出众的外形，不管起步如何的艰辛，而今已稳稳地站在这片土地上，挣扎奋斗后有了自己的一片天地。

比作牡丹是对的。因为这样的女性绝对不能用篱边的喇叭花、匍匐地面蔓生的野菊花、深园中自重尊贵的寒梅、隐藏树梢丛叶中的白玉兰来相比。其实万花如同万民一样是一律平等的，原无高下之分，但是气质、风度、花型、颜色自是有异。牡丹在花花世界天生是要出彩的，哪怕经过风吹雨打，你也能看得出"她"曾经是美过的。

说这话并非夸大其词，台湾虽不是牡丹的原乡，二三十年前我也有机会品赏过牡丹。那年，台北故宫博物院的院长秦先生做了一件出人意料的服务，他或许是同情像我这样在台湾长大的这一代人没见过世面，不声不响地引进了一些花种，悄悄养在阿里山，到春节刚过，运到台北故宫博物院的园子里展出以飨"土包子"。预展的一日，他召集了同辈的友人去赏花，我得附于骥尾开了眼界，那是我第一次见到牡丹，其实也是唯一的一次实际与牡丹近距相值。当时就有一个感觉，真委屈了她们，原来活生生的牡丹是美得这样高贵大气，偏偏有所谓的画家只涂抹出花冠的色彩编造出一些仪态，然后让她们很庸常地成为炫耀的壁饰，却没描绘出她们的内在神韵与生命感。固然"夺朱非正色"，洛阳红、大胡红都是属于正宫娘娘的华彩，回想起来，用今日的一点粗浅了解，我更喜欢"姚黄"、"魏紫"和"白雪塔"；还有，并非因我姓赵，我特别喜欢"赵粉"。不过都不是张开大嘴露出花心的模样，最美的姿态是她们厚实地抱成丰腴的一团，回眸一望的形象。当我在思索牡丹在江岚的书里形成种种的意象时，跟记忆中数百盆栽，摇曳着碗大的花朵，那种丰满成熟自信无须谦卑含敛的美艳，都人格化生命化了。那天我的直言锐语引得座上一片哗笑,尤其男士们笑得更厉害,似乎是触动了他们心中的某根弦。

　　该日到会的不只有女人,更有许多男性作家学者前来共襄盛举,而走同样道路的女士极少专业作家,她们有的是教师,有的是医生、教授、画家、企业主……至少凭着能力有一份 honorable job(体面的工作),已很接地气地站在这片土地上,可以从容地玩自己喜爱或者热爱的文学。当然"这片土地"指的是像曼哈坦公园大道那样氛围的地界,不是像法拉盛铁桥下那样让人感到猥琐脏兮兮乱糟糟人撞人的境地。我并非偏见,歧视那些在缅街(Main St.)上来来去去为生计奔走面貌不清的人,他们若不用菜篮车随便撞人;不三三两两站在人行道就朗声谈笑妨碍别人;不走累了就成群结队去霸占不许停留的图书馆的阶梯"卖呆儿"开茶话会,能给华人多点不受厌弃的尊荣,就不会惹人厌烦。结果因为他们,连带我们生存生活的这处小城也给看扁了。

　　其实我们十分有主人感的法拉盛不该只是大菜市,美食街,华医馆集中地,更中肯地应说是华人文化的中心也是重心,不说法拉盛图书馆的借书率是全美第一,主要是靠华人创造的纪录。最记得我在黄氏艺廊演讲"端木蕻良与萧红"那天,包括图书馆的固定讲座,场地设在缅街上的就有四处开讲。前几日圣约翰大学亚洲研究所举办了"留美与中国教育"国际学术研讨会,虽然交通对路盲的我十分不便,我还是去了;不仅是我,姐姐和其他几位作家朋友也都受邀前往,不只是捧华人的场,更是为了支持李教授主办的活动。

写到这里我忽然想到江岚的比拟。

这应该是一株什么样的牡丹呢？初见时还是中年的她,皮肤白皙,两眼炯炯却不失温柔;虽个子小小,站出来说话却很大派,果然她在圣约翰大学辛苦经营撑起亚洲研究所已有四十余年,专致于移民史,特别想建立"华美族"在美国纽约的历史。我跟她说,算我一个吧,对法拉盛这一块安身立命之地,我愿尽一点心力,所以她要我写点什么时我从未拒绝过。

不知该用什么话来形容她,很多女子说起她口气都挺酸的。为什么？她的英文流利,算不得美可有相当姿色,性格活泼,活动力强,所以以一个出身台湾"五专"的小女子,把自己训练成有名的专业大会双语主持人。做过市议员的助理,得到参与公益事业的机会,然后把自己送进了州众议员议政厅。不竞选了再把硕士学位拿下。无论如何这是一个抢眼的移根者。

有人瞧不起她，说她装扮小家子气，书读得太少，但是我的观察，倒认为她算得是个人物。她常自谦地说"我只初中毕业"，但也曾很豪气地说"我有敏锐的投资眼光"。够了！对于一个初中毕业，在台湾只当过法国餐厅小妹的人，带着一大家子，到了美国从车衣厂开始累集资本，然后开餐厅，一个两个三个到十一个；法拉盛寸土寸金，她却是有名的大地主。她的经营才能让她当了好几年商会会长。她，就是作风俗常了一点，没有什么毛病。我还是很佩服她。而她发了大财，她的丈夫还是她做"小妹"时结缘的那个同事。

写法拉盛的人物，如果不写她一定会招骂，她不是资本家，也非学者，可是她带着文学的光环从欧洲到此地来扎根，文化中心有了她，就更有文化了。在众多的移根牡丹中她是最像牡丹的一位，到今天仍是一枝耀眼的艳色"火炼金丹"。

认真地说，这有六分市井小民格调，四分文化气息韵味的法拉盛，这个比例何时可倒转回来，恐怕还是需要更多的移根牡丹。

距离之美

　　"丫鬟,带路啊!"一个亮相,铁镜公主出台了,立刻掌声雷动!

　　是得叫"亮"相,真是靓得要让人目不转睛地看,再加上身段的曼妙韵动配合着眼神的顾盼鞶笑,"漂亮"二字已不足形容其美艳!

　　因为有朋友在这出《四郎探母》里演一个小角色,开场前到后台向他致意,也看到他们上妆。令我惊讶的是租来的戏箱,何其陈旧。污迹隐现的褪色行头,玻璃和铁片制成的头面,尤其公主头顶"牌楼"上那朵大花,已色败到不粉不黄,看不出原来是什么颜色。想来因为是一个小票房,大家登台玩玩,不必认真,也出不起大价,便只好将就了。扮演"公主"的女士也仅是中人之姿,脸盘的确宽了一点,鼻梁也不够直挺,可是待红白油彩一抹,描眉涂唇,贴上片子,一张脸马上立体了许多;不过由于面庞擦得太白,一启口衬托得牙齿好黄。

外行人不敢乱评论,当时只是心里纳闷儿,不知待会儿坐在台下观看是个什么光景。不料灯光的效应显现,再者是观众仰望台上,其效果是赢得满堂彩的惊艳。服了!舞台化妆真是一门大学问。

从小就住在城镇里,习惯把看街景当作消遣,并且喜欢用心感受的第三只眼睛看事,演绎出许多联想。不知从何时开始,台湾城镇村里流行起"铁卷门"来了。真讨厌那东西,白天看见大店小铺拉上了铁门,给人的感觉是寂寞萧条;晚上家家户户都让灰暗的卷门封闭,予人的压力是阻隔与遗弃,属于街市上最最令人厌恶的静物,直到发现更让人不舒服的物事以前,我一直是这么以为。

有段时间为了工作必须夜归,按我的性情,除了觉得比日间累,没有什么不适应,反把车窗观夜景当一种慰劳工作辛苦的赏赐。街上那些五颜六色耀眼的灯亮,尽管有的俗艳刺目,可是这些彩灯至少发挥了装饰市面繁荣的功能,给小市民一点热闹温暖的喜悦。但恐怕好些爱逛街的族群,都没留心过灯熄光灭后的情景,霓虹灯一处处暗了下来,纵然是身处车内,心里也会泛起一种凄凉的憾悸,不过仅是刹那间的感受,就像必须接受曲终人散那样。直到有一次白日里搭上那路车,经过那条窄街,又如常地向窗外望去……啊! 真是震撼,怎么丑成这样!! 那些入夜亮闪得有趣活泼的招牌灯,原来都是横七竖八的肮脏灯管和布满尘埃的杂乱电线的组合。这番发现,不觉失望,却觉怅怅,怅怅!

那年到武汉华中师大去讲学,学校安排我们去游三峡,在工程"上马"之前,做最后的巡礼,还特别派了一位先生随行照顾一切。我们除了放松心情享受旅行之趣,任何事都不必操心。到达宜昌上了"东方之珠"号,也在甲板上逛了一会儿,就回到我们享有的特等舱,那天除了用餐时间,随行的先生就任我们自便,玩得一点也没有压力。可是,我有点情绪低落。

长江的景色变了,绝不似抗战胜利后第二年出川的感觉,虽然同是秋天。当时同船的旅客主要是复员的大学生,一进入瞿塘峡,他们就都从船舱跑出,又歌又笑地欣赏那自然壮阔未经过任何人为斧凿的三峡。还是"小朋友"的我,有幸躲在一位大学生的臂腋下,借他之光许我共披一条毛毯,伫立船头,顶着江风,穿越三峡。那种造化之美,印象太深刻了,那样的感觉太好了!即使当时是个小娃儿,不懂浪漫,那种美的感动也会一生一世典藏在心底。所以对隔了四十余年再见的三峡相当相当失望,山峦失去了苍郁,江水也已不复绿浪净纯,变成漂荡着塑料瓶、便当盒与各色垃圾的泥色浑汤。我,有些意兴阑珊,仅是不愿扫兴。因此我们选择躲在舱内,凭窗眺望山川景画,如此可以滤掉许多不想看到的东西。但是,属于我的三峡真的不见了。

船行过一地又一地,过了秭归、巴东就进入了四川,我们将在巫山过夜。快到巫山时,忽然他叫着:"快看,那边山上的白色小屋!"可不是吗!离那层层的浊灰屋顶有段距离的浓绿林木中,有一幢小白屋,唯一出尘的景物。我们的目光贪恋地跟着它走,虽然天色渐渐暗了下来,它仍白得那么独特,好像为巫山画龙点睛了。

他比我还爱做梦，于是开始猜想有一位什么样的雅士在那里隐居，过着怎样与山为邻与水为伴的生活，要想去看看。我否决了这想法，因为天马上就要黑透了，上了岸什么也看不见了，别给人家找麻烦。他只好打消了念头。

可是就那么巧，在小巴慢慢盘山而上的时候，竟经过那处地方。那里，原来是个门面被装潢得花里胡哨的饭馆，不是什么雅士隐士临江望月的幽憩之所，而门前正有一伙人在用最粗鄙的四川话"国骂"争吵叫闹。我们二人面面相觑，半天说不出话来。因此，我的情绪更为低落了！

他与她是中学同学，他由倾慕而苦恋，最后终于成了一对恋人。但是有时婚姻是现实的，她选择了别人；当她决定出嫁的时候，他还没有结婚的条件。他接到那封"对不起，你可能要难过一阵子……"的信，他的回复是把一个月的薪水当作礼金寄给了她。他的痛苦可不是一阵子，是大半辈子，直到他再见到她，她医好了他的心病。他们的往事，就像近些年流行的故事，在她婚后两三年他也凑合着成了家，他带着妻子到了台湾，但心里还是恋念着她。她留在大陆，再相见是四十余年后。因为老天又让他恢复了单身,两岸都开放了门户以后,他的寻找旧情人行动可以说得上是疯狂的惊天动地的,亲朋好友拉得上的关系全用到了,十数管道齐发。苍天不负苦心人,竟找到了!

他相信感情,所以他真的去找已经孀居的她了;还打着主意,成了眷属接到台湾共度美丽黄昏。结果是伤心而归!他说容颜体型的改变是正常的,她老了他也老了,虽然原来年轻于他的她看来已像姐姐。不能接受的是她的气质、神态、谈吐、风度已让他感到太陌生,甚至怀疑她不是那个"她"。临别,她要送他一双布鞋,他没收下。后来听人说,那是表示以后常来常往的意思。

他很后悔跑这一趟,否则至少可以保留美好的回忆。于是他创造了一句名言:"要想忘掉,就去找着见上一面吧!"有时保持距离也就保护了美感。

世界是有瑕疵的,很多的美景是靠距离成全。面对最真实的现实,如果没有能力改变,又不肯接受或忍受,那么就闭上眼睛,关上耳朵,再不然拔脚走开。眯起心灵的眼目远远地,远远地眺视人间的瑕疵,那时便看来都美丽了。

树一座纪念碑

　　回到"劫后"的旧居，没想到竟捡回了那原以为彻底失去的一本"著作"，不是夸大其词，确实可以被称为著作的书。1988 年在香港参加"第一届中国海关史国际学术研讨会"初遇大陆学者，那些年轻的教授博士客气地叫我"赵先生"就是因为读过这本《中国海关史》。现在，这本书拿在手上的感觉，仿佛是出土的古代遗物。可不是吗！从开始全面搜集材料起，已是将近三十年前的事。顺手翻翻，看得到自己所耗费的心血。也会想起很多可感谢的人，但首先想到的不是海内外那些提供信息或帮我搜集资料的善心贵人，也不是那为难过我，负责书籍入境检查的外行"土豹子"（言词很凶，应用豹来形容），而是想到了他——我心底偷偷叫"阿狗伯"的他。

初次见到他我没笑，虽然很想笑，我没有。其实他长得并不可笑，只是名字叫人忍俊不禁。他没更改名字证明他并没怨他的父母，我却觉得他的父母实在欠考虑，怎么可以让一个人顶着这么个名号被人笑上快一辈子；他在这份工作的岗位上已整整五十一年，也已七十出头，应该是快一辈子了。他，在一处文化机构任职名字却很不文化，他叫刘金狗。

还很年轻的我，终于找到了一条愿走的路。不肯只做教书匠，要给自己研究的工作找一个的方向和出口，教学中获得的心得，让我发现了新天地。找到了，沉迷了下去。于是寻找研究资料便成了生活中投注心力最多的功课。求人原是最难启口的事，但为得到研究资料便不再腼腆，很勇敢地打电话、写信、拜访，伸出触角满世界搜寻，因而结识了一些前辈先生做忘年交。他们皆非同行界做学术研究的人，不会将资料藏着掖着，而是很慷慨地支持帮助，一个转介一个，我与刘老先生就是这样认识的。一位从事旧籍重版的出版家朱先生，把我介绍给刘金狗。

"你到'中央'图书馆台湾分馆去找刘金狗，他可以帮你忙,他也很愿意帮人忙。就说我介绍的。"朱先生说。

"'中央'图书馆台湾分馆?叫刘金狗!"

"是的!就是刘金狗!日据时代南方资料馆的资料都在那里,刘金狗是那里的老人,已经工作了五十年。"

哦!原来昔年日本为了南进政策准备而成立的南方资料馆的东西收藏在这里!

于是我跟刘金狗见了面。在意念中,有这样名字的阿狗伯,应是身型魁岸口嚼槟榔的粗黑汉子,或是满脸岁月刻痕的淳朴老农吧?都不是!他,面容清癯,肤色浅淡跟他白多黑少的怒发几乎同色;细细的眼睛,眼睑已被岁月压垂,看人时便不能不微微扬起尖尖的下颏;含笑意的薄嘴唇老是紧闭着,显现着一种谦卑的沉默和拘谨。身个中等,但因清瘦得像棵风干的枯树,看着就比实际显得细高;当然他若非因背已微驼腰也半弯,或许还是高个子。穿了一件已经泛黄的白色"香港衫",那衣裳旧得跟他的人差不多老,露出的两截筋肉虬突的下臂却显得有力,可能是常常搬书练出来的。整个人的形象不像是与典籍相从相伴的那类学人,而是像被书香熏陶过的无名循吏的模样,虽然他并非官府中的吏员。

那时仍叫"中央"图书馆的图书馆，还待在植物园里，几乎无人知道新生南路头上还有个分馆，至于开放不久的"南方资料中心"更鲜有人知晓。不是鼻子特别长，绝闻不到那个所在的资料味；非有识途老马引路，也走不到那里，所以当我能幸运地被引向该处，真是"芳心大悦"，那地方不会有人跟我抢东西。拿出我的相关证件证明我的教职与研究的必要，我便能取得一把"研究小间"的钥匙。那里的书刊、典藏是不外借的，当我们选定了书，登记后只能拿到各自的研究小间去看，每次可借三本。所有的手续都是由阿狗伯办妥的，过程中他绝没有倚老卖老表示他在我出生前多少多少年，就跟这些旧籍互守了。只微笑着办好一切，三言两语细声地说明规章，就任我自便。每次若不为换书登记，我不烦他，他不扰我。

书架都在二楼，二楼转角处有块空地，地上有一座破烂旧书堆成比我人还高的"小山"，可以推断日据时代的典藏还没整理完毕，我猜想应是阿狗伯工作的一部分。那是一处非常寂静的所在，常常楼上楼下就是我和他二人，有时没看见他在楼下，仿佛仅我一人爬上蹲下穿梭于书列间，一排研究小间也经常空着。

架上的书册，除了黄、旧，还往往有着虫蛀的洞洞。再有一个特点，就是厚厚的尘埃。一次，我踩着取书的矮凳，踮着脚尖，抽取顶层的一本书，当我大力拖下，立刻朵朵黑尘便如天女散花般自头顶飞洒下来，逼得我马上闭起眼睛，停止呼吸，等一手攀架一手拿书下到地面上，终于大咳起来。偏偏那天我穿了一件装饰着白色大翻领的洋装，因而白领上像爬满了"黑蚂蚁"。我送书给他登记，阿狗伯看了一眼，说："下一次来，不要穿那么漂亮!"老天!冤枉!我仅是家常穿着啊!可是我还是很不好意思，忙说："受教!受教!"从书面上的黑尘，可以了解我所选的书，在我之前十数年或数十年从无人碰过;或许从台湾光复前后，便再也没人看过。

另一特点，更令人难耐，便是闷!书库闷，那一桌之室的研究小间更闷!我的体验，热比闷还好受些。原本我的计划是除了上课和周末，每星期去两次，去了就待上一整天。可是不行，每次停留半天，就头晕得出虚汗，快要昏倒。因此我只好把需要的东西影印了回家再细读。我开始去的时候是春季，天慢慢热了，闷加上热，工作上三个小时后，不但头晕还想呕吐，有如生病一般。因之留在那里的时间越来越短。有一天我在楼上无意间探头下望，发现阿狗伯那黄色的白衬衫挂在椅背上，他只穿了一件汗背心伏案工作。我悄悄地赶快溜了，怕他看见我会忙着穿衣服。为了健康，最后放自己的大假，我"歇夏"了。阿狗伯职责所在当然不能想早退就早退，也不能歇夏。

给自己放了四个月的暑假再去，很高兴阿狗伯依然顽健地驻守着岗位。

天渐渐冷了，有限的窗户关了起来，不热却更闷了。好在中文与英文的史料与相关的书籍，我都浏览择摘已毕；法文的部分虽然丰富，无奈为法文文盲，只好放弃。不用再到那密封的"小蒸笼"里去修炼了。我缴回钥匙，告辞、道谢，此后没再去看过阿狗伯，尽管有时会想到他。

七十以上，该退休颐养的阿狗伯还留守在书库里，显然是他离不了那些相伴了半世纪的珍藏，那工作也离不开他，在那么不理想的工作环境年复年月复月，便也能甘之如饴。从他永远恬然、祥静、无怨的表情看得出他对这项事业的钟情、执着、忠诚和虔敬。俗世繁华中的精英要角，很难将目光扫向这么个小人物，我却觉得值得为他建一座纪念碑。其实已经有了，我早已在心底为阿狗伯树起了一座纪念碑。

登　山

十分想把一个个的姓名和样貌配合在一起,但是很难很难。要注意要记忆的人和事已太多,再也无法把那一百多个男女孩子姓氏的排列组合弄清楚,至于外系那成百的学生,就更是有貌无名了。从前还偶尔点点名认认人,可是现在的大学生都把点名与分数联想在一起,我不喜欢这样的想法。这种联想,常让我忆及在大学时代的一位教授,上两节课点三次名,"听众"还溜走一半。当时我没"逃"掉,我却发誓以他为鉴,绝对不要学他。

岁月流转,我终于也站在讲台上了,手上也有一叠点名簿,不是大教授,也不是名教授,教些与"发财学"或"成名学"了无关联的课。但我仍欲学姜太公,甩出一根笔直的鱼钩。愿意的，来吧！

可是，前两天上课，我又点名了。

"知道为什么吗?"合上了手上的小蓝本儿，我问。

瞠目摇头，无人作答。

告诉他们，意在查问清楚，有没有谁在那十三名登山失踪者内。如果有，回来要扣他们的分数！

哄堂大笑中有人回答，没有人在失踪的名单内，却有四名登山社的同学去支援搜救。

当我说"扣分"的时候，众皆大笑，因为他们知道那不是真话，老师的真意乃是关心与爱护，是不是班上的学生，是不是学生都会让人关切，假如真有自己直系的学生在内，更会多出一分"纯情"的担忧，产生"等他们回来，要好好打一顿屁股"的感觉。念到大学四年级的孩子，怎么可以这样不重视自己！又把让别人担心，麻烦别人，不当一回事！

那天，说了许多题外的话，很想叫自己少多嘴，还是说了出来。这种心情和动机，应当是笑话，但是并无什么"笑"果，过后虽然自己觉得有点肉麻，但是当时并没有谁还以爆笑。

征服一座山,征服一座险峻的大山,的确可以带给自己很大的满足,甚至还有点虚荣加上罗曼蒂克的意趣。不过在人生中,尚有比什么奇莱山、白狗岭更险的大山需要征服。准备周全、有恒心、有体力,就能征服那座座的土石之峰;人生旅途上的与人性中的险阻关山,却不是具有那条件,再反复训练、演习之后就能攀越的。行过了那样的险路,能站立在山峰之巅迎风濯发,才是最有价值的登山者。

行了!我叫自己住嘴!要把一堂中国经济发展史的课变成什么课呢?控制住情绪,集中精神,按照进度正正经经地讲课。可是常常要分神,由不得自己要想到那十三名消息杳然的青年,他们究竟在何处,是否能……回得来!

人,都想征服点什么,创造点什么,纵然口中不会形容,行动也是那样的,尤其是年轻人。假如除了生活的安逸,物质的欲望不再有别的念头,他已经老了。即或年龄不大,心境已衰。这社会上的确有不少混日子的小老头儿小老太太,但他们并不是败类,仅会使社会暮气沉沉,却不会危害社会。比起那些在人欲横流的污秽中兴风作浪、腐蚀破坏的种类,还得算稳固的础石。但是,社会生机的显现，应在不断地挑战、征服、创造。

　　然而，从我们到更鲜嫩的一代，多数人却习于摆出受委屈的面容坐享其成。用代沟做借口，来解释一己的自私，原谅个人的谬误，美化形而下的畸形人欲，拒听论调不同的旋律，都是懦夫心理。老把责任推给时代潮流，好像自己没有一点点独立的人格和主见。有时候真真觉得惭愧，前两代青年开创了时代，我们这在台湾成长的一代，承袭余荫则比创造新局的时候为多。也曾经有人大声疾呼"交棒子"，可是有机会跳上船去，却把不稳舵。

　　仕女的服饰店，算是叫作大街的，都得开上几家，反正一年一种流行，永远不会寂寞。人生观的流行浪潮，却永不退潮。新生命降生人世以后，其程序是幼儿园、小学、中学、大学顺序而上，一贯作业。大学毕业，一个方向是立业而后成家，慢慢安顿下来，购一幢小房，买一辆新车，上班下班，吃点喝点，周末假日家人郊游一番或三朋四友打个小麻将，心安理得过小市民的日子，再培植"一贯作业"的另一代；假如不甘心当小人物，不妨创点大事业，所冒的风险便是暴起暴落，成功了就变作企业家，失败了则成为到处藏躲的"通缉犯"。另一个方向为考托福、跑签证，出国游学。学而有成，找一个高薪的工作，买房子，办"身份"，"定"下来，乡愁兴起，飞回来当凌空而降名利双收的才俊学人；学而不成，也可由留学成为学留，苟延生存，熬到时候变作侨民，衣未锦而荣归的时候，把心酸扔在脑后，依然可享受一份丧失已久的虚荣的飘飘然。流行的浪潮，始终是这样的！！

永远不退的潮汐，一直是这样流向的！

五谷不分，四体不勤，吃饱穿暖，越过了联考之后，再没有使人足以震撼心魄的奇山峻岭需要攀登，露营、烤肉、舞会，乃至于大学生所玩的幼儿园小朋友的游戏，都不能满足那种要征服险阻，要创造纪录的意愿，为什么不去奔向高山？只要能寻得感官和情绪的刺激，只要好玩高兴，别的事，管他！

多少次了！耗费了无数的人力财力，可怜的父母祈求祷告过焦虑愁苦的分分秒秒后，盼回来的孩子已经不会言不会笑冰冷僵透。那身殉山野的葱青生命，或可算得"去"得其所，可是他们实该跳起来看看亲人朋友的疼痛泪容，听听整个社会因寻觅几位迷途"英雄"的奔走沸腾。

也有不少次，军、宪、警，山地青年、各地山友，直升机，

221

全体总动员,终于抢回来几条可能丧失的人命。不错,死里逃生的一刻,与家人有如隔世重逢相聚的一刻,是值得欢欣嬉笑的。可是那传真的大众传播媒体,所演映出来主角们的形容举止、行动言笑,面对着大众的关怀,面对着援救者的人疲马乏甚至伤病,竟是了无歉疚,丝毫心理负担也没有的潇洒和轻松,仿佛刚由众配角陪着玩过一场有趣生动的躲猫猫游戏。有人愤怒地斥责着狂妄、自私;有人喟叹着这是时代症候已经严重的抽样;有人什么都不说,却真要心碎了。

我也曾心碎!

伤心些什么?

希望在哪里?我们的希望在哪里?我们未来的希望在哪里?幼稚的出乎意料的幼稚;世故的超龄的世故;冷漠的即不问过去,也不管将来;偏激的钻入深井窄巷,只望着那一井一巷的天空再不知回头;颓靡的还未等到长成,便堕入了声色淫佚的轮回;还有那穿起了魔鬼的外衣,却号称英雄好汉,以铁血在社会阴暗的角落,布起黑网的……纵非通相,也很普遍。

不必旁观者无情地伸出手指——点出,人在个中,也仍然能察觉滋生在这时代里的病态。只是，那批评过、讽刺过、讪笑过的人士，可以毫无牵挂地展翅远飞，留下来的，则须用企盼的泪眼关注着这时代青年怎样去创造、开拓、延续一代一代传下去的未来。

但是，我伤心并不绝望，事实上这一代的年轻人的功利现实、近视冷漠，也是在上一代或上半代青年所准备的社会暖房里培育出来的，仅仅是青出于蓝而已。假如能早一点把温室的土壤、温度、水分、日照调整，除了施肥，亦能消除病虫害，或者可以减轻已生的病变?!

希望在我们身旁，我们的希望寄托在朝气蓬勃却不肤浅的青年身上，我们未来的希望在于这一代的青年恢复正常的面貌上！纯真、热情、有感情也有理性，能辨别善恶是非，知道爱自己亦能推爱于别人。

如果不愿意多花脑筋，一定会嗤笑我联想太甚，借题发挥，为什么由一则登山学生失踪的消息，抽出这样长的一根线？是不是主张乐山之诸君，因噎废食，日日躲在都市的"钢筋水泥盒子"里，欣赏有限的人造自然，再也不要去登什么山？

全无那样的意思，仅是希望喜享征服大山之乐的青年,心中有己有人,做万全的准备,不把自己的快乐建筑在若干人的苦痛与牺牲之上。同时,想说除了那远远的山,在我们身边与心底也有好多好多该攀越的山。隔岸远观的同胞常常说此间缺乏忧时伤国的气氛,这是实情,但这批评并不伤人。因为在这样的大环境与生活条件下,似乎很不易培养出那样的气氛。可是还说我们是醉生梦死的族类,则真真刺痛了我的心。不过,或许也算是谏诤的忠言,人家瞧得见的处处困人的险岩峭壁,偏偏自己漠视未见,倘若不是……又是什么道理。

不管在日历上是否已撕去了一万几千页,常觉得自己依旧年轻。至少心态还年轻,不喜欢就此耽于安适,在平川上散步。仍爱好迎接挑战;仍敢于替自己找难题;仍常常"登山"。生于忧患又长于忧患,哪怕是唱着太平歌穿过彩色缤纷的欢乐大道,品尝着暖和繁华,心底仍耸立着忧患的情结。那时,会忽然感到好孤单,好寂寞!为何年轻的伴侣都没上山?!他们是在忙着摆地摊赚娱乐基金,还是凑起了搭子在方城中厮杀得忘了今世何世?什么时候他们肯抬起眼睛瞧瞧更远更大的世界,让人觉得这是一个有青年关怀、照顾、贡献、热爱,充满希望的社会?!

我不会再为清查哪些学生列于失踪榜而点名,冲动且没有意义。倘若他们依然不晓得该以什么样的心态去玩登山的游戏,点名也是白点。很高兴正要搁笔长叹的时刻,那十三名学生都找了回来;非常非常高兴他们只是"迟归"而不是失踪;顶顶高兴他们肯检讨这次登山的计划与方式;极高兴极高兴他们能由衷地体会出"救援"二字背后丰富的含意,而有所感应。这就是报偿,就是安慰!

他的名字叫爸爸

那样高大的一个男人，一身笔挺西装，一丝不乱的头发，却有一张忧戚的面孔。进了门，便跪了下去。绅士背后那犯了错的孩子，也许是惊呆了，也许是自尊心使然，反呆呆地直立着。那男子不容儿子发呆，立刻扯着儿子也跪了下去。

看见这个场面，我知道又是犯错学生的家长来求情了，当他在使出全力扶起那位父亲，我赶快闪入了内室，避免尴尬。这种情况，每年都有。那些原本极其体面威严的父亲（偶尔也有母亲），皆会低声下气引咎自责到了极点，但是还没有一进门就下跪的。

虽避入了书房，客厅里的情况纵看不见，却听得见。

226

做爸爸的一再为糊涂的儿子求情,希望"给孩子一条生路""求老师帮帮忙,救救孩子""都是我没把孩子管好",啼泣、诉说,断断续续,倒是儿子始终未发一言。老师保证在可能的情形下,尽量挽救学生的前途后,父子俩人走了。后来,那个学生的爸爸又来过了两次,最后的一次恰是学校讨论如何惩处的前夕。他说了,学生的父亲临走之前,又跪在刚下过雨的院子里。

大学生读书读到二年级,什么都没学会,却学会了代考作弊的勾当,一切的处罚还不是该当的,二十岁的人该为自己的错误负责了,所以很多人都说"罪无可逭",主张开除了事。可是,那可怜的爸爸……想来想去,那糊涂学生乃因心生恐惧,怕牵连"帮忙"的同学,自我检举,自请处罚的。以此为理由吧,为学生做最后的保卫战。况且,学生犯错,错不至绝其前程,为他尽最大的力吧!希望他改过自新。再者,还有那忧伤的可怜父亲。

可不是,那直撅撅跪在地上不肯起来的可怜爸爸,为了儿子,什么都牺牲都不顾了,甚至连最后的尊严。

自小我就最讨厌以作弊手段骗人的坏家伙,他们让我见到人的狡猾虚伪;让我怀疑考试的公正和公平;因为有他们这些"不洁"的东西,让老师把所有的同学都当贼来防备。尽管在我的天性里有太多的"妇人之仁",却一向认为伊等的"失风"丢丑,都是活该。可是,最后,我也跟着干预起"外事"讲起情来了。我自己虽说的是"为那学生留一条生路",心里却想着的是那卑屈地哀告着的父亲。

精疲力竭的老师回来了,还未坐定,电话追踪而至。我听见回答的是:"两个大过,两个小过,留校察看。"然后是一连串的告诫。显然,那边一定是说了无数感恩的话,否则不会连连用"不谢"打断自己的话头。当时,我心里在说:谢谢天,我可以好好睡觉了,不至于一闭上眼睛,就看见一张忧痛的面容在浮动。

我很不喜欢这样的亲情故事,可是在我的生活范围内免不了经常要品味各式的浮世绘。叫人顿悟,能荣耀父母的是儿女,能把他们折腾至死的也是儿女。不过,女人一哭二闹三上吊式的表现,不如一些体面大男人剥去自尊奋力护犊叫人看来难过。我常常在想,这些孩子怎么如此残忍,怎么可以让他们的爸爸忍受这样的屈辱?我看过了各种父母的喜悦和骄傲,但印象更深的则是那各种的凄苦和伤痛。往往,当然也会有个 Happy Ending,"得救"的年轻人,越遇了一段糊涂经历,果真创造了有远景的前途。予我最强烈的震动的那名学生,也是一样,立业成家,为自己创建了一个局面,他的父亲已成了不老的老太爷,以往的愁苦都远了,但是几年前的那幕情景,却在我心底无论如何也擦拭不去。

世间有好多名字不该叫"爸爸"的爸爸,当爸爸只是动物界自然现象的一个结果。纵有爸爸之实,却无爸爸之心。但那毕竟是少数,美丽的爸爸画像却也似"伟大的母亲"那么普通普遍。我好喜欢看那幅幅的"画像",但不爱看那些让人震撼心动到寝食难安、噩梦频频的画景。我宁愿看父子腻亲,有如大树护持小树,大公鸡保卫鸡娃娃、像弟弟的醇香与庄严。

动物园、儿童乐园、游泳池、图书馆、高山、海滨、公园、餐室、百货公司、私人庭院……都有最可爱的父子图。然而我看过最美的,却不在那些地方。前年,在庐山温泉的深山里,道旁有一个小小的杂货铺,店主是一位白发萧然的老人,怀抱着一个两三个月大的婴孩,如母亲一般地用奶瓶饲喂着。由他旁若无人的呢喃细语中,知道他是初为人父的老爸爸。那般的专注,那般的温柔,那般的深情,那般的虔诚,那般的满足,只因怀抱中是他的孩子。也许永远来不及"反哺""奉养""回馈"他的孩子。奶娃娃吮完最后的一口奶,睁开了双眼,咧开了小嘴无意识地笑了。老天,那位退役的老兵,完全迷醉了!那些含喜带笑的山东腔,或是河南方言的喃喃呢呢不知说些什么,却是最亲亲爱爱的父子语。凝视婴儿的眼神,慈爱痴柔到世间一般的母亲也难比拟。怪不得怎么叫他,都没有反应。算了,不买了!要买的没买,但把那幅最纯真美丽的爱之画图带了回来,每当温习,都有一番感动。

植物缘

我不肯学打麻将,不肯养小动物,不肯栽培植物(非不肯欣赏),不肯做股票……乃因怕"玩物丧志"。我原是感情脆弱的人,一经迷恋即无法自拔,一旦有所闪失定受不了打击。为此,唯有置身事外最安全。

年余前刘枋大姐曾为出版《女作家的动物》约稿。但舍下除了孩子并无任何小动物,所以缴了白卷。后来书出,一位文友送了我一本。才知并非每人皆写他们的宠物,好些位都写了他们的动物"缘"。于是,刹那间那满身跳蚤的无名小猫,与那雨夜徘徊门外的凄凉吠犬都又回到心间。让人好个不自在!无名猫尚找到了合适的归宿,那被遗弃的小癞狗到底是什么下场?没人知道。每想到它,心就颤颤的、酸酸的，除了，除了自己的一份，还有属于曾经主张"收养"的小男孩的。其实它只不过在耳畔低叫了两小时，就让人那样承受不了。因而又一次地警告自己：要不伤心，唯有硬心，使自己避免陷进去。不管对谁、对什么，都一样！

熟朋友都说我常常热心过度，生朋友却嫌我冷，嫌我傲，嫌我过于矜持。都对也都不对，前者是我的本来面貌，后者却是怕受伤加上了面罩。并非生性矛盾，全因自己有一颗过于软弱的心。

有人爱兰，有人爱菊；有人经营园圃，有人栽培盆花。我都不曾，皆因我不敢喜爱什么。亲手种植，再灌之以心血，将会产生何等的情感呢？如何忍受得了它们的生老病死呢？不！不要！但是说不要养殖，并不是说不要欣赏。然仅限于欣赏，不要亲近！

每当看见几所男中女中放学，黑压压、黄叽叽的一片，单调得要让人吐酸水。不过许多学校负责人本来的目的就是不欲那些半大孩子有任何美感，避免引起副作用。但是从直觉的观感来看，除了不舒服还是不舒服。大自然的力量确然不平凡，它创造了色彩，丰富了人生。然而所有的色彩中真正自然的色彩最美丽,最有生命感。因之每逢见到某些化妆得五颜六色的女士,钻入花丛中,要与花朵一争娇艳,便想大笑三百声。如说借花增色便无不确,一争长短,算了吧!那艳红、那娇黄、那凝紫,那⋯⋯谁能点染得出?就是那单一一色无变的大片的浓绿、翠绿、嫩绿也无人可涂抹得出。花树叶草之于土做的世界,正像头发之于人类。人的外貌的平衡,一半都靠着头发;除了出家人不再计较容貌的美丑,极少人让自己的顶上寸草不留。假如有一日地球的植物都死光了,成为一个没有色彩的世界,那世界将是什么样的光景?是凄凉?是寂寞?还是乏味?!

许多人说不出来为什么要养植花草,但是栽了、种了,即使没有寸土可供生根,在公寓狭窄的阳台上也要摆上几盆。现在最流行的房舍是公寓,为了"魔高一丈"的盗窃,很多家庭无可奈何地在阳台上打个铁笼子,把自己关起来,弄得住家有如牢狱。但是唯一使铁笼子看来不像监狱之处,便是那些盆栽。至于有院子的人家,更忘不了要匀出一些地面供植物生长。即使不能大规模地铺草坪栽花木,至少要留出几个花坛。

寒舍安置在公家的宿舍内。也不知谁出的馊主意，设计下现在的格局。一排房子四五家共一个屋顶，音响效果极佳，隔壁的琴声笑语都可免费聆听；前排后门正对后排的大门，后门无院，开门即是巷道，所幸屋前还有一溜溜院子，否则恰似兵营。但是最大的宿舍也很窄小，教授竟无可供阅读之所，仿佛教书人不必再进修，或者当为绝户，别有儿女。不幸都做不到，于是斩院为屋。虽然仍解决不了问题，烤箱放在客厅，书架杂物挤进卧室，院子却被砍剩了豆腐干大，尚需留一半晒衣服（不愿如其他人家将"万国旗"挂在巷道内）。饶是如此，仍不肯不种点花花草草。其实所定居的大环境根本就被包围在群绿之中，着眼处均是树丛，大可不必再自营"花园"。可是那灰不拉几的房舍庭院倘若没有点悦目的颜色来调剂一下，实在也太乏生趣。因此从搬进之日起就找来花贩种了几株桂花、杜鹃和其他叫不出名字的东西。如今虽五分之三的院子已为增添的屋子所占据，原来的那批"老"花仅还剩下桂花杜鹃各一，分立在大门的左右。它们的年纪都比家里的老三还要大，只可惜院子的地方太小，限制了它们的自由发展。尤其是那株桂花常常妨碍了阿婆晒衣服，招致抱怨，为此男主人即刻拿起花剪乱剪一番。儿子便如剪了他兄弟的头发一般提出抗议,父子二人妥协的结论是只限制他的肥瘦不限制高矮,因之桂花益发长得挺秀,已高出院墙许多。每日进出匆匆,并未对它多投一瞥,更未驻足看看它闻闻它。可是来访的客人进门后常会停下脚步,深呼吸几秒后赞道:"好香哟!"甚至有人在离去前拿出小手帕将地下的落花包了回去。那时真感到惭愧,这样疏忽它,它竟如此尽责地默默开放,终年不断芬芳。至于那株"老"杜鹃更被忽视,若不是每春见它绽放,几乎要忘了躲在门后的它。

除了怕对家里的花木投下太多的感情,更因教书、撰文、研究、管家等工作负担太多(很好的借口)拒绝承担整理花草的工作。当然,也是不愿抢男主人运动的机会,他的忙碌较之我有过之而无不及,不过比我能早起,浇花拔草施肥就成了他的晨间体操。我只负责赏花看花,或者提醒他院子已成热带密林。男主人太忙,虽是爱那些花宝宝,毕竟不是会吵会闹的孩子,等到"父亲大人"想起它们,已是须发满面,枝叶不分。愧疚之余,好好地喂个饱,又把它们撑死了。我常代为喊冤:人都不可以暴饮暴食,何况娇柔的植物?

小院靠右边围墙是用水泥砖搭起的花台,总有三四层吧!粗心如我从未注意过到底是几层。在前方的围墙下原是一丛圣诞红,一株茶花和那株年龄高大的杜鹃,但后来茶花被淘汰了。左边围墙下倚门而立的是已过十六岁生日的桂树。前几年法院的监狱作业成品展览,我心血来潮扛回一个白色的花架,他便将不知从哪儿找来的各式各样的仙人掌,与从兰屿带回来的兰花都摆在上面。至于花台的上下究竟有些什么东西,实在弄不清。由于缺乏照料,一时饱一时饥"烧"死好几盆。剩下的还有像珊瑚的、浑身是刺开小红花的、圆圆叶子不开花像野草的、高高瘦瘦细茎细叶似棕榈树的等等。我认识的只有海棠与隔壁老太太送的昙花。这一两年来它们的主人改变了"大扫除""打牙祭"的做法,几乎每日晨间检阅,它们就开得更精神,茂盛得常常得分盆,今年连分盆的昙花也开了。小时候根本没听过昙花;到了台湾开始学用"昙花一现"的名词,仍不知它是什么形象;直至上了大学,谁家开昙花依然是要上报的新闻。从未想到在自己巴掌大的小院里,两盆昙花却能轮流开好几次,当异香传入室内,孩子会兴奋地嚷声"昙花开了"。大人也只是应声看看而已,不再有任何刺激。真的是物以稀为贵吗？

当第二度请来花匠搭花台植花木时，告诉花匠的第一句话就是不要费照顾的，也不要名花异种，免得暴殄天物。但是孩子戏谓的"杂草"之中，也有几个不错的盆栽，可是最不喜欢的就是那些盆景，死板得要命。我是个崇喜自然的人，缺乏自然美的东西一向不爱。所以相信就是全世界的人都去学插花我也是不会去的。一看有人把花缠上铁丝弯弯扭扭插上剑山，便想到了义乳义臀假睫毛之类的玩意。让我在剑山上插个什么"流"，我宁愿弄个自由"式"的瓶插。当那几个盆景"庚死"，我只为辜负了花匠的功夫悔，却不觉得有甚惋惜。倒是花匠要挖去墙角那株圣诞红（因为它不入流），我则支持两女一儿的意见，反对砍挖。孩子是基于感情的因素，那是姐弟三个种下的，我则喜爱它们每个冬天红得那般精神欣悦。花匠停下了手中的花锄，但满脸的不以为然。也难怪，他心中的价值观与我们不一样，在我们的眼里名兰与圣诞红一律平等。他们都是美化人间世界的功臣，何分轩轾？花匠是贩花为业的花商，两者之间钞票的等差就不能比了。

我是个极爱美的人，一切美的事物都爱。有人说女人心窄,但是我对真正的美女绝不嫉妒,只有赞赏。在我的心里,不管是野花还是佳卉,只要美,我就爱! 很多朋友进入他和我共享的书房,都要叹息半天:两个人、两张工作台、那么多的书,塞得一个小屋子连空气也不通,还如何会有灵感创作? 如何能有心情研究? 其感触便如我见到拥塞在小院儿内的花木一般。真的,也可以说,不是我不肯正视它们,是我不敢正视它们。若让我选择,能有瓶插一定不要日式插花;有盆栽一定舍弃瓶插;花木能种在地上一定不栽在盆里。同一个理,我宁愿看见它们生长在大园子内,不愿它们挤在铁窗、阳台、门角处。唯因我惭愧,不敢多看它们一眼。

不知算是自私还是不自私,我更爱天造的大花园。像横贯公路峻谷旁的老树群、阿里山麓的原始森林、宜兰平原的大片农田、屏东公路两旁不见终点的大王椰,还有我童年时代所见到的竹林、梯田、蜡梅园、桑树阵、桃柳交辉、桐荫大路,都在心底生了根。穿梭于桑树阵中,卧读于密竹林内,都是无法忘情的享受。最不能忘的却是每当三月春日,菜花黄遍原野的时节,狂奔追逐在田垄上的情景,小小的人几乎被淹没在艳黄的花海中,有花味儿,有泥味儿,觉得和大地不曾有过如此接近。要呼吸！要努力呼吸！我在天地的怀抱里，大花园是天地赐给娃娃们的。拥有过这样的园圃，还会钟情什么样的花园？

院子的花花草草，一定怨我无情。多少年了，浇水的次数屈指可数，施肥除草更是不曾。我是真真不愿对它们生情，心中的花园一处一处，已使人心神萦牵，滋味并不好受。看来还是无情的好啊！可是每逢为庭院碰头绊脚的塞堵闭阻了心灵的孔道而烦恼时，心野绿地的滋润便成了良剂，那时又庆幸有那处处片片的嫣红茵绿长存心底了。

遗憾总在伊身后

年初到北京访端木蕻良，做作家与作品的研究探析，有时晤谈的内容并不能控制得很好，因为文人思路常海阔天空漫行，走出去要绕好大一个弯儿才能再回头。又兼正似一般人所形容的，端木因曾中风而属"半残"，连语言能力也受到了影响，气弱音浊，往往很难听清楚整段的叙述，仅能尽量捕捉每个可听得明白的声音和词语。

可是在谈萧红时竟谈到了台静农教授，听到了文人的相契和旧友永远的遗憾。

前些年只从事创作，不治资料，尤其三十年代的文学材料，都被视作禁止的"毒"物，后生晚辈倘不特别另辟管道探究，恐怕对三四十年代文坛状况，摸不出真正的"象"

貌来。因此三十几年来,台静农先生曾参与建立未名社,曾从事新文艺的创作的资历,就颇少人知道。论及台教授,多半都强调在古典文学与书法上的造诣贡献。再者由他的弟子传播出来的讯息,台教授淡泊名利却对学生很热情,所以他的生命倘若可以不朽,是因他曾点起一支明烛,导引了学生后进创造出各人的成就。似乎,台静农先生距离新文学是很远的,甚而无有什么瓜葛。其实台教授曾是走在时代浪潮中的文学青年。"台静农的世界是一个病态世界。他所见到的现象都是可怕的现象。"①他曾把对眼中病态世界的感觉,透过思维用小说艺术来表现。很多人认为他曾受鲁迅的影响相当深。

端木蕻良到今日还认为反对马克思理论的人,是不了解马克思主义的精髓,而很多实验或实践者,更是误解与利用。不过端木现在已是"人道主义"者,不复一味"左"靠,可是他承认年轻时曾经"左"得厉害。

身为家中偏怜爱宠的幼子,过的是曹雪芹早年那种众星拱月锦衣玉食的生活,从"血统论"的观点似乎不具备

①　见刘以鬯的短篇集《台静农的短篇小说》第139—145页,原载香港《明报》月刊第165期,1979年9月。

"左"倾的因素;晚年回思起父亲也不能不感念父亲在旧时代给予新教育的笃情疼爱,但是由于母亲的遭遇,让地主地户间的对立,压迫者与被压迫者间的矛盾,经常跃然于纸上。他捉住了三十年代文学的尾巴,与台静农的先进,尽管在年龄上差有十岁左右,却也有共同观点与相通的语言。所以他说他与台静农为志趣相同的老友。

对于端木前期的作品,无论长篇抑或短篇小说,都强调地主与佃农的对立这一点,我曾有所置疑,至少与东北的农村习惯风气有所差异。因我家正是属闯关东泥脚汉子用血汗眼泪灌溉那片黑土发家的,是为大地主自己种不了那么多土地,当然会有地户。从外人与主管家务的伯父口中得知,地主与地户是一种互相依附的生命共同体,所以伯父绝不是"大少爷"或"老爷",最被尊重的称呼是"大先生";父亲水涨船高,被地户佣工叫"学生"不几年,升级为"二先生",没很多年,就因参与过抗日行动,弃家避祸关内。据父亲说他们都不曾摆过地主的谱,伯父是最辛苦的主理家务管事人,尽义务在人前,享权利在最后。地户的老人家,他们也必须尊为长辈。我以为端木笔下的这类近乎刻板的描述,除了他自己的家庭环境、母亲的遭遇,还有三十年代斗争理论的窠臼。年轻与不年轻的作家都跳不出去,尤其年轻人。那时端木可年轻得很呐!

从资料上看,端木的朋友不是很多,除了被形容"恃才傲物"的气焰,言语的尖锐和刻薄显出年轻的狂妄,还有因与萧红婚姻关系引起的各种连锁反应,使攻击他的人似乎比朋友要多很多。但是,他把台静农教授当作少数真正朋友之一。1940年初,在重庆北碚复旦大学任教的端木蕻良,忽然放弃了教职,也放弃了家中有行的一切,与萧红同时飞到了香港。端木提出的理由说是轰炸太过严重,生活不安。但数据中皆言生活不安的主因是由于政治方面的困扰,复旦大学教务长孙寒冰就要他去香港编"大时代"丛书,因而他们"欣然"前往。在几乎没有人知道的情形下他们飞往香港的事,造成了很多猜测与误解。然而已经年老的端木蕻良则言并非绝无他人知晓,除了孙寒冰,还有当时在四川江津白沙国立师范学院任教的一位朋友知道,另外只有台静农知道!读秦贤次先生的文章,似乎那时台先生也有类似的烦恼,因为两个人都有相同的背景。可是有相同背景的作家教授多了,并不是"朋友",可以推心置腹,互保内心秘密的朋友。

提起台先生,端木夫人赶快替端木把所收藏的一册台先生题字封面的小书(仿佛是王静芝教授的)拿出来给客人看,那是一本有关"红学"的著作。对于红楼梦和曹雪芹,端木蕻良是专家之一,常常翻阅那书是很正常的,但书面已旧,书边已毛,显然翻阅频仍,除兴趣和需要,是否还有对故人的怀念?

谈到台教授的已然大去,端木语调至为悲怆,甚至还有些激动,连说了好几句"我后悔"。后悔没在台先生去世以前写信联系。言谈中,对台先生在台北活动并不陌生,可见他是透过各种渠道来取得旧友的消息,但是就是未曾联络,因为"怕害他,影响到他,所以不敢写信"。忍住思念,不作存问,也是爱护朋友之道。可能是经历过同样的沧桑,有同等的关怀和小心,台静农先生也未与人出"牛棚"的端木蕻良通音信。台静农已远,若端木不言,台北人恐怕根本不知道二人的关系。

遗憾!深切的遗憾!当提到近年来与大陆亲人故旧通讯致候,极属平常,毫无不便时,端木除言后悔,也连叹遗憾,永远的遗憾!

这种遗憾全因不了解与错误的信息造成的,是时代的悲剧,或许也不仅发生在台静农与端木蕻良之间。隔绝也许会构成在想念中保留旧忆的美感,但遗憾就是遗憾。想问,遗憾为何总在无可弥补的伊身后,为什么不能没有遗憾?

人声嚣杂的荒原

　　一日正午下课,走在路上,没有留心脚下,左脚一下子踩入了坑洞,想跳出来已来不及,右脚跟着跪跌了下去。右腿摔得没有知觉,左腿压在右腿之上,在地上坐了好一会儿,才勉强挣扎爬起来。心中无限羞惭,看见有辆出租车过来,赶快招手叫住,钻上车走了。

　　袜子破了拳头大的一个洞;两寸见方的伤口红鲜鲜地沾满了泥沙,初时不觉得痛,继而刺麻麻火辣辣地疼起来。别无考虑,硬着头皮用刚购得的药品给伤处消毒,棉签每次擦过都像剥一次皮,可是不能姑息,弄不好发了炎,该怎么办? 届时"单身贵族"要变成了孤独废物,岂不糟糕?"狠心"的人有福了,后来的发展,显示自己处理得不错,医务室的护士看了连称"很好"，但问为何不寻求专家处理伤口，反回家"土法炼钢"。我诚实相告，我羞得厉害，要赶紧逃。

第一羞，平时很注重个人的形象和尊严，结果竟摔得难看无比地在地上爬不起来；第二羞，一个提着书包的女老师，从跌坐在校区的路口到跛着脚站起来，曾有不少学生经过却并无一人动问，就算我不是教授而是乞丐，有这样的反应还不值得当"人之患"的羞愧！轰轰烈烈热闹街头的明星义卖；各级学校文化走廊的多式海报，都宣传爱心和关怀，然而亲身的体验却看到似乎所谓的"爱"，是要秀出来的。无活动爱心也就冬眠了。

很多都市动物，嚷着要归田园居，却是一种逃避的过客心态，休息够了，再走更远的路；这是没法子的事，就似把红毛猩猩搬到北极熊的故乡一样。"下港"的小杂货店常常成为广播电台，闾里厝边没隐私让很多人吃不消；城市中由人防人而培养出来的冷漠，很自然地视而不见听而不闻，间隔出许多咫尺天涯，确然有相当的"Privacy"。大学生也是尘世中的常人，要他们在无意识间也表示出对人的博爱，似乎是强求了。所以，看来我既不该伤心也不该难过,只该警惕,以后不可以一边走路一边想心事。

身在繁华中常会被假象所骗,不大容易品尝出寂寞的滋味,更难分辨真情和假意。尤其,当一个人可以成为一个梯子供人攀登向上的时候,每每会觉得手中所碰着的都是一颗颗热烘烘的真心,不晓得热情退温也是很快的。若干年前,有位前辈曾照顾过他欣赏的后辈,这番情谊他不能忘,平日无暇常相往还,每年岁末总要去看看,特别在他中风多年之后,更当作一件十分郑重的大事,直至他去世。谁知,后来这位风光过的病废老人竟会满眶泪水哽咽着说:"谢谢,太难得了,你们还来!"这种心情,待成为"单身贵族"之后,又更深一层地了解了。受多了有意无意的践踏伤害,间或领受到一些温情,便觉心血翻沸受宠若惊,恨不得要顶礼叩谢。

有一班晚上的课,不能不夜归。乘着出租车,奔向郊外的家,瞧着窗外熙攘的车阵人潮和闪烁耀眼的彩灯,忽然有些陌生。这到底是哪里?跟夜行过纽约、旧金山、洛杉矶、罗马、巴黎、香港等城市,没有不同。感觉那好像都是活动的标本,不在有生命的人间。偶尔碰到位谈吐不俗的司机,也肯适当地响应,因为他是活人不是标本。

定居在台北近郊的指南山下，已经二十九年，由青年到中年，不管往年这一区淹得多么惨，不管到市区"打拼"路途多么远，还有多少朋友善意的建议，就是不肯迁居。不全因在这里可以依青山傍小河；也不因可以看见较清朗的星星和月亮；更非因可以随时听见大学的钟声报时，事实上，有那大学为邻使人内心更加凄怆。最重要的是栖身于这山村，会让人承认这是有情有义的世界。在这里地位、财富、职业、省籍、学识都等于零，大家全是邻人。于是，我在我的水泥盒子里享受我的 Privacy（隐私）；走在村道上跟开杂货店的、卖水果的、给人洗头的、送报的，以及整天啥事不做专走来走去转着两个大眼睛看路人的"欧几桑"打招呼敦睦情谊，也欣然接受相识与不识的人当面背后评头论足，毫无不自在。他们看过我家的门庭若市，如今也看到了我的形单影只，他们还是他们，没有青眼白眼的差别待遇。至少，在这里不会让人感觉有如置身于人声嚣杂的荒原；幸亏人间还有这样的地方！

忏情无憾

——致美之

Dear 美之大姐：

前后 E 给您的那三信您都储存起来了，很好，那都是我见到那则有关您的新闻之后，第一时间最真实的反应，不管说了什么，都是想宽解您的紧张，希望您平静下来。不过到今天我还没看到您那本新书，但已知书的大概内容。现在应您的要求再发一信给您，希望能解开您的郁结。是的，无论是谁遇到这情况，都会有几分彷徨困惑，所以我说话的对象不是那些不相干的攻讦议论者，而是要说点什么能平抚您的心乱。你知道我对于这样的信任，永远说不出假话，如果你觉得我说得不对，请原谅。

《烽火俪人》的出版和相关新闻涌现,各方讨论确实很多,逆耳之言很不少,在新闻访谈中您正面答复了记者的询问,书出后加上您的回答,很多人会就您正面承认了那段"不伦之恋",有很多的讨论和质疑是不可避免的。都在该不该写;书写的目的何在;真实程度如何;有多少是纯创作;"一面之词"有多少可信度等方面发挥。前些天我们这里有一个演讲会,会后众文友同去喝咖啡,有不到十个人,大部分是您不认识的,竟也谈到这本书与黄美之,确实有几位认为您不宜写出这段情,有位年轻的朋友就说:"我认为不该写,涉及 S 将军,S 将军已不在了。"可是我暗忖假如"他"仍在世,您就"招供"一切,岂不等于是故意使他难堪、制造事端?也有人认为这些太私密的事不写出来比较好,尽管是小说题材。因为将军系属世界级的名人,形象完美的抗日英雄。新闻连天报上网上出来,台湾地区、大陆、侨地都在议论。假如他还在,让他怎样自处?影响了他您又如何自处?他的部属故旧家人会怎样对付您?还会产生多少非关情感的现实问题?由谁收拾那局面?!我认为对此事您是反复衡量过得失的,但是在您心底的依旧萦怀而不肯承认的思念,让您不再顾忌那些。对吧?您说您闯了祸,不算什么大祸,但您现在似乎确实已成箭靶子。您心里是否有闯祸之后的解脱与快意?! 是否想以"去你的,我写我自己的事谁管得着"来解嘲。

您写我不意外,有一段这样的情感淤积在心底长久无法宣泄,当然重,沉重得快压死人了! 无辜陷入不可说的境地,方二十岁花样年华的您,当时必是半惊半喜接受了"摆布",六十年过去了,除了失情的苦痛,还有十年囹圄的灾祸,为着对自己有交代,写了,有何不可! 假如当年有深情,这书写的过程也应是一种温习吧。此刻我抛开了世俗的价值观,从纯情处思考,我体会到了,这几十年来,为何您本应满怀忧愤却没有一点委屈之色,或难免有怨,但您从来没怨过。来到耄耋之年向人生交代,记录下来。所以在我看来写了就写了,您心中不要再忐忑,随人家去说吧。但是,没想到是这样的笔触……大姐您真勇敢,可能就是您说的湖南人脾气吧。

以前,我看多了各方面的新闻报道及资料,从我对人间世的观察,我早就料到您与 S 将军之间是怎么回事了,但是这种事不可乱猜,也不该过问,也许还有人觉得根本不可以往那上面想。现在您终于写成小说并交付出版……

您必已思索过千百回才下的决心,写!确然很大胆噢!虽然引起轩然大波,我想您此刻的心情应该是藏在伪装冷静的外表下的温馨、轻松与思念的回甘。假如有人有不同意见,既然已经写了,不管人家怎么说,您就应该不当一回事。虽然社会有规范与道德标准,爱情的本身没有对错。不管是情缘还是孽缘,已然发生了,想得美一些儿,应该可多一点沧桑后浪漫的快乐来安慰自己。是不? 况且您待 S 将军去世多年才揭露此事,是一分厚道也是对将军处境的体恤,让他在千伤百痛后的宁静能保持下去,波澜不兴地"平静"到死。所以那些人说的不确切,你们并非游戏人间,心底依然保留着那份情,尽管已六十年未见。美之大姐写到这里,我为您流下了眼泪,您是一种什么样的心情在想在写呀?

我写过许多女性小说与专栏,又是从事历史教学与研究工作的,因而就比一般人多了一点敏感,是去年尾还是今年初,好像看到了某处文字又提到您姊妹入狱的事,仍是制式的介绍,说黄正是 S 将军的英文秘书,我就跟我姐说:"不对!我不信,他们的关系没有那么单纯。"理由是 S 将军是位高权显、学养极深且自视甚高的美国留学生,他不会要一名大学还没毕业的学生当英文秘书。自上初中我就知道"金女大"是教会学校，英文普遍很好，但可能没有好到能符合S将军职务的需要；如果说那姐姐黄珏当英文秘书也许还合理一点儿。

您信上曾说"闯了祸"，那倒未必，您可能为自己惹了点麻烦，一定会有人来问东问西，说长道短，最好的应对方法，就是宽厚，真诚，忠于感情，忠于自己，不伤任何人，站稳了立场来答复他们。幸亏您在美国，要是在台湾让狗仔队产生了兴趣，您真的会不胜其烦（也可能不至于，因为狗仔们对老人家没兴趣）。您说想想那段情，也许是错了。但是如果是真情，纵然是错了，也是可珍惜的；是以回想起来庆幸被"拽了出来"。可是大坦白之余，是否也有些心痛？

前年为我们的女作家协会在 Las Vegas 的双年大会所写的论文《跨越，女性书写的往世今生》，我天天与古往今来的文学女人打交道，在她们的作品中，看到许多人的情苦、情困但情怨相对较少（非指闺怨）。对！远在宋代也有女作家表现了她们的情渴。我很替您高兴，对您过去的那段，您说您不遗憾，您珍惜！从纯粹的情上着眼，不管将军夫人怎样权术功利地安排,在您与S将军两人之间是真情相契的,否则往昔的迷醉与深情,以及牢狱之灾,便都只是无价值的记忆和无意义的牺牲。仅成为一般世俗所谓的"婚外情"就太……对S将军和您也不公平。其实不是像您说的"有时会记得,有时不会记得"吧?应该是始终锁在心里,有时想起,会开锁温习一遍,有时就那么深锁着,实际始终密藏在心底。我从新闻的字里行间读出来,S将军用情很深,那么在后来幽禁的岁月,不管他的身旁有谁,他应也有同样的萦念吧?他不写且无人可诉,那滋味就太不好受了!我很蠢笨,太爱联想,不管对谁,也爱将心比心,引申出许多感想。我确实是这样认为的,对于情……他比您苦得多。您说您年纪大了,不想写得很缠绵,纯然白描。您怎么写其实与年龄无关,可能岁月与阅历会让人心态成熟,笔触更洗练,还有更多一些考虑。您终于写了,不过虽是小说体裁,也是您的真事,您虽用的白描笔法,已经显现出亲亲相腻的缠绵,再多一点点都会变得很煽情,意境会受到影响,同时S将军的部属亲人以及不相干的人,会怎么看,会有什么更大的动作,难说!说不定如我所说的"来箭"更多。我很年轻的时候,就大声说我偏不要写女人文章。但是我看了若干则相关的新闻,心里有如此多的思绪波动……没法子还是性情中女性的思维,忍不住要应您之嘱为你写点什么。这信写给您,还是属于像您所希望的"女性的书写"。

您就按您所想的这样回答您自己也同样面对别人吧,这是女性书写的资料,况且如您所说又没吹牛,为什么不可以写?您若不持这样的态度站稳脚步,一定会被攻击到气馁,这样的世界,这样的人间啊!我还猜想到您有一种潜在的心理促使您要写出来。试想,您今天不写,有一天您不在了,"韵事"或"丑闻"被阿猫阿狗挖掘出来后,会怎样被糟蹋扭曲,谁能预料?你已寿登八十,此时不写尚待何时,所以您才会写吧?有人笑言,年高八十了,已进入颐养岁月,要清静、清净。但心中常常沸腾,要静且净,谈何容易!

说句老实话,对您的那一段,我是心存怜惜且同情的,愿把它定位于纯情的交融,尽管S将军已五十岁,但一个年方二十的少女,是可能为他的英挺、潇洒、情趣、博学以及呵护的垂爱,越过粉丝的阶段而情迷的,尤其有人刻意制造了机会。然而,您若无牢狱之灾,还会有什么灾呢?因为某些人可以忍受、安排丈夫与其他女人"有事",却受不了发生真情。

只是美之大姐,我对您所用的书名有不同的意见,蘸着笃情用六十年反省写下的刻骨铭心的回忆,装扮得好像是消闲性的通俗读物,当然也可能不是您的主意,纯为商业利益,不得不做的决定。若然,我的书生之见请原谅。

很心疼地衷心祝福!

小敏

屐游回想录

独行天下

那把破伞，到底被丢掉了。

断了把手，折了支撑的旧伞，放在厅房的伞架上，当然十分碍眼。可是我清理了好几次伞架，淘汰了一批又一批的旧伞，就是舍不得丢掉"它"；有两次还是丢掉又捡回来的。我总说："不过断了两根骨架，修理修理还可以用，这样的伞没处买去。"

这次，"它"还是被丢掉了。自然，不是我扔掉的。我不怪任何人，我也不像一般女人那样为了失去一样心爱的东西拼命"念经"。因为我必须理智地认为他们做对了，他们替我做了一件我无法做到的事。那把支楞八翘的烂伞放在客厅的伞架上，的确很"不像样子"。只是尽管觉得家人的做法不错，心里却颇不是滋味，很像是生离死别那样的感觉。

我不曾向人提及我的那种感觉，我不愿有人用"一把伞所值几许"来亵渎"它"。"它"并不值几许，仅当一般市面上的伞三倍的价格。只因"它"骨架轻巧，被我三顾茅庐，比较又比较后，从中华路的伞店内选出，作为旅伴。从那时起，"它"对于我就有了特别的意义。

一双走得脱底的皮鞋；一台性能绝差的照相机；一个因负荷过重拉拉链时发生故障的大皮包，加上"它"，曾是我最亲密的游伴小组。就由它们伴着我绕了地球一周，陪着我这个小人物，看遍了大世界。也就因此，累"老"了累旧了它们。尽管后来不到三年，我又远飞了三次，留给我最深记忆的还是那次的独行天下。真的，即使我不写下那册《小人物看大世界》，我也会记得那次旅行的每一个细节。尤其是仅由我的"游伴小组"相随，置身于异国中之异国的异种人群中，做唯我独特的孤寂之旅时，那种带有相当苦涩的甘甜，足可叫人记得一生一世。

赴东南亚，是热热闹闹四十余人的大团体；游澳洲，是亲亲密密两人相依的逍遥之旅；走菲岛，是数人相携公重于私之行。也都乐,我不能不承认独乐乐不如众乐乐;与人同游,在游行的色彩中,会活泼丰富许多;其中的很多欢乐,可使人尽欢。但是顶令人刻骨铭心的,还是投身于茫茫的异族人海中,在异国土地上,一个人独自品尝"中国人"滋味的旅行。好些朋友表示,那般不能交通的孤独,绝对只有压力,没有乐趣,不好玩!伊等的想法并不全错,的确不好"玩儿",可是不能说没有"意思"。那样的经验,纵然不合"欢愉"的标准,仍是可贵的,很美的经验。

访意大利、德国、希腊,淑侠姐姐带我同游,了却了多少年的手足相思债,这份回忆会伴人到老。然而最令人不能忘怀的还是足踏旧鞋,背上一包、一机、一伞会合一些只能说法、德语的瑞士"土包子",同乘飞机到维也纳、巴黎,一下飞机便作鸟兽散,各行其是的旅游。在维也纳,谨遵姐命,不离那言语完全不能沟通的"组织"以防"走失",却是有同伴如无同伴,但有牵绊的独游,那种寂寞是一种趣味,与前在罗马的偶然放单完全相异。每日参加完节目回来,冒着欧洲深秋的朔风,顶着密密的夜雨,穿过人踪不多的街道,撑着雨伞,走上半个多小时,徘徊在醉汉点缀的黑暗里,去寻一壶热茶或一碗热汤。然后再听着自己脚步的回音,循着原路回程,找到那厚重的铁门,用大大的钥匙,开启了大门,走过灯光幽暗的穿厅,攀上高高的楼梯,再拿锁匙打开另一道门,走进那家庭式的旅馆,重见温暖的光明,那又是另一种兴味。不是亲身经历者,谁能体会那种甜中带苦的风味?但是,也有甜中无苦的独游,那是在巴黎!哇!美丽的巴黎!

我要真正的独游,不要受牵制的独游,因此一下飞机就成了完全自由的个体。为省事,仍要参加 Tour,但自己去找所谓的英语团队,让他们带着我巡行大范围,如"远征"凡尔赛。"观光"之余,就找张地图,携同我的"旅伴"小组,凭着两足,真的"走"访巴黎旧区的大街小巷、大公园小店铺。享受过最昂贵的法国大餐,也吞食过街头小摊的煎饼;到大百货公司去为丈夫买个开酒器,也于街边小贩处为儿子购个小钱袋;看过豪华夜总会的白色大腿,也看过装扮成小丑的黄种乞丐;得到过好心的同胞绅士的照顾,也遇到过法国浪子的无聊搭讪。一步一步走到罗浮宫去享受法兰西优美文化的润泽,固然很好;徜徉在香舍丽榭大道或其他街道上无所事事,亦是一种快乐。那般彻底的放松与自在,一生难得碰上几回。几日下来,在瑞士修过的鞋更旧了，伞虽未撑开过，却有备地装在包包里增加了负担使皮包也更旧了，与那事倍功半的糟糕相机一样，成了更旧的密友。"密友们"想来必和我一样，直到如今还熟记着巴黎，甚至闭上眼睛也能从歌剧院走回那家没有电梯，1858 年便已营业的"肖邦旅馆"。

在夜航中，乘坐赴英国的飞机，被四百座人"山"掩盖了东方瘦小的身影是什么感觉？陷于法国老旅馆中的曲折走道内，被无边黑暗所包围是什么感觉？在古罗马建筑物的阴影与现代罗马浪荡子斜目凝视和轻佻的口哨声的压迫下迷失路途，是什么感觉？搭乘夜班飞机到达苏黎世，再换乘最后一辆巴士返回小城的寄庐，夜晚十时半，与微弱路灯的照明下，从树影丛丛、屋影幢幢的死寂里，穿过无车无人的马路、里巷，奔向深巷尽头那仅存未熄的灯火，是什么感觉？怕没有太多人能够回答。

可是！我能！那是我独行天下的经历。那是曾使人心跳气促，回味起来莞尔一笑的经历。不值骄傲但多少有点"考试及格"的宽慰！

不是恋旧，乃是重情，自那次以后，再有可称之为旅行的机会，整理行囊时，我总是想了又想，选了又选，而仍然会背上同样的皮包、雨伞,穿上同样的皮鞋,只是换了个勉可使用的照相机。是习惯,也是一种信赖。现今,皮鞋已修过两次,家人都以为着上那双旧皮鞋有辱门楣,还是饬令退休的好,我则并不同意。但小心地整饰之后将之收起,决定平时不再劳它累它,只待其将来再当"远征"大任。旧伞已遭淘汰,从此空留回忆,旧照相机去夏水灾淹得面目全非,我也以珍惜物力,修理之后尚有用处为由,留下度其退休养老余年。仅有疤痕斑斑的大皮包,犹且像个东西。但鉴于鞋、机、伞的情况,我也仅敢偶然拿出来吹吹风,不肯让它过度操劳。使这些老伴侣因鞠躬尽瘁而报废汰弃,实是很伤情伤心的事,不愿为也。

世上喜爱旅行的人何止千千万万,有旅行经验的人也何止千千万万,但由旅行资料上看,喜爱入"团"聚游的远较独游的人为多,我并非反对大队人马或三五成群的行旅,甚至非常欣赏众友客地的相聚,褪去脸谱还我本来面目的"清谈"。然而不管多少人认为一个女子单独远游是如何的不便与危险,我还是深爱独游,因为那样的旅行,会使人获得游山水、看景致、观察风土人情、品味旅游之乐以外的心得。那样的旅行,方能体验更深刻的人生。

罗马美景

到现在还会常常想起那个人，一个貌不惊人的意大利汉子。方脸大眼，雄壮伟岸；身高怕不止 185 厘米。说话时没有意大利人习有的夸张手势和高分贝的语调，应该有四五十岁了，不然他不会叫我"Young lady"，该说"Yes, Mme!"存了一年的笔耕之资，终于可以跳出指南山下那个旮旯，一个人到欧美好好逛上三个月了。是台湾开放观光的前一年，去欧洲旅行还不是那么流行，没有团可以参加，兼且偏爱独行天下，所以不但计划单枪匹马闯闯，还坚持把"贼城"罗马也包括在内。

给历史底蕴丰厚的名城那么一个称号，不是我的亵渎之作，乃根据华洋众人的论述与描写综合出的定义。那个年月,抢劫事件在台湾地区还不多,家中长幼担心之余,提出各种信息作为论据劝阻"涉险"的理由:那里诈骗、偷抢、劫杀无日无之,还有满街赶不走的黏缠乞丐和邪里邪气的可怕男人;别的地方走走看看就好了,罗马别去了吧! 罗马怎可不去! 不! 我要去!

安排欧洲行程的姐姐倒没阻拦,但是她坚持结伴同往,一起参加由瑞士出发的旅行团。但还没出门,我已频频接受上发条般的行前教育,弄得人十分紧张。不过总认为这是瑞士社会太洁净,瑞士人素质较高而保守的优越感在作祟,才这般如临大敌。于是只能说,姑且相信。不料一到目的地,刚进旅馆,带团的导游便立刻召集大家训话,强调护照、机票、钱财必须交托旅馆柜台保管,不能放在皮包里带着上街;不要把太多的钱都放在身边,说着并示范性地从衣领内掏出一个小皮包,强调钱要那样带才比较安全。因为就在前一日,便有一位女士被抢去了皮包且受了点伤,因此千万不可掉以轻心。

真是糟糕,马上成了惊弓之鸟,节目还没开始呢! 令人如此紧张,叫人好不沮丧。为此,姊妹两人还特别每人添购了一个半个手掌大的小钱包,只放入不多的小钱挂在脖子上。等走到街上，看见游来逛去的很多蹙着眉头双手紧抱皮包的女士（欧洲人优越地武断那些都是美国女人），相信谁在她们身旁咳嗽一声，可能都会惊得跳起来。见到这样的实景，心里的发条便扭得更紧了。

不过虽然本想出来享受一点轻松，却被弄得神经兮兮，不太欢喜，待走过尼罗的圆剧场，夜游过教皇夏宫蒂沃利（Tivoli），探过庞培古城，以及到过梵蒂冈，见识到自少年时代便最崇拜的偶像米开朗琪罗的画作与雕塑等等，觉得还是非常值得的。什么都看了，岂可不 shopping？所以我们也被带到科索路（Via Corso）与南松纳里路（Via Nazionale）去，那是精品店集中的区域。

那一日是星期六，下午两点预定去罗马城堡（Castelli Romani），上午没有节目，是排的购物、逛街、自由活动。不想免俗，便也上了街。逛着逛着，看见一家大皮货店在打折减价，一件黑色的皮革长大衣挂在橱窗里很打眼，剪裁线条皆属上乘，竟才合九十美元！已经走过去了，想想机会难得，便跟姐姐说："那件衣服好像是我的号码，我要看看，也许后面的行程用得上。"回头走进店里，请店员拿下一试，除了袖子太长，确然像是为我量身订制的。

我很高兴,他们也很高兴,终于等到一个像我这样有"装得进去的身材"的买主。我要了! 他们愿意立刻修改袖长,说稍等一下就有。可是我不行! 若是手边的钱够了,在附近转转喝杯咖啡,就可拿走了。钱带得不够,只好付了定金多跑一趟,回旅馆拿了钱来取。店家再三叮嘱,必须下午一点以前去取。穿了一双不顺脚鞋子的姐姐,已无法再走一回,我勇敢地保证,是走熟了的路,我可以独往。于是,她终于放我单飞。到饭店的柜台拿出寄放的旅行支票,带上地图,我便出去了,时间是 11 点半。的确是走熟了的,三四天来,除了整团出游,在城里我们都是"走访"的。但是有些走路以外的情况,没有计算在内。

　　罗马旧城除了雕像多、喷泉多、广场多以外,还有古老楼房屋之间的阴影多。那样的阴影给人的感觉不是历史积淀的沉重,而是一种阴暗酷冷的压迫感。

　　去科索路,应该是出了旅馆,走到第一个阴影处转弯。可是那天有不一样的状况,恰有两名男子正在那里聊天,见一个女子独行,便把目光都投注在我身上。一会儿其中那个矮壮的离开了,就剩那个头发遮住眉棱的家伙,缩在阴影处斜着眼盯着人瞧。我兀自装着泰然,准备从他面前通过。前两天有姐同行我还被无聊男人吓了一跳，这个情形心里实在有点发毛，心跳得连我的耳朵都听得见。我只能跟自己说，没什么好怕的，别慌！谁知快要走到那家伙面前时，他忽然吹了一声口哨。这便糟了，再也无法镇定，真个是落荒而逃，从一条平行的路岔了过去；我想平行的路顶多多走几步，一定同样可以到达目的地。

哪知越走越不对，好像平常走过，又像没走过。想问路也不敢乱问，只好挑穿制服的或老人家问，一路打听着科索路怎么走。好不容易到了科索路，看见一家"好像"是那家皮货店的，走了进去才敢从衬衫领口把小钱包拿出来，找到收据来看。店家看了之后说不是他家卖出的，我买大衣的那家是在南松纳里路。老天！我立刻像被炮弹轰到一般，震昏了。听了听他们的指引；实际根本也没听清楚，冲出门外狂奔。奔向何方？

完全不辨方向啊！那时心想，哪怕就是像人家说的，出租车司机专爱载着观光客乱绕圈圈，动辄硬敲两百美金，我也要叫一辆出租车了。因为取不取得到衣服犹在其次，我必须在时限以内回到 Hotel Malani 才行。附近没有出租车,只能朝着可能的方向寻觅。七转八转,穿大街走小巷,下一大堆台阶,还走过空无一人的广场!再走!哦!再下一大堆台阶……老天帮忙,那处广场上有三辆车停着!我催自己"快走!快走!"一定要"抢"到一辆。不行了,待我走近,两辆已开走了,还有一辆却是驾驶座无人的车。完了!完了!忙了半天跑得要死是一场空,还不知自己身在何处。身体软得再也走不动一步,向车窗内探看,很想大哭,可是又不愿把脸丢在罗马。

那时,"他"慢慢走过来。高大的他,真是俯视于这个浑身都在冒着热气,像刚出蒸笼的馒头一样满脸是汗的狼狈东方女子。他眼皮动了动没说什么,拉开了车门,做了个请我上车的手势。我把收据给他看,力竭地告诉他一点钟以前要赶到,便立刻钻进车里。他恬静安然地笑着说:"No problem!"发动了车子。一路上连连安慰:"Young lady,don't worry!Don't worry!"

一点欠九分赶到了店里,店家说以为我不会来了,他们已准备要歇晌了。我笑笑,取了衣服什么都没说,也什么话都说不出来!又像火车一样冲出店门,告诉他我两点以前一定要回到旅馆。他仿佛只会说那两句英文,只微笑着做手势让我放心。一点二十回到 Malani，显然路并不太远。他也不曾故意绕路，按跳表收费更是少得大出意料之外。我没有法子表示我的感谢，只笨拙地把小皮包里所有的钱都给了他。

真是感谢！应该是感激！不只因为他的体察、理解、善意，在我极度慌乱之际像守护神一样地帮助了我，还因为他洗刷了罗马昭彰的恶名，挽救了我对罗马人的彻底失望，对人性的失望。我才能说，那可能是一生一次的罗马之旅，不虚此行，了无遗憾。那件长角羊皮制的大衣护我完成了后来的深秋的旅程，也陪伴我走过十数年的寒冬，直到我塞不进去为止。穿着、看见那件大衣我当然会温习一遍那次的场景和过程，那已成永远的回忆。如今那衣服已不在，我还是会想起他，想起那个意大利汉子敦厚诚恳的神态与温暖呵护的笑容。

一处叫肖邦旅社的家

在九月的暖阳下，独自浪荡于巴黎街头是什么滋味？

如今去过法国的人太多了，很多人或许会说没有感觉。该有什么感觉呢？就曾被人这样问道。我无法回答，因为每个人的经验和感应不同，假如他会这样问，就表示他没有什么感觉；而主要的是绝少有谁肯一个人去那样暖和的地方，品尝孤单的滋味。因缘时会，我领会过那样的怡趣。

那个年月，出国旅游在台湾地区还未流行，甚至还算奢侈的消费，旅途中很难碰见同胞，一个人去环游世界，那便等于选择了绝对的孤独。我选择这样的旅行方式，许多人都说太过怪异，踽踽独行，走过繁华世界，漫漫旅程连个说话的人都没有,该多么寂寞。其实孤寂也是一种况味,至少我曾非常喜欢那种感觉;那样的情境,让我的思绪格外的澄净深锐。到今天还有人问我,一个人初次离家在一些连英语都不通的陌生国度漫游,难道心中不害怕?从前我颇喜欢表现一点儿大女子的气概,羞于承认也曾感到畏惧过;其实令人全无不安情绪的只有人在巴黎。那里的厚实文化积淀能吸引人却不慑人,就是在街头遭逢向人挑逗的男子,那眼神都不那么有压迫感,不像意大利的青年吹一声口哨,就让人惊得要落荒而逃。

　　一个大皮包,一个旧相机,一双穿旧了的鞋子,便是我最贴心的旅伴了。从登程到结束与我相共,在人生的旅程上仅是三个月,却如同经历了一个轮回。如今我胆小了,世故了,那样的天不怕地不怕的心态给教训得全消失了;许多以前敢做的事,现在都不敢一试了,我却依然怀念独行天下的自由自在。不管唯物论怎么盛行,我都认定在可以忍受的物质条件下,心灵的享受才是无可取代的,所以尽管是寒素的第一次经验,却无法稍忘,是不愿与任何人分享的生活体验。不仅仅因为那次回来以后,在创作上更增许多动能,而在于视野的扩展和与生俱来的秉性相融,使我有了更新的自我。

我记得,永远记得!在巴黎旧市区的一处小商场尽头的那家肖邦旅馆 Hotel Chopin,那是建立于 1858 年的老旅社。真的,仅是一家旧式的家庭小旅店。我曾在那里窝了四天,可爱的四天!假如没记错,我是住在四一三,意思就是说住在五楼上,回房间一次便要爬一次那窄窄的回旋楼梯。因此每回下了楼就不想再随便上去,总是收拾齐全到二楼用过那非常醇香的家常欧式早餐,就出去活动到天黑。我跟我的随身三件宝说:咱们玩够了再回家!

真的,几乎都是玩够了才回家。除了参加所谓的绕城一周,去凡尔赛宫、巴黎夜生活的见识,以及最后抢时间造访了罗浮宫,其他的时间,大概都是浪荡于巴黎街头。说句老实话,于体会法国的历史文化的芳香以外,我对于没有目的的闲逛的喜爱,远超过着意地去看什么。那时候的台湾,还是清洁而清净的,声色犬马式的娱乐还相当禁忌,因此诸如脱衣舞、上空表演之类的节目都是该见识的项目。我也未能免俗,随同旅馆的人于午夜时分去了一趟 Lido 夜总会,我的结论是不过尔尔。使我更加觉得未去 Moulin Rouge 是一个错误的决定;想去红磨坊并非要看法国女人的大腿，却十分想体会一下巴黎旧日俗世浪漫的风情。没去，确实有点后悔，如我之处事习性，为什么竟不敢试试孤身花都夜行的逸趣，很不像我。

肖邦旅社号称三级旅馆，从设备与服务上看也不过第五等，房间内的洗手间真的只能淋浴洗手没有其他装设；床上的枕头不像枕头，被子不像被子；床桌衣柜应该都是十九世纪的家具，睡到半夜橱后墙角嘎嘎作响，仿佛是幽灵在示威，抗议我侵占了他们的地盘。旅店的柜台小姐更吞了我的邮票钱，把我托寄的卡片给扔弃了，朋友都说没收到。可是，我还是相当怀念那个小屋。当我倦游一日之后，回到屋里将双腿架在床栏上休憩，没有比那更舒服的享受。我原谅他们人性的缺点，只记得所予我的温暖。

特别喜欢拿着一张地图，穿街走巷，一处一处找我想看的地方，弥补参加当地"到此一游"敷衍式行程的不足。如此我不但在罗浮宫画廊内从容拍照，更在 De La Concorde 的柱前观数香舍丽榭大道上的车流。午后的公园内更是看人的地方，老的小的，还有不老不小的。推娃娃车的年轻妈妈，背着大旅行包的青年游客，还有画了小丑脸谱吹奏小喇叭的东方音乐家；看到各色各样的悠闲舒放都很暖人心怀,只有看见那不能坦然用音乐讨生活的街头音乐家表演,令人心里沉重,让我把一顿晚饭钱都丢在地上的帽子里,以至我只买了一卷法国煎饼充饥。

出去走世界,当然要看风景,但是风景并不仅限于自然景致和人文景观,也包括人群社会的百态。镜头能留下的只是景物和人的刹那间的动态,要把一个完整的故事记下来,还是要刷印在心里。

我绝不会忘记在埃菲尔塔下遇见的那位来自香港的王先生。在国外中国人交谈也须先用英语。说过第一句话之后,知道可通中文,便会以中文相谈。独自一人,要将自己摄入镜头,必须请人帮忙,那么同胞就是要优先拜托的。与王先生互话也是说着英文互请代为拍照开始的。彼此也谈起在法国的旅游项目,困惑的我便把十分想去红磨坊的事说了,同旅馆的人都去丽都,我若是去红磨坊,势必要在清晨四点一个人回住处。王先生听过我的话后,很诚恳地讲,一个年轻女子,早上三四点独自往来确实不宜,不过他和他的朋友也是要去红磨坊,等看完节目他们一起送我回旅馆。他们说让我千万不要在意会麻烦到他们,在海外相遇也并不容易,能有机会护送我,他们非常愿意。

我们也约定了会合的地点,过了时间我不到就是我不去了,他们就不等了。考虑再三,我还是辜负了他们的好意,毕竟萍水相逢,只谈了十五分钟话就那么麻烦人家,我心不安。但是我虽然未曾相烦,却始终心存感激。王先生当年已是五六十岁的人,现在至少也是坐七望八的老人家,希望好心的他福寿康宁。

找几个指标来检验巴黎,那里的街道并不最整洁;花不是最红,树不是最绿;空气很不新鲜;闻名世界的塞纳河,在日间也是见面不如闻名,美仅是在柔柔的夜里。跟欧美的各大名城比起来,这些方面似乎都差一点,但我就是喜欢这个城市。那样的人性化,很适合自然而自由的人过一点儿随兴随意的自在生活。当然,这也许只是过客的心态,巴黎人一定同样有生存生活的压力。可是,能做个那么慵散闲适的过客,也并不是走遍天下到处都可以的。

二三十年过去了,我常常惜念那样无所畏又无所谓随兴的我;至少浪荡于巴黎街头时,我的心里是没有载不动的俗世忧愁的。多么可贵!不过,即使再独游巴黎,怕也温习不到原来的心境了。

昨夜,我又梦见回到"肖邦"的"四一三",那个被我当作家的地方。床上的棉被仍然短一截;柜子后面响得更厉害;还是没有全套的卫生设备;热水管又坏了,但我依旧兴致勃勃地拿着地图,从小旅店走到歌剧院去。旁边那家中午用餐宾客也都身着正式服装的 Café De La Paix 仍旧开着;吃过两三回的那个叫什么园的中小学馆,酸辣汤还是挺正点的,一切都没变! 一切都没变吗? 不知道! 只希望那个容许散淡的人做浪漫之梦的花花世界如昔不变!

黎刹的眼泪

雨中的庭院,绿得格外葱翠。

在宽阔的翠绿中,隐藏着那座小小的草屋。门廊窗扉,篷顶屋壁,是典型菲国乡村农户的形式,小屋坐落在大片的绿里,真像置身于郊野的雨林,一个院落就似一个世界了。十分乡土的草房与正宅白色的楼屋相比,实在小得可怜,小得恐怕高大一些的女士进了门也会动弹不得;也简陋得可怜,几根竹枝,几片草席便搭起一间房屋。可是它就那么具体而微、堂而皇之地站立在绿园的心脏位置。因为那是小主人荷西的玩具屋。老黎刹夫妇顺着最宝贝的幼子的心意,为他搭建了一所快乐之屋。在成人的眼内,那是一所粗陋的草房,在儿童的感觉里,那是南面为王的殿堂。在那里他可以撒野,可以幻想,可以做梦,可以希望,可以感受父母兄姐对他的钟爱。恐怕这便是荷西·黎刹(Jose Rizal)能八岁写诗,十一龄得马尼拉文艺学会作文比赛首奖的缘故。

从市区到郊外,从公园到博物馆;从乡间学校到古堡名胜,都有黎刹的画像、雕像、照片。年轻、英俊,一双完全"中国"的眼睛闪烁着智慧的光芒,就是不研究他的资料,仅由面相仪表评判,也能断定他会前途似锦。何况他绘画、雕塑、写作的天分皆具,更有文学、医学两个学位。且家庭富有,父母疼爱,假如不做什么"唤起民众"的工作,他个人大可以享尽俗世的荣华富贵。可是,他不! 他把荷西·黎刹公园变成了马尼拉市纪念他的胜景,是远近游客怀着凭吊心情一去的所在。但是很不幸,虽然黎刹像前还有士兵站岗,那竟也是强盗出没的地带。新到客,被再三嘱咐,不得一人、二人或三四人去擅自"探险",否则破财当属必然,若运气不好还可能伤身丧命。黎刹若天堂有知,他会怎样? 他会不伤心吗?!

在马尼拉,何处是安全的?

被问到的人眯起了迷惘的眼睛苦思,半天才能答出:

大旅馆、国际会议中心，还有"皮兹档"土产商场吧！后者为观光客"奉献"旅费的地方，岗哨密集；前者进门则要检查皮包与搜身。此外，谁知道何处安全？！

马尼拉湾的落日、马尼拉的洛哈斯大道（Roxas Blvd）、马尼拉的马卡地（Makati）的银行街，皆是世界级的美景，可是谁敢自由地徜徉其间，细细品味它的美丽？！男人被劝告脱下西装不打领带；女人需摘下手表首饰，然还得带一点被抢的钱才可上街。一百五十披索（七百五十元台币）可雇一名女佣，三百五十披索便为高薪；八百披索可雇到一个高高兴兴的全天候司机；公立大学教授也只得二千多披索的待遇，但是一处临近洛哈斯大道仅两房两厅的普通宅屋，确需月租六千五百披索。是故，除了少数的亲贵，都不得不四处找寻副业，合法的或非法的，但求一温饱。到处皆有贪婪的手，贪婪的眼睛。让远来的宾客，除了马尼拉罗曼蒂克的情调，也带回杯弓蛇影、草木皆兵的恐怖回忆。

黎刹所希望的，改革之后"达嘎洛"人得享充分自由平等的社会，就是这样的社会吗？因有黎刹的倡导启发于先，其他革命志士行动于后，菲律宾人得到了完全的独立，已超过黎刹所要求的温和改革。但是这一切皆由黎刹牺牲自己唤醒民族自尊而获致,他的族人不能不追念他,要把他的遗像耸立在他的国人朝夕得见的所在。这也是真诚由衷的回报。可是就是让他站在通衢、广场公园,日日月月、岁岁年年,看着他做了主人的族人,嘴里嚷着"朋友,朋友",却将尖刀刺进"朋友"的肩头,劫去他的钱袋手表;或是强逼着女客把尖刺冷硬的戒指、耳环、项链的赝品吞到胃腹里,以泄所劫不够价值之愤?是要他见识还是要他监视,那些以服务万民为业的大官小吏一年到头收受"圣诞礼物",然后按礼物的多寡来决定服务的质量和效率。

上天并不薄待黎刹的族人,给了他们最肥腴的土地,只要撒下种子便能丰收;给了他们满山遍野林木矿藏,眼目所及皆是财富。也给了他们最美丽的山川景观,哪怕顶古板木讷的人,到了马尼拉的洛哈斯大道,都会想在椰林下的草地上,欣赏落日的景色,弹起吉他唱一曲有声或无声的罗曼蒂克之歌。可是谁敢?谁敢呢?

到黎刹辞世为止,他从事的本业,仍是医生。不过他与邻国的那位孙逸仙博士一样,不但想医人的身,也要医人的心。假如西班牙人准他活得长久一些,他是否会像孙逸仙博士同样开出一系列的药方给他至爱的同胞,作为疗治社会病症的方针呢？今日达嘎洛人的世界，会否更祥和可爱些！南方没有隔离反抗的情况；选举季节没有谁动刀动枪自相残杀；不分种族皆不受歧遇排斥；万民皆能足衣足食，有家有业，各安生计，无须抢夺索贿，亦能仰事俯畜，享受人生。

爱国的人要说"达嘎洛"语。达嘎洛语中容纳了英语、西班牙语，甚至少数来自中国厦门的词汇，但是开发菲律宾有功的华人的语言文字，正在被消灭中，黎刹也曾是华人的子孙，不要往更远说，就在高祖父的时代，不还姓张吗？主张自由平等、各族共存的黎刹，会同意将他彻底从根上铲起吗？

母亲是荷西·黎刹的启蒙老师，倚着母亲胸膝受教的画像看来多么暖人心怀，更令人感动的却是黎刹在村野间教诲族人儿童的画景。几名渴得知识的赤足孩子围在他的身畔，不论师生，面颜上全是一片安详的专注。可是这式美景气氛，在马尼拉市，何处可以得见呢？" The Educator！"是的！何时再有这样一个教诲者能再临，承继黎刹的遗志精神呢？八岁时的荷西·黎刹曾以达嘎洛语写了他的第一首诗 *To My Fellow Children*，没见过内容，不知他写些什么。若是他还健在,或是能从黎刹公园的纪念碑台上走下来,他会不会再写一首诗或一篇文章给他的国人同胞?! 任何一个肯用心思的人,不管是哪一国的,都能体会,站立于高台俯视群众的黎刹,倘若天上有灵,必是满怀焦急,心绪不宁的。他会多么希望亚非欧美各洲人,对他牺牲生命奉献的国家在心目中能改变一个形象! 要是他还能说还能写,他能不说不写吗?

荷西·黎刹带着情爱来到世界,他也带着笃情返回天国的老家。那个聆听他姐姐的“告解”再用以为情报的神父,定然也得到了他的宽恕。他走向天国的脚步跨得很从容,就在离开人世的前夕,未婚妻约瑟芬·布拉肯小姐还跟他完成了婚配典礼。虽然三十五岁就是一生,这一生并未虚掷,他是积蓄着别人三百五十年也未必得享的爱回到“老家”去的。父母馨暖甜蜜的怀抱、手足提携呵护的友悌、同志师友的剖心相知相助、约瑟芬坚贞的身心相许,还有那包容了整个童年之梦的爱之小屋,都烙印在魂灵的深处,伴他升天。何等丰盈的一生啊! 就一个人“获得”“享有”的观点来看,黎刹的提早大去,应当是无憾的。

然而,真会无憾吗? 他远去时,他的族人尚未得到应有的平等和自由。不过他以鲜血灌溉了他布下革命种子的大地，真正地唤醒了同胞，他当确然地无憾了。

黎刹的桌、黎刹的床、黎刹的书、黎刹的手稿、黎刹凭倚远眺的楼窗，恍惚间，仿佛他无所不在。凭吊过宅居，步向绿园。园之一角，是已没有了马的马房，但是小荷西骑着小驹儿欢呼着奔出马厩的景象，就似电影一般在脑海中驰过；伫立在院中的低矮游戏屋前，似乎屋窗里就探出一个有着诗样双眸的红扑扑圆乎乎的脸蛋。真的，徘徊在浓荫处的庭院里，陌生的荷西·黎刹忽然真实起来。来自一个强调谦虚的国度，不曾学会骄傲，甚而不敢为我华族同胞贡献了血汗智知开发了某些国土而自豪，但是忍不住会对那一点黎刹亦属我华人裔苗，深感灵犀相通荣耀的骄傲。我不畏鬼也不信神，却时时觉得有双非常"中国"的眼睛，正盯注着远从故土而来的亲戚。

驶向寄居的途中，一个黎刹、两个黎刹，又是一个黎刹！黎刹应该觉得安慰了，他的达嘎洛族人，多么敬爱他，让他随处或站或坐！可是那个高高在上，矗立黎刹公园的黎刹怎么面颊上有了泪痕？是雨吗？不是吧！已雨过多时了！是泪吧？是惋惜的泪还是忧愁的泪？抑或恨铁难成钢的泪？黎刹已为他的国人流过血，何忍见他再流泪！仅是几分之一的那点血缘关系，竟让人禁不住要叹息，深深地为他叹息了！

如今，总算完完整整地回到了我的家，可以将心平平正正地放了下来了。但是，也把荷西·黎刹的英雄形象带了回来，常常萦绕心怀。尤其是那黎刹眼中的泪迹，不能或忘。

老天爷特别眷顾黎刹的国人，赐予最佳的自然环境，人民不勤生产，亦可由天照应；也赋予他们最乐观的天性，不知忧不知愁，不期望更久远的明天。可是明天是要一个一个接踵而至的。那有饥有寒的明天，岂是靠打哈哈空等待过得去的？打劫窃盗欺骗怎会是长久谋生的良策？

昨夜，梦见菲国的"K.K.K.经济计划"（Kilusang Kabuhayan at Kaunlaran Program）成功了，南方的城镇都有了柏油路、自来水。挂着茉莉花环的宾客敢于戴着金表配着钻饰，从北到南道遥旅游。荷西·黎刹被奉祀为先烈英雄的国家，健康！快乐！安全！于是黎刹铜像的泪水终于干了！

1981 年 11 月 30 日 于菲律宾岛

审美扬州

　　因为在纽约华文作协的"文荟教室"上了几个钟头小说欣赏与创作的课程，以及为"张秀亚纪念讲座"做了两场的演讲，最近对一些文学基本的东西思考得比较多，诸如美、美感、审美等等。事实上萦绕于心的还不只这些，想起九月里去大陆开会，到几个地方所兴起的文人感怀，那些意念跟今天的思绪纠葛在一起，面对着文学作品，心里却会想到那瘦瘦的西湖，若是在被痖弦尊为"美文大师"张秀亚的笔下，将经营出什么样的意象。

　　去了扬州，这地方尽管在古今骚人墨客的笔下见多了，但都不是我真实见到后的城市形象。让我领悟到许多美学大师所强调的，审美绝非根据资料客观科学的理析，美感是来自直觉。对人、对地、对时、对物，每个人的感受都会不一样，认识到的美，便自是不同。直觉的感受，假如用文学作品来比拟，扬州应该是散文世界的常人小品；非潇洒豪丽或出尘清雅，但温馨亲切。

有人约我明年游杭州，我没有强烈的意愿，因为听人说起杭州西湖已长久失去了天然韵致，而人工的美不如扬州的瘦西湖；我已去过了瘦西湖，够了。虽然二十四桥见面不如闻名，也未品沐过明月夜的湖光水影，那感觉还是令人心动的。所以算了，宁愿对苏东坡白居易驻留过的杭州，存一份絮念追怀美的悬念。

这个历史名城在今天，我几乎找不到一处城镇可以相比，假如从定位来说，古之扬州似如今之上海？！并不太像，少了些什么又多了些什么；如果模拟现今的广州，仿佛又还多了些特别的风采。也许扬州就是扬州！而今天的扬州，似乎已放下了货财转运、输通东西南北的重担，成了一处可安居、可休闲，凡俗人可安恬地传宗接代，过一点舒心的小日子的地方。

从御码头登船，于瘦西湖上慢慢游。画舫捯饬得花花绿绿，红黄是为主色，俗艳中似乎是仿乾隆故事的意思，只是没有民国早年文人记载中添色的船娘,驶船撑篙的都是些穿西裤皮鞋的中年汉子,令人减少了一些追随乾隆下江南的幻想。后来在开封清明上河园里,见到为我们划小舟的古装少年,觉得若换到瘦西湖的画舫上,点缀在周遭楼台水榭间,定可更多一分协调的美感。

把这一切眼前的现实都丢在背后,斜坐船头从垂柳荫覆着如蜿蜒小河般的瘦"西湖"中穿过,假如无人挑剔我年华已逝,那画面岂不是一种人为的自然美。三十六道菜的盛宴唯扬州可举重若轻地备办;涤发濯足旧业的提升境界,使扬州人的面貌更多了文化的自信,多好啊! 但是吹一吹瓜洲古渡头的清风,却会把红楼梦境的吃喝都忘光了,不知不觉地回到吟诵"汴水流,泗水流,流到瓜洲古渡头,吴山点点愁……恨到归时方始休……"的年代;甚至回溯得更远。

有人问扬州的什么最叫人动心,大家一定会抢着说:"瘦西湖啦!"非也! 在那十分现代的博物馆内的一角,经过那儿真会让人走不动了。隐在树荫内有处屋舍,门前挑着酒帘悬着大红灯笼,是邸店还是官酒店? 看那规模似乎不该是邸店,天可汗传下来优柔远人开放自由的遗风,加上各种因素的影响，让大买卖和国际贸易越来越盛，邸店便越开越多，这样的店内既可居人存货，又可沽卖交易，还能融通资金，规模都是很大的。当然，这无非是示意而已。看那门脸雅而不俗，是示意哪位有情调的节度使为金主呢？我好像听见了丝弦轻拨横吹低唱的乐音飘送出来。是啊！那"犯夜"的禁令渐渐成了具文，扬州的夜生活领各地之先，夜市最最繁华，正像那《新嫁娘词》的作者诗人王建写的"夜市千灯照碧云，高楼红袖客纷纷，如今不似时平日，犹自笙歌彻晓闻！"追想遐想……把人带到迷人的中唐风情里去。

如今真是非常好的一个时代，有智有知的人终于不再以僵化的传统观念来诠释历史，那么有关大运河记忆便不只成为隋炀帝的虐政之一而已。它从南到北沟通了中国大地东西的水系，真正享受到利益的是后世。而扬州跃登于最繁荣的历史舞台，兴衰互替直至清末，在那样的沃土上，便产生了不少文学艺术上的传奇人物与作品。而如今入夜后河边护栏上眨着眼睛的彩灯，好像在说："我，大运河还在呀！"其实不必提醒，没有人会忘记，就算有一天运河的水全干了，它在后世的子孙的心里依然会默默地淌流着。

　　但偏偏没有人提到那个曾坐在杨贵妃膝上，七八岁便被授予"秘书正字"的神童刘晏。成人后为官的他，曾使扬州在商贸居领袖群埠的地位之外，又赋以转运国计资源的大用。于是扬州更重要了，扬州更富裕了。但在政争不断的年月，他的下场竟是获罪赐死。后多少年有所谓的"平反"，但有何用，谁能使枯骨重生？后代仿佛把他忘了，至少我去扬州没看到任何记录提到过刘晏对扬州的影响。因而我再一次认定，平反之说不过是给肆虐者安慰良心的救赎（假如他们还有良心），后世终究把他忘了，他只能活在《旧唐书》《新唐书》等典籍中。想到了他，用寻美的眼眸透视过那处叫广陵、江都的地方，心中不免有些怅然，这种憾怅似乎只好算作缺陷美吧！

上海风华

回想九月的大陆之行,出发前心中确实有一点额外的兴奋,除了应邀三访郑州大学的学术之旅,在上海还先有一场文章之会,"海外华文女作家协会双年大会"要在上海召开。上海,那曾大开我童年眼界的地方,已经久违了,想念!不仅想念而且期盼再会,这次要好好看看她那已经花容重展的美丽;上一次途中经过该地,因改革开放不久,市面还未如想象那般复苏,说实话心中不免有些失望。我流下了眼泪,不全因再次回到故地的感怀,还有深叹昔日艳色贵妇芳华不再的痛惜。

最初的上海经验,除了姐姐和我的电车探险与四大公司寻奇的记忆,便只有法国梧桐荫蔽着的美丽的霞飞路;

即使是孩童也知辨别美丑。1989年夏再去，霞飞路已变成了淮海中路，有些市民在梧桐树间拴上绳子晒起了灰扑扑的棉被，看着有点儿突兀。不过我顽固地认为这不是上海的真面目，她一定会风华重现。

往昔上海不但经济上居领先全国各城的地位，在人民生活的指标方面也引导全国时尚风气。记得抗战胜利后，我们这些从重庆预备返乡先到上海驻停的小土包子，相比之下固然是土得掉渣，同乘还乡船的众家伯母婶婶那身旗袍，可就更显得土气了。因为后方的成年女性，所穿的正式服装长衫，大多谈不到式样，不讲究剪裁，即使衣料好一些，也不过是一件质材不错的大褂而已，人家上海人的旗袍讲究设计，符合女性美学的要求，起码合体一些。除了全长正式的大礼服，首先把不尴不尬的长短缩到膝盖以下四五寸的长度，更讲究合身适体，如此成年女性马上看着年轻而有生气得多。从那时起视为女性中式礼服的旗袍，从此以上海的式样为标准流行于全国的通都大邑。

大陆主张男女服饰平等以后，上海的制衣名师不得不到香港打天下，最初台湾仕女只要有能力，都到香港去订礼服做嫁衣。后来这些名师的徒子徒孙很快地到了台湾兴起了手工制作的旗袍风,连平常稍重要一点的场合大家也穿旗袍。我初出学门上讲堂,因要显得庄重些,就是穿的旗袍。但是,是旗袍不是"门帘",现在此项服装回传上海,流行的式样已成衣衩高开两片布随风飘,有似门帘的感觉,看来非常低俗,那是台湾欢场女子的职业样式,谁把它带回上海的?且现在又推广向全世界?那始作俑者真该赏他一百大板,他们毁了上海美服可雍容贵气、可端庄大方、可俏丽活泼的特性。今天的上海无论从文化或文明的视野着眼已这般华光四射光彩耀目,怎么容得低趣的人回填垃圾?一想起这些坏心眼的台客对上海的恶整,就十分气恼。

有人知道我生在曾叫北平的北京,至今还登记在身份证上,有人就问我,北京与上海这两个地方喜欢哪一个。不是耍滑头,我真的都喜欢。北京自是原发式的感情,我生在某个胡同里租来的某个大宅门内的大院儿里,那里的氛围从我不知人事时就开始影响了我。我喜欢上海却是理性地发现,不但开我的眼界,那里更开放自由些,符合我的心性。在我童年的印象里,上海的面貌是二战后十里洋场式的繁华,但是待我成人走入求知的境界,认知有了完全的改变。从研究工作中我得到结论,上海不只是个万花筒也是个百宝箱。无论经济的文化的,在历史上都要记上一笔。很值得往深里挖一挖,挖到更多属于自己的感应。

提到沉入历史外人建设据有的租界,国人都会恨得咬牙切齿,可是在次次无奈的危难中,那里也曾容纳庇护了不少的革命志士、思想家、文学家。由清末到二战,那些驱动风潮的人,掰着手指算几个来回都算不清。梁实秋就说过,在他们那个时代,当北方因军阀上台退场而扰攘不安时,一些教授与作家便不得不"逃荒"到南方,上海成了很多作家学人安身立命发光发热的新天地,他们的才情智慧也给上海添加了文化的气质,厚实了上海的文化层。

自五口通商开始,上海慢慢成为全国的经济中心,19世纪中叶远东最高的大楼是上海的汇丰银行。洋员建立主导的中国海关,尽管是挨打外交下的畸形产物,却开创了新制度并保障了国家的财政收入。而当1928年终于关税自主,江海关扮演领袖群关的角色依然未变,那雄伟的大楼到今天仍站在外滩,成为我心里与实质上独一无二的地标。

其实春申故地的特色不只在于实际的建设与外观,主要还在内涵。多少 30 年代作家都曾羁身沪上，比如鲁迅及他所收的一批私淑弟子都是从那里再出发的，像保有鲁迅的一双拖鞋留作纪念珍品的萧红、遗憾只曾通信未能亲见鲁迅却参与了送葬的端木蕻良等等，以及从孤岛天堂走出来的钱锺书、张爱玲。这个风气除了"文革"十年可以说一直延续到今日；不仅学术科技，文学艺术亦领风骚，这才是上海最丰富而宝贵的内容。

有时想，认同感不只是享受资源，能有所贡献或是奉献，更会有归属的感觉。移居海外之前的几年，受大陆文友之托，为新的上海图书馆的"名人手稿馆"联络搜集中国台湾作家的手稿，我匀出时间出资出力发"英雄帖"或面邀，得到热情的响应。如今作家都以计算机作业，这批手稿已成难以再有的文学史料。想到这一点，非常快乐！我也为上海的文化文学风景涂绘过颜色啊！2006 年，我不但接受邀请造访过海关学院，且应邀到上海图书馆做客三日，其实我毫无期待回报的意思，但是也不应辜负人家的真心好意。

之前，在德国巴鸿堡的海外女作家协会的双年会上，有人提议 2006 的大会到上海举办，几乎获得一致通过，皆大欢喜。除了经济发达交通方便的优势，现代文学发展所占的地位也是大家最重视的一点。经过十几年的建设努力，上海风华已然复现，光灿炫目。当然！来自世界各地的文学姐妹很愿意为她增添瑰彩。

小　丑

非常非常不愿意见到他,在九月巴黎的艳阳下。

从凡尔赛游人丛中与导游的疲劳轰炸中解脱出来,从悬着中国招牌却不能给中国人一点安慰的餐室里逃避出来,找到了那处祥宁清适的绿园歇心憩步,真忍不住要赞美地长长舒一口气。

九月的欧洲是属于秋季的。九月的花都虽未"秋"得到处一片枯黄,继霏霏细雨之后迎待宾客的,则是灰蒙蒙冷沉沉的纱网笼盖的"历史的"以及"现代的"巴黎。多么希望老天恩赏一张笑脸! 就可使乏倦的旅人,惬心惬意地享受一点最低标准的完美。

午后的 Jardin des Tuileries 终于慷慨地张开了胸怀,接受了大片大片的暖阳。让迟现的初秋阳光,在林地、花坛、池畔熨平了行人心上的皱纹,叫人想悄悄地唱一曲无声的舒逸之歌;确实不宜放吭高声,一切的尘嚣繁华都已绝闭于门外。走着,逛着,荡着,不想悠闲也有了悠闲,就那样一直可以走到 de la Concorde,穿视过香榭丽舍遥望凯旋门,瞧尽了巴黎的妩媚,令不饮酒不喝咖啡的人,也想逍遥到那条路上去在路旁茶座享受片刻。但,那也是万车奔驰人种杂汇的喧嚷世界,意欲寻取暂时宁静似乎只有退入园内才能安心放心。

就是那样看见了他。

返身再入花园,看见了左手边树林前的那群人。男女老少、观光客、当地人,坐着的、站着的、不站不坐伏在草地上的,远远地围着他。其实可能本不要围观什么,是他寻到了有人地带,而又怯于接近人群,就那么忸怩地将自己缩在树林的荫庇之下。

抹成尸白的脸,描着浓黑的眉,绘着血红的唇,拿起耀人眼花的金色伸缩喇叭吹奏一番。曲罢向"观众"摊开双手踮起足尖做丑角式的礼敬,动作一如脸谱似是而非,特殊的扮相与僵笨的台风更引不起丁点滑稽的趣味。阻隔在面具后面的他，除了厚重黑直的头发，似乎叫人猜不出他是哪一种族的人。可是大红衬衫、白背带蓝肥褪裤，遮不住的脖颈、赤足所露出的黄皮肤，却无情地泄露了真相。

新观众又到了一批，再度举起了喇叭。表现并不甚佳，但也不是洋琴鬼子级的艺术。只是音符颤震在晴野广林之间回旋得那般无韵无力。

他是个东方人，最蠢最愚的人也分辨得出。

是个什么样的东方人？反正不会是那般土得拧得出土汁却满身傲气加惶恐的日本仔。那些扁宽扁宽的长幼男女，会背着大小各"机"在街道上逡巡，会在大餐馆大旅店跟侍者论斤拨两算小账，不会到公园里卖艺乞讨。

卖艺就卖艺，也不触犯律法人情，何必要涂白了面孔？到底觉得愧对了谁，怕羞辱了谁？要如此辛苦地隐去本来面目！美国加州柏克莱电报街的歌者舞者，表露出的是怡然自得；纽约街头的"演奏家"虽面现凄苦，神态却极其不在乎；连维也纳骑楼下的花须老头，在冷风中用僵直的手指弹着手风琴，尖起喉咙苦唱女高音，也还能给予过路人一个不甚苦涩的微笑；于慕尼黑闹市步行区备置了全组乐器开小型音乐会的年轻人，脸上更显出无所愧怍的坚毅与

300

自信。同是赚取几个辅币的事情，为什么有如此悬殊的心态？为什么不能坦然地卖艺"赚"钱，硬要隐藏在小丑的面貌之后?！隐藏也无用呀！肤色、骨骼、体型、头面的轮廓全是很中国的。不用人类学家研究考证，凭常人的仔细观察和直觉感应，就能判断个八九不离十。非日、非韩、非越、非印第安，还可能是哪里人？

一曲又罢，再施礼如仪，听众回报的却是一片沉寂。

久久、久久，一对衣衫质朴、肩着旅行背包的美国男女走上前去，在置放于距离演艺者八九尺远的破口袋里扔下点什么。他，做了个感谢的姿势。听众与演奏者继续僵视着。没有人挪动脚步，可是就那样无声无息地冷望着，没有一丁点表示，像冷眼旁观一条挣扎在沙滩上的鱼。他，仿佛真像个大音乐家似的昂首挺胸傲对众人。然而，那双寒苦的黑眼珠，却在白眼皮底下轻轻游动。是期待还是企求？是失望还是无望？

根据经验处于一群黄发碧眼之中，出现一个来自东方陌生国度的女子的滋味不是自在快意的，不想突出是很正常的自保心理。但心内的感触凄怆迫人冲动，就那么管不住自己地闯出了人丛，抓起几枚圆币投进地上的布袋里。

他,又如式做丑角似的答礼。不要看,更不要碰上他的黑眼珠!受不了那悄悄流转的黑眼珠!百数十双惊讶疑异的眼睛,忽然找到了新目标,当那几个泛着银彩亮晶晶的东西在众目睽睽下掉到稀稀落落的铜圆上时,小丑戏就换了丑角;或者说由独角处变成了搭档戏。"观众"的目光是那样烫人!假如扮演的是擎举着国旗激勇奋斗的角色,就挨"烫"也无妨。却是个这样的场面,必须要埋首胸前,赶紧逃离现场才行。脸上并没抹白呀!刹那间忽然明白了,要保持的何尝仅是个人的尊严!白粉就像白墙,至少可以隔断嘲笑、怜悯、同情、唾厌的利箭伤害自己颜面,是无形也是有形的保护层。

歇憩在喷泉池畔的和暖里,可以止住心血的翻沸,却拭不去心底的霉湿。当转身离去时竟不巧碰上了那不想触碰的黑目珠。不是感谢的,不是欢慰的,不是抑怨的,却是嗔怪的!是!我是多事了。或者我只该向其他的人一样丢下五分之一个煎饼的钱数,不该付出将近一顿晚餐的费用;也许根本应一毛不拔,免使两人受窘。是该受嗔怪的!饶是如此,还无可奈何地要时时牵挂着,牵挂着那可能是同胞的人,究竟是流落还是留学在这个花花世界,到了这把年纪这般景况尚不回家?!抑或是越南奔出的惊弓之鸟,被折断了栖身的树枝,苟活在这只宜"享受人生"的彩色天地?!

偶然顺风带来片片叶叶的残乐,知道他仍在树林边努力"表演"。老天!不管为他为己,都希望他早些离去!离去!

身上感觉到的Tuilerlers秋阳依旧是和煦、温怡的。可是放眼原本晴青的天空,竟似又蒙上了暗暗颤颤的灰纱网,以致连太阳也变了颜色。花坛旁白漆椅上的美国佬仍旧蜷缩沉睡,有如依火而眠的倦猫;雕像前摆姿势等待拍照的少女,晒得红红的面庞上也有眯起的眉眼;池畔邻座的男女,更舒伸着腰腿将自己完全曝展在天空下,显然他们都蒙受了暖晖的恩典。但巴黎的艳甜温馨却不属于沦落天涯的落魄客。于是伸缩喇叭的凄戚韵音,便幻化成同胞眼前心上难以清退的灰雾。

很多笑话都是蘸着眼泪写的,那不知名的人的故事必然也如此。原是带着一颗轻巧的心去遨游四海的,也拟轻松潇洒地回来,谁知行囊内却捎回许多意料之外的沉重,Tuilerlers的丑角戏就是好重的一份。那不像小丑的小丑,仍旧叫人牵挂。是初冬时节了,他……还赤着双足缩在公园里上演他单调的滑稽戏吗?! 不惯祈祷的人竟也要祈祷,祈求那出带泪的丑角戏早日落幕。

抹去的前尘

凝　眸

　　最后,我穿上了那双漆皮高跟鞋。于是他对荣说:"好了,你们在家自己照顾自己,这个重要约会是早跟人订好的,非去不可!我们走了。"我一句话也不敢说,因为撒谎太不容易,虽然是善意而无伤大雅的谎言。

　　我们就那么把那才从长白山山沟到台湾探亲的两母子丢在家里溜了。他的"老妹子"母子二人不以被暂时"抛弃"为忤,笑眯眯地看我们郑重着装打扮,而且尽管是偏远地区的乡下人,也会得体地赞美。面对称赞,我不出声他只傻笑,唯恐一出言露了馅儿。出了门忍不住缩缩脖子松了一口气,颇有点手提金缕鞋去与人相会的意趣。

　　在如雾的雨中倚肩把臂向那里走去,束身的丝绒长裙固然已难再现昔年小腰一握的效果,但仍可毫不臃肿地摇曳着优雅。从第一回起,去那里必郑重且隆重地换上"正式服装",已是极有默契的共约习惯,这次当然不会例外。这样的"装备"确实不宜漫步街头,但仅在两个街口外两条大道交会的转角处,无法叫车,只宜步行。并且,温习的心情,正需要慢步;不需要快,出门的时间早,一定要得到那个老位子。这最后的一次⋯⋯已是四年前的情景。

后来,又恢复了一人饱足全家不饿的身份,两次回到台北经过那里,总是尽量绕道而行。不是伤心,也不是难过,而是把持不住;即使道经那附近,远远望见,也会心颤神摇,仿佛身上的鸡皮疙瘩都起来了。

那是一处不怎么特殊的大饭店,台北有很多类似的所在,只因它坐落在林荫大道上,非属声色场所;除了卖场还有画廊什么的;常有文会之类的活动在那里举行,有一点文化气息;进出的人士大体还整齐;环境称得上静雅,我们很爱去。最最重要的,它对我们有特殊意义,所以只要人在台北,接受邀请不算,每年都去上几回。

在亲人好友的劝说训示下,脱下了穿了将近五年的黑衣,其实在我自己穿不穿素服都一样,该做的事都做,该开的会都开,该去的地方都去,该见的人都见,尤其处在"门前是非多"的处境,觉得全身纯黑或黑素配,对我有保护作用,我就那么习惯了。可是知近的好友终于开口了,在有些地方人家忌讳。我自觉我的文学姊妹、作家哥儿们,都未表示不适应,我想顺我心境做我自己,管他!但是直言的学生说了,我的衣着加上表情,他们看着有些沉重,他们希望老师振作轻松些,这个我在乎,于是渐渐拔去了标签。想想,我随和些快乐些多找点畅意趣味丰富生活,关心我的家人朋友都会宽心些。于是我重回了合唱团,参加了一两处雅集,再多不肯了,够了。我还有正业呢。

正是那样,一切都是无意的,不过是一块儿参观文物展览;一块儿造访博物馆;一块儿鉴赏古玉;一块儿论史书谈文学,可以跟"哥儿们"在一起的享受的趣味没有不可接受的。一名寄身于上庠,因终日穿梭于书房、课堂、研究室而几乎放弃了最爱创作的落寞心灵,有机会与友朋选取一些活动,使生活多些生气而无心理负担,何乐而不为!

每次都是吃人家的。谁规定的,女子天生该吃白食呢? 对于这一份,我该还一次席。我坚持回请,我选了那个地方! 那一日选那么个地方,除了因为可以避开中式餐馆喧嚣的压迫;没有餐后令人局促不安的杯盘狼藉;餐罢可以喝杯咖啡小坐 relax 一下。还因为学生不大光顾,不会碰上好奇的学生传回学校替师长编八卦;中年的女教授还是有被编故事的危险。

不过是两客并不特别的西餐,只是另外要了两杯红酒。酒?! 两个从不喝酒的人要酒? 但是是客人点的,主人怎可小气地表示异议。餐厅气氛不错,已开始上座,客人不少,人声却不大,衬底的音乐,刚刚听得见,可柔软人的情绪却不会喧宾夺主扰人细语清谈。举杯祝酒是必然的应酬过程,放下酒盏接下去应当是继续切割盘中的东西。可是为什么刀叉不动,只是那样定定地看着,一动都不动就那么看着。怎么可以这样看人呢? 我笑了,你看我也看! 我是怕看的吗?! 不行,有点令人心慌发毛,终于我逃开了,只能把目光投向眼前的酒杯里。

那是一双什么样的眼眸呢,按说应该是老者的眼睛了,可是不是! 不错,的确是把几十年的蕴藏都从双眸中投射过来;没有数十年的情感底蕴,不会奔放出意味那么邃深,力道那么强劲,那么含蓄却又大胆,那么意义深长但又小心不烫坏人吓跑谁的眼神。不是戏谑,不是邀宠,不是谄媚,不是滥情,不是逼迫,不是哀求,不是期盼……不是,不是,都不是! 在说不出的东西之外,还掺杂了剖心相献的勇敢笃定与不再挣扎认命的凄迷。真的! 不敢逼视! 只能垂目向酒杯里寻求解套。

到底被凝注了多久,好像很久啊! 多少分多少秒? 不清楚,心里很混乱。事实上,当时那几分几秒也就觉已是一世。抬起头来,他还是一样的神情。

左闪右躲,算了,不躲了! 就像不多久后有一份文教的消息所用的标题,我被俘虏了。记者问我什么,为了不遭误报信息,可答的我都坦诚相告,但没说"被俘"的关键,就是那次在那里开始的。唉! 从那时起,再也找不回一个好"哥们儿"。

共守了十年,送走了他,送他去了一处人人都必去的地方,临别他啼泣再三说:"十年不够! 不够!"这十年,其实并非是风平浪静的十载,总有外在的因素着意地冲击折磨着两人,但是枉然。人哪知道,被那样完整、充实、丰富、炽热具千万种含意的心神目语锻炼过的情,岂会因俗世俗事的琐碎而弃离。

换了角色,曾被编成歌,天天用那中气十足浑厚的男中音唱着,让我又笑又气又喜;我抗议过,但不是认真的。现在轮到我常常会不自觉地学着他的调,吟唱着他采录的

311

乡乐俚曲。有多少多少的事，多少多少的话语，多少多少的相契灵通，多少多少的各种曾经，仿佛如他所用的形容词"刻骨铭心"！

到周原钻天下地地去探古，获得先睹为快的优遇，开心。到底寻觅至泾渭合流的晾娃滩，辨明了争议久久的何者清流何者浊流的真相，乐得忍不住在麦地里相拥雀跃。站在他故乡中朝边界的桥上，我一足在中国一足在韩国瞭望图们江；在中俄界碑"土字牌"处，我一脚在珲春一脚在波谢特，是一般人少有的经验，他为我摄下难再的镜头。行过灞桥不是为的送别，而是让灞桥烟柳在面庞上拂过，留下春日的记忆。随着考古迷走过山山水水，跑到三星堆，到发现者的裔孙燕四哥家做客，随着发掘的脚印走一遍，把曾见的阳刚的神秘之美与现场联系起来，俾确觉不虚此生。对文学欣赏殊爱凄美的野鹤，赠他最好的礼物，是伴他到新都杨家的榴阁，感应杨升庵与黄峨的生离与死别。这些以及其他都是常入梦的故事旧迹，但都不会令人心神颤震，只有那个老地方，不敢去想，正似抽屉内那两卷他口述轶事"劫余"的录音带，不敢去碰。

候鸟又是回去探视旧家的时候了。这次回去，是否去坐坐老位子呢？不敢！不敢！还是不敢啊！

长安忆，最忆桥梓口

"你认为什么东西最好吃?"

"不要自己做的最好吃!"

这些年来有人问我,我总是这样回答。

"为什么要抬杠呢?"

"不是抬杠。真的! 况且……让自己饱足满足的东西不一定是从嘴巴吃下去的。"

丝毫没有戏谑之意,我完全是真心实话,也可以说是生活体验的结论。

我真的很好养活,吃得不多,也不挑,非常不馋。但是并非不解饮食之美,好的吃食我也能浅尝。

我的论调常使人家以为我是一名远庖厨的好命人。

非也！自我童年当妈妈的助手，到我主持自己的家，从厨孩做到厨娘，其间跨越了有三四十年，直到有人哄着我吃现成的；这还是近十来年的事。就连大学入学试前夕和后来诸类工作一起挤压的时代，我仍未放下手中的锅铲。所以谁要说我是烹调的门外汉，我是不服气的。不过我不会治席面，非不能也是不为也！我真的不情愿把生命消耗在盘砧锅灶间。但家常菜我颇不外行，并且很会变花样，不喜欢照方抓药，书店的食谱赚不到我的钱。

其实最好吃的菜还是家常菜吧？家人也承认我做的砂锅鱼头外面餐馆吃不到；瓠瓜馅儿的水饺可算独门儿。还有，值得一提的麻婆豆腐。那是刚上大学不久，在学校后门的四川饭馆，我以晚辈的姿态打着川语套交情，站在炉灶旁跟"营长"主厨聊天见习来的。前几年去成都，到了陈麻婆的店，当然要点一个麻婆豆腐。品尝过后，我问我此生所见最好吃的，"他"觉得怎样，他的评论是如果我肯像他们那样多放些油，就一定超过陈麻婆的嫡传；现在也不比他们差。也许这是过奖之词，但我发现有一个窍门，这家老招牌店没有使用，是图省事还是不知道，就不晓得了。

不必再举例说这些，无非是要证明我绝非无能。事实上我并不排斥好吃好喝的享用，但要配合上心情与环境，凑合成一个情趣。否则瓜就是瓜，果就是果；山珍海味若仅是果腹食品，也就是无生命的食"物"而已。许多食材要靠配料抬举，靠技术画龙点睛，而某些吃食是否属于美味，不但会因人的喜好而异，也常常跟心境意趣相关，美味更容易受心情影响。

一个最不讲究吃的，与一个最爱吃的生活在一起，决定如何伺候口腹，我宁愿做一个只配合不出声音的人。每次出游，我的活儿是查交通、问旅馆，他便四处打探名菜、名厨、名店，常常抄上一大张纸。虽觉无此必要也不感兴趣，但绝不阻拦。倘横加干涉，便煞风景了。

那年的春假，我把周末、假日加起来，再调一天课，共11天，两人做了一趟"追寻历史脚印之旅"，到西安去探古。我们把日程交给考古界的朋友，由他们安排导览，希望好好地"饱餐"一顿；那真是"密"月，密集地看过古长安附近所有的历史古迹和博物馆，相信很多人十年也没访过那么多的博物馆。掐头去尾，再扣除因西安机场关闭停留香港而耽误的一日，整整八天。每天清晨出动傍晚"收工"，绝不浪费一点点时间。所有有名头的所在都走遍,而且大多不是走马观花,所以不能以"景点"计算。

简直数不过来,如马嵬坡、法门寺、碑林、半坡、扶风、周原、咸阳、秦俑等博物馆,及陕西省的历史博物馆、考古所标本室、西北大学文物陈列室各史迹与文物典藏所在。另外上攀秦陵、茂陵、昭陵、乾陵、霍去病墓、武则天母亲墓,或下钻入永泰公主、章怀太子墓穴等等。还特别走访骊山的华清池,见识到开放不久真正的赐浴杨贵妃的"海棠汤"与唐明皇的如小游泳池般的"莲花汤"。盛行泡汤并不始于今日,远在唐玄宗的时代已流行得一塌糊涂,皇帝泡,妃子泡,王公贵族官员泡,连宫女人等也有她们专用的地方。这些,自然也有人见到,但许多确实我们是先睹为快的。连贯的、连续的秦汉隋唐的文化遗产的精髓,随着思绪温习过了一遍。再行过灞桥,寻泾访渭,哇!那种与前代文人诗家共享胜景的激情不能自己!

当登上长安城那可跑得马行得车的古城墙,从最南的门关顺着唐代的朱雀街、承天街极目北望,一眼可以望到最北昔年玄武门的方位。这笔直的中轴线,划分了整齐对称的城坊,历经千余年气派仍在,霎时间历史都回到心里来了。更央人带到那离"西市"不远的开远门遗址去,体会一下丝路起点(也是胡商东来的终点)的感觉。虽然市场的格局早已打破,商业活动到唐后期已进入坊巷,开远门的故地已无遗迹,被新造的胡商与骆驼塑像取代,却正符合一些墓道壁画的万方来朝的画景,印证了大唐开阔包容的胸襟。那贴近历史的感应,令人饱足得不再有任何奢望与念头。在台北仰望那小小的淳朴的北门城楼,心中的感受是缅怀与感动;站立在高高的长安南城墙上,垂视地面的车水马龙,心中有的则是博大和骄傲。

可是身上有馋虫作祟的人,除了这些,追求美食的愿望永不餍足,在穿梭于遗址与博物馆之间的夹缝中,将猎味的行动认真插入。因为有人代为操持,不用花任何脑筋便尝到所有的风味美餐。说来也惭愧,心中早已被知性的感悟填满,再也塞不进饮食的记忆。尽管店名也留在个人的"起居注"上,那风味却早已忘怀。还是因为被桥梓口的先入为主的印象,阻挡了一切?

去桥梓口没有人带,是两个人自己摸去的。刚到西安的一日,经过了欢迎拜会应酬的形式,天已向晚,节目待明日开始。还没等客人走出房间,他便悄悄在我耳边说:"送走了他们,我带你去吃好的!"好不神秘!究竟要吃什么?

打了一个车,他故意用陕西腔说去"巧资扣"。那时的西安,入夜以后街灯暗淡,对面相看几乎连脸都看不清,仿佛有点探险的味道。说着说着就到了。哦!好大的一片!这一带可是灯火通明,人声鼎沸,一家挨一家都是小吃摊。我心里有点犯嘀咕,想起了有关B型肝炎的警告。他说没关系,是煮滚了的东西不怕。又想来都来了,就如他一样视死如归起来。找了一家,把自己插进矮桌矮凳的人丛间坐下。

经过一段牛头对马嘴,把方言"加优质"听成"加油脂"的有趣对话,终于点了我们所要的,不加料的原汁、原味、原样的牛肉泡馍。

店家分给每个人一个粗瓷碗,一人一个硬面饼(馍),我学着大家掰成骰子大的小块,掰起来还挺费手劲的。掰好了伙计来端走,不一会儿两碗热腾腾的泡馍端了回来。不错!看那颗粒的形状,我的那碗确实是我掰的。里面虽未加"优质",却也加了粉丝黄花菜之类的配料。喝一口汤,啊!真是鲜美极了,牛肉可以做出这样不凡的味道!舀给他几汤匙后,我竟吃光了。那是我第一次见到并试吃泡馍。后来从大陆吃到台湾、美国,很多很多次,还是以桥梓口小摊上的最好;连西安最有名的同盛祥也比不上。

馍饱味足,我们离开了那地方,刚出了桥梓口的巷口,他站在昏暗的路灯下不走了。"腊羊肉!!"他的语调绝对是两个惊叹号。虽然两个人都已"满"了,到底买了一个夹羊肉的馍,两人嘻哈着一人一口在马路上就边走边吃啃了起来。好在路上已透黑,没人看得见我们放纵放肆的吃相;尽管我不甚习惯这么"粗野"的吃法,仍要承认那是极品。

春寒料峭,夜风吹袭,当然更冷,站在街边叫车不易,我开始哆嗦了起来。纵有臂膀用力围着也没用。总算拦到了一辆车,开回了旅馆。他抱歉地笑着说:

"把你冷坏了。"

"没什么,值得!"我回答的是我真正的感觉。

"你觉得西安的什么地方最好?"飞机降落台北,他问我。

"长安忆……最忆桥梓口!"我没加思索便回答。

是的! 到今天还是这样想,风景古迹是属于天下万民的,桥梓口的记忆才属于我自己!

残荷的声音

　　画中是这个季节，也许还晚一点，因为枫树丛中那由嫩黄到赭红的层次已没有了。虽不是一色的红，却艳得如火烧一般，火焰该有的大红、阳红、金红、橘红都有，至少近景如此；当然那边边缘要涂上几笔杏黄淡黄，乃是艺术的营造。两行枫树隔着小溪蜿蜒由近而远，在视觉上，远，远，远，转一个弯，更远……最远，影影绰绰地合在一处，是混沌的秋调。小溪淙淙流下，碰到石头还俏皮地跳几跳，好像人也该陪着跳几跳。分明应该是季已深秋的时节，却故意显摆、炫耀着生命劲道。

　　他要的就是这样的画境。只是油画寄到时，他已在与生命拔河，送给两人的礼物，末了只落得一个人欣赏。如今已把那画装框悬在面对床头的壁上，每天早晚不见也见，取代了曾作为书之封面的"叶底红莲"；艳夏早已过了。

老友也是好友，多年来不废存问，从清纯到近老，纵使太平洋相隔，多少年见不到面，她还是她，我还是我，会同喜同悲。习画将近二十年，开始卖画的馨，忽然想起还没送我们祝福的礼物，发心要送我们一幅作品，自是欣喜接受。馨问我们喜欢什么，我，把决定权让给他，问他想要什么。他说要一幅秋景红叶，热热闹闹充满生命力，会唱欢乐歌的红叶；我能体会，这是他的心情也是他的希望。其实我心底的那个有声的画面……是我的心境。不过，不太好，而且说了依他，就依他。说这话的时候，他的体魄精神是那样旺盛，尽管身外周遭不时会有流石棘刺掷向我们俩，我们都有力量恬然承受，对"不爽"服软不觉得委屈，只觉怜惜。不委屈不等于毫无苦恼，但即使这样，他仍然要的是一幅欢悦带糖味的秋色，来记注心情；在他，这晚秋的一份，是无与伦比无可取代的。

说着说着，三两年过去了，画终于收到了。就"写实""鼓舞"的心愿，该是那样的，可是面对当时的现状，我感到那秋阳下的枫林展现得太旺了，心里忐忑不安；并非多愁善感,心中拧着疙瘩,有着隐忧与暗惧,火红到极致便将是叶落枝枯的寒天了吧!所以,所以当我欣赏着眼前一片耀眼的灿烂时,心里已残叶萧萧;其实不该意外,两人决定共相厮守的时候,便已预知这样可能的必然。

看到那红到极致的枫林不是扎眼而是锥心,不期然的会想到那塘残荷,桂湖的残荷!1999年前往四川新都造访桂湖杨状元的故居,我曾先细细为他讲述女诗家黄峨的故事。到了那里,才知杨府所在的桂湖,满植的荷花,远近驰名;如今还是所谓的观光景点,这是我不知道的。只是我们去得迟了,十月的桂湖一枝荷花也没见到。不过虽然让"景点"作用糟蹋得俗得掉渣,坐在"榴阁"故址的回廊间,还能在视野所及范围找到不被打扰的一隅。远处望去似乎依然还是田田绿叶,近观则茎折叶败,残枝纵横,在无阳光的午后,给予人的不是水湄的清幽静谧,而是凄清寂寞。

思,想,感觉,感应,品味所读过这位文学女子的作品……仿佛听见黄峨自抑的轻叹,当然是轻轻的叹息。即或在诗与散曲里可以纵心传情,畅意挥笔,于"礼法""责任""大体"的规范下,生活上选择的是孤守"榴阁",为了不愿子侄辈探察到她感情的真貌,甚至刻意毁去了很多诗草手稿。虽然当时文人之间都佩服杨升庵的多才,在散曲一道,状元娘子黄峨的才情高于状元郎,是尽人皆知并承认的事。名父首辅杨廷和大学士之子杨慎在有明一代,被公认学问最为渊博,作品最多,文才最为全面,又是正德辛未科的状元,时人后世习于说"榴阁"是他的居所和读书的地方,应该不完全算是事实。因为嘉靖三年"议大礼"领头抗争,两遭廷杖后谪戍云南永昌卫,三十七岁去了云南,直到七十二岁悲愤交加病故,并没得赦还。除了因探父病、奔父丧、修地方志等等大事获特准短暂返乡,三十余年都在云南,行遍各地,布洒文采,把自己变成云南的骄傲。谪犯依律年过七十本可免刑,可是在返家的途中却被有司抓了回去。因此实际上长居在桂湖之滨榴阁的,是他的文学伴侣——才女黄峨。

谁说的,王子和公主从此都能过着快乐的生活呢?杨黄婚后仅有五载的好时光,杨升庵远戍云南后黄峨曾到戍所相伴三年,后来奔杨廷和之丧返里,为了主持家务留了下来,以后便是遥隔数千里的日子;结缡四十一年却有三十年以上是两地相思的岁月,他们的快乐很短暂。这故事曾让他也为之唏嘘。

积雨酿轻寒,看繁花树树残,泥途满眼登临倦。云山几盘,江流几湾,天涯极目空肠断。寄书难,无情征雁,飞不到滇南。

这曲调寄《黄莺儿》的《苦雨》,重点在无以遣怀,将思念送到滇南,没形容重雨洗打残荷为孤独生活伴奏的凄切。但是见到那大片残荷我的第一个感觉,便是隔窗独聆雨刷残叶的滋味。长她十岁的杨慎又早她十年去世,那十年的孤寂,连分担痛苦回应相思的人也不在了。之前,黄峨曾写过一首诗《寄外》传颂于后代:

雁飞曾不到衡阳,锦字何由寄永昌。
三春花柳妾薄命,六诏风烟君断肠。
日归日归愁岁暮,其雨其雨怨朝阳。
相怜空有刀环约,何日金鸡下夜郎?

杨升庵远戍客地的日子不好过,但记录上都说他以诗酒抒怀,纵然他在作品里有"费长房缩不尽相思地,女娲氏补不完离恨天"的喟叹,他在云南留下那多作品与史迹,除

324

了与家人分离,日子应该不会太难捱,黄峨却是长时自囚于故宅。幸而她有文学可寄托,否则怎么过?

见到那一塘枯荷,不是同情而是进入内心的将心比心,尽管相距四百多年,那样的感觉,冥冥中似有牵连感应。那一日访过"升庵祠",联想的翅膀飞了起来,情绪颇受影响,连去"陈麻婆豆腐"店大快朵颐的约会都意兴阑珊。那个人取笑我真个是替古人担忧。岂是替古人担忧呢?

仅仅三载之后,好友赠我一幅艳秋图,却已是眼中有红叶心中是残荷,直到今天还是如此。幸好栖身于闹市的水泥箱子内,夜雨洗窗扉的声音纵有三分凄凉,将电视声浪放大一些就听不见了。幸而是现代人,有电视机! 幸好,窗外没有那几顷荷塘!

轻轻地，唱一首我们的歌

Blue is the sky, I tell you Poema

True is the love, I gave you Poema

All the day long I'm dreaming, dreaming of you

Nobody else than you sweet is the kiss you gave me,

Sweet heart

Sweet is the love you gave me, Darling

You don't be alone inside your home, my own Poema!

Poema 是一首夜曲形式的小歌，词句非常简单，但是旋律极其浪漫优美，尤其聆听时用柔情的乐音轻轻唱出，心里就如有似醇酒的小溪暖暖淌过，无法不让心弦颤颤然波

跃。因为歌者在反复低唱中，把"Poema"易为"Stella"。

Stella，一个曾经的名字，她为了擦净被污染有了瑕疵的记忆，连同这个名字一起清除了。好友 W 去世以后，他的遗孀把替小时候同学保管的一包歌页寄回了 Stella。Stella 曾因有不便保有的困扰，把那些获赠的"宝贝"，转赠托付给总角时的哥们儿；她割弃了一切的"过去"，却舍不得抛弃那些歌本，久远之前获得的重礼。物换星移，人事沧桑，这些歌页又回到手中，翻开来检视，油印的、手抄的，厚厚薄薄大大小小的纸页，*Poema* 竟也在其中。Stella 虽然已锻炼得如入定老僧，凡事不再动心，见到了那些长短不齐的纸片，她无法不忆起那悸动心弦的低唱。

非常喜爱西洋歌剧中的咏叹调，但是只喜欢听，不愿意看舞台上的表演，因为不想让某些歌者的扮相与声嘶力竭的表演形象破坏歌乐的美感；也喜欢大合唱的气势磅礴，参与演出的成员，固然会因那样的现场产生人乐合一的激情与热情，听众也会因那种气势而震撼、感动，但都是客观地欣赏，不至迷醉。欢而歌之，众乐独乐都乐，可是性格"鸭霸"的人不适于加入合唱，在合唱的团体中，最忌在和谐的歌声中突出一个独特；合唱的最大好处，是学得压缩自己与人合作,在歌之美上创造和谐无疵的境界。

　　人类是有歌的动物,无论抒怀、赞美、歌颂、欢庆、激励、述悲、示情,歌韵都是最有生命力的传输表达的载体,可惜的是历史的扭曲,让庙堂雅乐以外的歌在乐户、瓦舍、勾栏里寄生成长,朝朝代代,有很长的年月沦为抒放形而下欲求的风月商品。全社会有一半以上的良家女子、正人君子被礼教剥夺了享受这种娱己悦人的乐趣的自由。时代终于变了,开化了,男女老少都可引吭高歌了,甚至可用歌唱作为鼓舞士气、振奋人心的利器;但仍流行"罚唱一个歌"的荒谬游戏规则。到如今,则是歌声泛滥的年月,只要我喜欢有什么不可以! 只要愿意,管他是否五音不全,都可以放开喉咙尽欢,哪管他人的感受。

　　纯欣赏也痴迷过。那年,还住在山下的大学村里。盛夏的午后,最宜昼寝,忽然……忽然,隔墙的邻舍传出了撇笛而歌的曲乐:"旧时月色,算几番照我,梅边吹笛? 唤起玉人,不管清寒与攀摘。何逊而今渐老,都忘却、春风词笔。但怪得、竹外疏花,香冷入瑶席。……"是南宋词家姜夔的《暗香·旧时月色》啊! 我久知白石道人是少有能自度曲的词人音乐家,且许多作品都有幸留传下来了,却没

328

想到有一天真能听到。怎么会这样美！仿佛从远远的山谷飘来的带有花香味的天籁，走入了人间，虽已滴落凡尘，却仍有着仙乐的脱俗。那柔婉腻丽的女音，美得叫人要掉眼泪！如果不是在邻家的屋内，是在西湖畔的柳荫下有这样的歌会，是什么样的景画情韵？

一阕接着一阕，《疏影》《淡黄柳》……我躲在院墙边的桂花树下听得痴了，忘了昼寝，忘了暑热，忘了偷听壁脚的不该；多么荒唐，尽管是在自家的院子里。也不知站了有多久，直到只闻隐隐的笑语再无歌音，知道这场精致的歌筵已结束了。事后那位诗词教授倒没耻笑我行为的荒诞，反送了我一卷女弟子表演的录音带及全部歌谱。惜哉！惜哉！仅再听过一次，便让一场水灾的泥汤给泡毁了，不过洗不掉的是长留在心底回荡的感觉。真个很符合那个用滥了的形容词——回肠荡气。

回肠荡气是一种感觉，却不一定兴起心动的感应。非常巧合，在一生中的不同阶段，试图或真得共相聚守的人，都曾用动听的歌喉和广博的歌趣，寻求与我兴好的共鸣。不是那种卡拉OK店式的放浪形骸，而是挑战喜爱的歌，轻轻地唱。可多了，歌，变成另一种心灵的共同语言，越唱越多！十足的阳刚性格，有了柔软的心境，也可以收敛起黄钟大吕，低吟蓄情的曲调。

就在昨天，终于把那首民歌《偶然》学着唱完全了；这是一个诺言，人不在了，也要信守承诺。"……让我们并肩坐在一起，唱一首我们的歌。纵然不能常相聚，也要常相忆。天涯海角不能忘记，我们的小秘密……"，仅是经越耳畔道听途闻过，从来不曾去学，最后两句就是理不顺，昨天特别请人教会了。

原本并不顶喜欢这首歌，觉得有一点俗世小儿女的矫揉造作。然而在过小市民的小日子时，俗趣也变成了情趣，于是不反对把它变作我们的歌。当然，这是不急之务，尽可以慢慢来，但是慢慢，慢慢，慢慢……再无机会。

既然是曾经相约要共唱的，便要践诺学会。

"……你悄悄地来，又悄悄地走，留给我的，只是一串串落寞的回忆。"

是啊！不能并肩坐在一起，仍然可以唱一首我们的歌。

冷雨，宁静

　　窗外雨潺潺，雨滴轻扣玻璃，不太扰人。尽管已是春天，楼外世界却比寒冬的夜更阴冷，不然平常有时吵得人不知所措的车声不会像约齐了似的，都悄悄闭上了喧闹的嘴巴，要好久才穿插一声，于是窗内窗外的静谧都属于我一个人了。并非阿 Q，这冷夜的孤静近乎哲学浸润的享受。挺好！

　　一个人吃饱全家不饿，是一句俗得不能再俗的笑话，常常用以对形单影只的无奈与凄凉解嘲。奇怪，怎么就没人去体会那种无责一身轻的洒脱。

　　"那美好的仗已经打过了。"我非基督教徒，却很能领会能做的事、可服的务都已做了最大的奉献，作为沧海中一粟，面对不可知的未来，那种不再有所憾欠的心境。不是"采菊东篱下，悠然见南山"式的超脱；不是难掩失落的不甘却硬装出无所谓的坚强，是面对自然程序的一种接受和认同。或者可以说终于能自由地告诉自己是该好好爱爱自身的时候了。

这个窝空了，空得绝对而彻底，不但小鸟已早就振翅他飞，这只老鸟晚近也弃巢远遁，留下的就是无所不在的空旷和随心所欲的"解放"。以后"咋过"，全看个人喜欢，不必再顾虑共同生活者一点点，包括一个人吃饱全家不饿。当然也要苦辣酸甜一人承担。

很多很多年以前我便自知性格上有着很大的缺点，那种大事小事习于"先天下之忧而忧，后天下之乐而乐"的性情，使自己即或在表演快乐天使的时候，心怀里仍如揣着一枚大苦瓜，唯恐做得不够，不符人家希望的标准与自我要求的水平。"找你二姐去！"这是老爸的口头禅，直到父亲弥留病榻还对弟妹说出这最后的一句话，其实他们都已是各有一片天的成人。但父母多年的倚重确然是我肩上沉重的负担，然而再累我也放不下。自己有一个小家，着意要扮演好"完美"，所有的加料都是心血与心智的付出，尽管一家大小愿意将我摆在第一顺位上，有"毛病"的我却退缩地放弃权利，要把他们的需求和苦乐抢过来扛在肩头，然后说"这是责任啊!"那个人是怎么死的? 是笨死的! 我就是那想不开放不下的笨死鬼。

仰事双亲的责任结束了，唯因尽心尽力，庶几无憾。然后有那么一天，雏鸟开始一只只飞走，那时说服自己对"自然程序"要以健康的情绪面对;要好好照顾自己不成为他们奋斗的后顾之忧，更不要让自己的遗失与落寞给予他们心理上内疚的负荷，即使心底最初有一丝丝那样的滋味。那个身任辅导教师的少时同学的情况很使我警惕，当她发现初嫁的女儿未来的生活规划完全没包括她，便彻底被打垮了。她很勇敢地表示愿意不避辛苦为女儿带孩子，但求母女长期相伴，不料却在探亲才两个月便被问及何时返台，这样的结果对她乃是沉重的打击，以至她竟成了精神异变需要被"辅导"的案例。想起早逝的她，很是心痛。当时曾竭尽己力，对她安慰、劝说、开导、棒喝，但都没用，却教育了我。深思又深思，结论是当我不必再为别人活的时候，在我也是一种解脱，我为何不光为自己活?

真个又回到了原点，原本是一个人，转了一大圈回来还是一个人。从此独来独往自喂自养只管一己，我不必再操心别人的事，谁也别管我的闲事。提早办妥退休不再受功课表的支配，是应"群众"的要求，情感的选择与理智的考虑的结果，和团聚有关，却跟雏飞鸟散无涉。

接下来便不同了，造化的左右，一人成一家后，是全然的大调整，顺应着原有的不受时间表指挥，愿意几点钟起床，就几点钟起来；既然是一个人吃饭又只吃那一点点，何必大费周章做饭（包括别人做了要收拾残局的麻烦），两餐并做一顿吃，来个 brunch 也没人觉得委屈；一边啃三明治一边看书报，耳根无人嘀咕习惯不良，受到冷待；高兴敲计算机随便敲到几点，不至于让谁生气；不想睡觉就不睡，弄本砖头书休闲，一夜工夫就翻完了，不会受到絮絮叨叨地催促，搞得自己仿佛很理亏好像对谁不起。不期望谁为满足我的愿望和虚荣承欢；不期望能有儿女的成就替自己装点门面，更绝不懊恼没用裙带拴住哪一个硬留在身边防老，反而因能不成为包袱心安理得之余，有点凡人的骄傲，平常除了付出关怀绝不多事干扰。母子之间那脐带虽已一刀割断，精神与心灵的脐带则永远相连。巢空鸟仍在，人远心不远，不曾失落。

"他"在美国,我留在台北课堂与研究室间拼搏的时候,每逢寒冬苦雨或雪灾封街的日子,电话里他总是很任性地说:"拜托!能来快点儿来吧,我怕一个人听雨!"这样的词儿总让我心里会乱上一阵。如今轮到我在法拉盛的蜗居独聆风中夜雨刷洗窗户的声音,固然是不得不然,心情却无比宁静。

　　我真的很能欣赏这孤独的美味,那美好的仗已经打过了,我要休息。冷雨,宁静!

长青的老松

又是这样的季节,该进园探你的时候。每次来,除了花束,还带着属于你的我在一季节的回思与记忆。

进到园里,沿着左边的路走,看见那个四角顶的小屋向右转,在第一个岔道左弯,见到那两棵伟岸的大树就到了,园子纵然辽阔,再也不会迷路走错。

阳光洒在已经绿透了的草地上,原来被你遗留下的横逆折磨得阴暗一片的心境,立刻敞亮起来。尤其看到了那两株雄伟阳刚的大树,让人感到长青的荫庇和依靠。

我想你应该还记得,在你入住之初,我曾在好天气的时候带上书、水和小凳到树下相陪。其实,我并没专心读书,倒细细端详了这两个"大只佬",研究它们究竟有多老,两个我也围抱不过来的树干，绝对有一两百岁吧！可是，为什么没有一丝虬结龙钟的老态？对植物的认识我很低能，因为他们常绿，不落叶，加上他们的树型，我武断地认为是两棵老松哥；瞧着它们旺盛的生命力，不该是松爸爸或松爷爷，只能是松哥哥，就像我们初初走在一起的时候的你。

记否？有一次你点着自己的鼻子说："嘿嘿！叫我叔叔！"然后又列举了数个是我父执辈朋友的名字。"你喜欢吗？你愿意吗？你肯吗？"我的确是得理不饶人地反问，最终你哑口无言缩缩脖子认输；你当然不肯，传统古典如你，假如"名衔"定死了，你就绝了自己的希望。

相信你一定同意，这园子里最美的季节是雪后。空无一人，繁花绿叶都不在了，除了近处忠心陪伴的松哥儿俩，眼望处都是洁净绒绒的白。知道吗？那不经意挂在丛丛枯枝上的雪絮特别美，那样的调子就像你所最爱的凄美。真的，在那整园无瑕疵的白天鹅绒上，踩下几脚实在是一种罪恶。三年多的时光，积雪的日子我只去过那一次，不仅是因为畏寒或者怕摔个乱七八糟，我真真不想做摧毁那幅雪画的坏人。

你曾说过,在情感世界凄美是美中之美。你我不小心撞到一块儿,都曾有过数度的天人交战,你最怕的是害了我,因为在年程上你确实已走进了晚岁。最后我们还是抛开一切顾虑,走入一个家门。明知已向晚,偏向黄昏行!是否这样的结合,在潜意识里满足了你一生向往追求凄美的心愿?你该记得的,我们曾说有三年就很满足。老天垂怜,我们共同生活了十年,可是你最后的日子却两次三番不满足地流着泪说:"十年不够!不够!!"

你大去后,只有你"姐姐"还常常跟我谈起你。她形容你在她面前剖露你如何如何的……你好意思跟潘人木大姐讲,我不好意思复述。确然,谁说我找了一个老伴,我便要翻脸,我岂是要"老"伴才能活的人!况且我同你相守以前,自认是最逍遥自在的中年单身贵族(比少年青年更多一分不必对任何人负责的随兴),根本没想过再找一面"枷"把自己锁住。可是碰上了,躲不掉,便只好认命。就像我对那位记者先生招认的那样,坦承被你的笃情迷情所掳,甘心做了俘虏。

我们以为这一份情是超脱的,跟别人无碍也无关的。不幸的是我们都是俗世中的凡人,周遭牵牵连连便把我们套装在俗世规则内,归纳到"老人家的爱情"的事例内,让一些琐碎添我们的烦恼。我们常常在叹息,不管在郑州还是武汉;不论去成都还是游北京,在纯然的两人世界身心最无牵绊挂碍。哪怕两人走在马路上合啃一个饼;临时起意买个小锅,端一碗路边摊的牛肉面带回旅馆分食,都觉得在享受人间美味,乐得不得了。但人间事,往往由不得自己呀! 有时你会心情表情复杂地追着问:"你是不是后悔了?""你后悔了吧?!"不是不苦恼,但是没后悔,也没法子后悔。我曾跟你"姐姐"表示过,我愿意和你在一起,可的确觉得不该跟你到法院去走那一趟,只不过如果没有那张纸,名不正言不顺,我又怎能依你之愿,将来到老松树旁来陪你。

天蓝得纯净得不带一点杂质,大片的草毯已铺满了该绿的所在,只是园内的花还没开全,树上也才发芽,但是绝没有"路上行人欲断魂"的感觉,明朗,灿烂! 在春日的艳阳下,我带来的粉红玫瑰显得格外水灵娇丽,可是抬头望望,还是不如那两棵挺拔壮实的老松神气丰采。

是顿悟吧? 我的心情忽然好了,不那么难过难堪了。也许就因你的浓情,才让我遭到人性形而下嫉妒的报复。

为你,我承受了。你应知晓我是为你忍受的。其实以前你也知道我为你忍受过多少,过度的忍耐是一种煎熬,从现在起我不再煎熬自己,当我再难以越过苦情关的时候,我就去看树,看那两株老松树!

后　记

回望，那崎岖来时路

　　就在前一阵,因为身体不适,面对着眼前的一摞文稿,我给自己放了几天不审阅、不批改、不写信、不构思、不触摸、不看一眼的散闲日子;连计算机都不碰,但是那一颗该放假的心还是没休息。很矛盾,明知停一停歇一歇是为着要顺利走更远的路,可就是停不下来。在《终站之前》才完成集稿不久,就接下了为我们纽约华文作协主编会员文集第二册的任务。按理说这应是个慢工活,可是一上手我就放不下,"夙夜匪懈"起来,连自幼爱管我的姐姐叫我"悠"着点儿也没用。其实我是暂时放下手中那把好用的红笔了;也不审、不改、不写、不摸那一摞打印的纸稿了,但我还是不时会想,想。要命的性格!

在强迫给脑子放假时所选的主要消闲项目中的首项，就是无须费神劳身，懒倚在沙发上看电视。那些花红柳绿，无聊喧闹，不入格的玩意儿很不爱。但在强档之外的时段，我看到了一系列访问资深电影女明星的节目，旁白所陈述的各个大腕的成就和光辉历史我一概不知，但竟看到了一位我童年在银幕上见过的与众不同、真正演员级的明星；我忘了是哪部电影，但形象记住了，清纯有生命力、朴素无华不带俗脂庸粉味的她，名姓未改还叫黄宗英。几十年过去了，她的容貌当然改变太多，而气质似乎未变，且多了一项我辈的资历——作家。她的家庭生活我没有资格关心，但是结束访问的一句话，我又记住了，心也释然了。原来我也有同志，她说"一息尚存，永不落帆"！哟！正是那样，Me too！

《终站之前》这本书，选取各个时期的一些文章，说是回望前尘的记录……不，涵盖面还不够，各时期主要的思想结晶并未全包括在其中，尤其那些已用作各书的选材，在版权没弄清楚之前，便不能完全心无挂碍地就拿来处理，不想惹麻烦。其实在台湾地区的著作权有关规定全文修订之前，我也曾被邀请参与讨论，但是太啰唆、太无趣、太耗费时间，更兼也太外行，我便辞却著作权协会邀约的讨论。外行终究是外行，别做自己不懂的事；别人不来管我，我先自我设限，这是我的毛病与习惯。是啊！只是想说，那时我已有被邀请参与修订著作权有关规定条文的资格了。

想想，我还真有过需要著作权有关规定来保护的日子。十五岁人生第一篇刊登在台中《民声日报》副刊的文字，虽未获稿酬却刊出了我的名字，之后尽管最初"作品"依旧不很成熟，却都是既署名又付酬，很富裕了我少年时的零用之费，后来其中几篇以笔名见报的还曾用以支持别人做谋职的敲门砖。由于自己过于理想化，出了学门，立志要做全然的家庭女子，曾停笔三几年，直至在苦闷到窒息之前，我终于向自己向老天道歉，我后悔了。但仍只肯做半家庭女子，精神可以全职留守，但需要找机会透透气，因而除了考入语言中心教洋学生读书，还竞稿应征在一家1928年便成立颇有历史的广播公司做了"特约撰稿人"，为一个新创的栏目效命，果然《我们的家庭》大红，我与另两位同人共同分担工作，撑起这一周六天、每天中午一小时播出的带状节目的供稿。

最初很满意这种工作形式，不上班不签到，每天教完两小时课，就是在家里写，可以等娃娃们从幼儿园回来，有守候的安心，也有心灵消闲放松的活动。我越写越多，越写越畅，半小时的广播短剧，外加广播小说持续以"伟大的爱情故事""午间故事""短篇广播小说"三种名目播出。每周至少供稿两万字，多了可达三万字出头。七年半的时间应该爬过多少格子？真没计算过。但是这些累积除了极小部分在离开这份工作后，出过一本不起眼的小书《恋歌》，还有一大纸箱盖过发稿戳记的油印短剧脚本，前几年蒙中国台湾文学馆的厚爱与其他如手稿、衣衫以及所获文学奖章包括纯金的采玉大金牌当作"个人文物"收藏。其他那些发表于公司月刊但绝不允作者署名的文篇（即或按规格需署名，也是随便写一个，不可以是我），我只能逐期剪下保留，心伤之余只好任其死在抽屉的底层不看不理。但迁来美国也没肯丢弃，如今那包两三磅重的纸页已成塑料收纳箱里的"僵尸"。

还是不想看，看了会心痛。至今我都不能了解所谓的广播明星名主持人是什么心理，见了面也非常友好，但就是要让听众以为那都是她的作品，她是全才的！几年前我捐出了最后的一项"文物"，将 1962 至 1970 年的一包粉红色的稿费通知单，当作我的工作记录捐给了有 35 年历史的《文讯》杂志的文学资料库。那些每月一张详列了"作品"题目与稿酬若干的薄纸，可以说明那七年半我并没鬼混度日。

除了我不想再过名姓不见天日的生活，不愿再为他人作嫁衣裳，我更怕老在框框里写同样的东西，会影响我的创作力，于是下了狠心，挥泪告别了那几乎已成习惯的功课；虽已没有兴趣，心里竟还为这拼搏争得的工作感到不舍，为七年余的青春生命的磨耗而流泪。但很快就发现了外面的世界真的很大，以前只能在"交稿"压力的夹缝中写点自己的东西，此后有了充分的自由，渐渐发现可发表的园地怎么这么多，好像那么多报纸副刊各类杂志都敞开了大门等你去。后来不是等，而是索要、邀请甚至拜托，小说、散文、专栏、书评都欢迎。

最后生活大大改观。也不再为洋人担任"教读"，而为自己读书，贴近学术。进而在上庠得以教一点专长的门类，所以虽仍无法全力创作，却没有心理不平衡，因为另一种写作更耗心力。进入学术，便须过 Publish or Perish 在史料堆里挖掘钻研的日子,但累得甘心忙得有劲,乐呵呵的不以为苦。得到尊重,你的努力被承认,哪怕辛苦到有人说"活该"也还是快乐的。而我不废我的文学创作一如我不肯放弃亲自料理家事,只因那是如我情之所钟的不得不然,顶多在无人处,我多消耗自己。因而直到现在,我习惯每天睡眠不超过五小时,实在分配不过来,三个钟头……也够了。

就这样的,从1973年台湾商务印书馆为我出版了散文集《属于我的音符》开始,以后维持平均每年出一本书的状况,现在看看纪录1980年是两本;假如不推掉"中央日报"副刊邀约的长篇小说应还要多一本。1982那年,让我自己吃一惊,虽然有一册儿童读物,竟出了三本。不!还有一本未列入创作目录的,让我因此书在学术界中国海关史研究专题被尊为前辈的《中国海关史》。这是第一册用中文写的中国海关通史。连我自己都会感叹,我有什么样的精力与能量啊!这样延续下去,该是何等的开心,让我不再痛惜自己是不可见天日的幽魂。不过虽然有人说长篇小说是文学金字塔的塔尖,我仍信誓旦旦,绝对不写长篇小说。因为试过,人都有弱点,我一写长篇就会掉进去,连孩子叫妈妈都听不见。我习惯于对任何事都负责,所以我只宜短痛不肯长痛。

但是因一群乡人再三游说、劝勉、敦促、激将,深情不可推却,我到底真的燃烧自己,挤出四个月写了一本以抗日历史为题材的长篇小说《松花江的浪》,于1985年出版,也许真情之笔打动了文学评论人,1986年文艺协会就给了我年度小说奖,1988年更获颁一个大奖,奖状、纯金奖牌和当时最高额的奖金,这本书后由姐姐带到大陆由黑龙江北方文艺出版社于1987年出版,既未订约也无合同,而且就是两岸已信息畅通后,也从未跟我礼貌性地打过招呼联络过。不过我未怨,因为那本书本就是为全体国人所写的小说体历史书,希望国人都能看到,只要未扭曲主题,个人吃点亏没放在心上。只可惜我预计的“逆航三部曲”另两部《扬子江的风》写1944至1949年的变局、《淡水河朝阳》写1949年后台湾社会的新象,都没继续下去。因还在搜集补充资料的过程中主客观的形势改变了,即使后来退休了有了最需要的时间,我也不再去想,打消了计划。

况且人真是有旦夕祸福!1986年春,那不测的雷暴雨真的降临头上,一夜之间风云遽变,一向的“养家人”为他的志业鞠躬尽瘁倒下，成为飘风中的残烛，从此我必须扛起全部家庭重担。审度权衡轻重后，我必须改变以往有类闲云野鹤的心态，修正自己。不能再只想着喜欢什么不喜欢什么，愿意做什么不愿意做什么，首先要寻一定点，站稳脚步有固定职业，精神地实质地担负起家计，因为陪伴照料沉疴病人挺到终极的日子还不知有多长。我应算是幸运的，因我原来潇洒地教一两门专业喜欢的科目，遂把沉溺于研究工作当成是最喜爱的休闲活动，其结果是毫不费力一次一次地升等取证。凭着这些认证，得到推荐，经过评审，获东吴大学聘为专任教授。

我为这份幸运、认知、尊重、理解深存感谢之心，确实足尺加一地奉献，全心全力做好教学、研究、辅导、服务的事。这是真的，比如我有机会以东吴大学教授身份应邀到香港、厦门参加国际会议提交论文，依规定是可申领经费的，但是我没有，因为我自认还负担得起，我愿替学校省了这项开支，也算消极地为校誉服务。因我已成独享主卧客卧、两间书房外加屋顶书库和一间冷清的大厅房，一人吃饱全家不饿的自由人，不该再增加学校的负担。另外也接受了最最不愿意担任的院学术评审会的委员。在无情的评审制度下，要评定后进同事的升迁、前途，那是人情压得死人很残忍的活儿。虽只是一票，但审查辩论后的一票，却可影响他们的命运，尽管就是通过了还有更上一层的校评会，但我的那一票就是极可能刷掉某些超出有限名额的人。这件事让我痛苦，我不要……但我接受了指派没有拒绝，硬挺到提前申请退休。

鱼与熊掌不可得兼，顾了这头，就必须牺牲那头。一名专职教授必须每周任课八小时，我不幸八个钟头却分配了四门课。呜呼！不想当"留声机派"的教授，哪怕教的是历史，每年也得供应一些新东西。人的精力有限，到了牺牲的最后关头，虽非完全封笔，却只把写作当作假期生活点缀，就创作而言又进入另一个黑暗期。即或是偶一为之也尽量低调，我岂能总让同行"狭心症者"把我当作"纯搞文艺的"抢地盘的异类。但我始终未放弃过我准备从一而终的道路，要偕伴而行到老的仍是最初的情人，所以在不务正业之讥甚嚣尘上，恶性排挤难逃之时，我也仅只对我所选择养命的职业竭尽忠诚，并未弃绝我的最爱。尽管1987年到1993年我交了白卷，一本书也没出。1994年以后到2000年间只有四本书出版，有两本散文集及一册三姊妹合集，都是在大陆出版的，却也并非全是炒冷饭，那是少半老酒加多半新酿的成品，我对得起大陆读者和一身倦骨的自己。再出书已是 2009 年的散文集《肖邦旅社》，和 2014 年的散文集《在纽约的角落》，几乎全是移居美国学会使用计算机后的新作。我没被时代抛下！

　　回首文学创作路，就是这样跌跌撞撞走到了今天，诚实地面对自己，真诚地对待读者。有憾，但是不懊悔。在《终站之前》里，有些原不想纳入其内的篇章，我也坦然地列入。美常常只能瞬时间保留，时过境迁后，味淡了……意薄了……但有过的美感，仍是一种沉淀于生命深层中的美。

2018 年 10 月 27 日记于头伤后 10 日